安琪拉的灰烬 ③

教书匠

〔美〕弗兰克·迈考特 著 张敏 译

南海出版公司

新经典文化有限公司
www.readinglife.com
出 品

献给迈考特家族的下一代：

西奥伯罕（马拉奇的女儿）和她的孩子菲奥娜和马克
巴厘的马拉奇（马拉奇的儿子）
尼娜（马拉奇的继女）
玛丽·伊丽莎白（迈克尔的女儿）和她的女儿索菲娅
安琪拉（迈克尔的女儿）
康纳尔（马拉奇的儿子）和他的女儿吉利恩
科马克（马拉奇的儿子）和他的女儿阿德里安娜
玛吉（弗兰克的女儿）和她的孩子恰拉、弗兰克和杰克
阿利森（阿非的女儿）
迈基（迈克尔的儿子）
凯蒂（迈克尔的女儿）

唱自己的歌，跳自己的舞，讲自己的故事。

序

如果对西格蒙德·弗洛伊德及其心理分析有所了解，我会将自己所有的苦恼追溯到在爱尔兰度过的悲惨童年。那段时光剥夺了我的自尊，使我时不时自哀自怜、感情麻木，变得任性、忌妒并蔑视权威；它还延缓了我的发育，使我在和异性交往时不知所措，无法在世间提升地位，成为一个几乎和社会格格不入的人。我成为一名老师并一直从事教学工作，这真是个奇迹。能在纽约的课堂上教书这么多年，我真得给自己打满分。应该为从悲惨童年中幸存下来并成为老师的人设立勋章，而我理应成为第一个受勋者。经历了一个接一个的磨难后，不管被授予多高的称号我都当之无愧。

我可以责怪他人。我那悲惨的童年并不是简单的偶然事件，而是由别人——一些黑暗力量造成。但即便我要责怪，也会本着宽恕的态度。因此，我宽恕下列人士：教皇庇护十二世、英国人尤其是英王乔治六世、麦克罗里红衣主教（他在我的孩童时期统治着爱尔兰）、利默里克主教（他似乎认为世上的一切都罪孽深重），以及爱尔兰前任总理和总统埃蒙·德·瓦勒拉。德·瓦勒拉先生是半个西班牙人兼盖尔语的狂热支持者（恰如一道爱尔兰炖菜中的西班牙洋葱）。他下令爱尔兰的全体老师逼迫学生学习民族语言，却让我们丧失了好奇的天性；老师用木棒将幼小的我们打得遍体鳞伤，让我们遭受几个小时的痛苦，他却对此视而不见、态度冷漠。我还宽恕那位在我承认犯有手淫、从母亲的钱包里偷钱等罪行时，将我赶出忏悔室的神甫。他说我没有摆正忏悔的态度，尤其在肉体方面。尽管他击中了要害,但是,他拒绝赦免我的罪孽这一举动却使我的心灵受到如此严重的伤害,以至于如果我被教堂外的卡车撞扁,他得为我的死负责。我宽恕各种各样横行霸道的老师,宽恕他们抓着我的鬓角将我拖离座位,宽恕他们经常在我结结巴巴地回答天主教《教理问答》,或者不能心算937除以739时,用木棒、皮带和藤条抽打我。我的父母和其他成年人告诉我:那都是为我好。我宽恕他们那弥天的伪善。我想知道此刻他们在哪里:天堂?地狱?还是炼狱(如果它依然存在)?

我甚至可以宽恕自己。尽管回顾人生的各个阶段时,我会抱怨:真是个笨蛋!那么胆小!那么愚蠢!那么优柔寡断!犯下那么多的错误!

但是,随后我会再次审视自己的人生。我在童年和青年时期扪心自问,发现自己处在无休止的罪孽中。那是磨炼,是洗脑,是身心的调整,使我不装模作样,尤其当身处犯有种种罪孽的阶层时。

现在,我认为到了赞扬自己的时候了。我至少还有一个优点:顽强。虽然它并不像大志、才干、智慧或魅力那么迷人,但正是它帮助我度过人生的日日夜夜。

F.S.菲茨杰拉德曾经说过:美国人的人生没有第二幕。他只是活得不够长久。像我这种情况,他说错了。

我在纽约的高中任教的三十年间,只被我的学生稍稍关注过。在学校以外的世界里,我是个隐身人,不为人知。后来,我写了本关于自己童年的书,成了当今重要的爱尔兰人。我原本希望那本书能向迈考特家的子孙讲述家族历史,兴许能卖个几百本,还能应邀和读书俱乐部讨论讨论。但没想到,那本书一跃登上了畅销排行榜,还被翻译成三十种文字。我被搞懵了。这本书是我人生的第二幕。

在图书的世界里,我是一个晚熟的人,一个迟到者,一个新手。我的第一本书《安琪拉的灰烬》出版于一九九六年,那年我六十六岁。第二本书《就是这儿》在一九九九年我六十九岁时问世。那把年纪时,我竟然还能提笔,真不可思议。我的新朋友们(因为登上畅销书排行榜而结识)二十几岁就出书了。年轻人哪!

那么,是什么拖了你那么长时间?

我一直在教书,就是这个拖了我那么长时间。我不是在大学,而是先后在纽约四所公立高中任教。在大学任教,人们有充足的时间用于写作和其他娱乐消遣。(我读过描写大学教授生活的小说,文中的教授们似乎都忙于男女私情和学术暗斗,以至于你会纳闷他们哪有时间从事教学。)如果你每周工作五天、每天教五个高中班级,你就不会回家后仍能保持头脑清醒并创作不朽篇章了。一天上完五个班的课后,你满脑袋都是教室里的嘈杂声。

我从没指望《安琪拉的灰烬》能吸引任何注意力,但当它登上畅销书排行榜后,我成了媒体的宠儿。我上百次地被人拍照,成为一个带有爱尔兰口音、上了年纪的新奇事物。我多次接受媒体采访,和州长、市长、艺人见面。我见到了布什总统和他当得州州长的儿子,见到了克林顿总统和希拉里·罗德姆·克林顿,见到了格里高利·派克,见到了教皇并亲吻了他的戒指。约克公爵夫人萨拉采访过我。她说我是她见到的第一位普利策奖获得者,我说她是我见到的第一位公爵夫人。她说:噢!还问摄像师:你听到了吗?你听到了吗?我被提名格莱美最佳朗读类奖,还差点见到艾尔顿·约翰。人们用不同的方式看我。他们说:噢,你写了那本书,这边请,迈考特先生;或者你喜欢什么东西吗?不管是什么。咖啡店里,一个女人眯着眼睛说:我在电视上见过你,你一定是个重要人物。你是谁?能给我签个名吗?人们听我的演讲,问我有关爱尔兰、结膜炎、饮酒、牙齿、教育、宗教、青春期焦虑症、威廉·巴特勒·叶芝、文学等方面的问题。这个夏天你在看什么书?今年你读过哪些书?话题还涉及天主教教义、写作和饥饿。我在牙医、律师、眼科医生当然还有老师的集会上演讲。我周游世界,以一个爱尔兰人、一个老师、一个各种苦难的权威、一个各地老年人(他们总想讲述自己的故事)希望的指路明灯的身份。

他们将《安琪拉的灰烬》拍成了电影。在美国，无论你写了什么，将书改编成电影总会成为人们的谈资。你编写了曼哈顿电话簿，他们都会说：那么，什么时候把它拍成电影？

　　如果没有写《安琪拉的灰烬》，我会在临死前祈求：再多给一年吧，上帝，一年就好了，因为写这本书是我余生中想做的事。我从没想到它会成为畅销书。我希望它能摆在书店的架子上，我藏在一旁，看着美女们翻看它并偶尔掉泪。当然，她们会买这本书，把它带回家，懒洋洋地躺在长沙发上，边抿药茶或雪利酒边阅读。她们会为所有的朋友订购这本书。

　　在《就是这儿》中，我描写了自己在美国的生活以及我如何成了一名老师。书出版后，我为自己草率地对待教学而深感不安。在美国，医生、律师、将军、演员、电视从业人员和政客都受到人们的崇拜和嘉奖，但老师不在此列。老师是所有职业中的楼下女佣，他们被告知使用下人进出的门或者绕行后门。人们会祝贺老师有那么多休假，用优越屈尊的口吻谈论老师，并逆着理理他们银白色的头发。哦，对了，我有一位英语老师，史密斯小姐，她给了我很大的启发。我永远都不会忘记可爱的老史密斯小姐。她过去常说，如果她在四十年教学生涯中影响一个孩子，那就不枉此生，她就能开心地离开人世。这位启发灵感的英语老师后来渐渐老去，变得满头银发，靠微薄的退休金勉强维持生活，梦想着那位她可能影响过的孩子。继续做梦吧，老师，你将不会受人歌颂。

　　你想象着你将走进教室，站一会儿，等着学生安静下来。在他们打开笔记本并啪啪敲钢笔时观察他们，告诉他们你的名字，把它写在黑板上，然后开始上课。

　　讲台上放着学校提供的英语课本。你将教拼写、词汇、语法、阅读理解、写作和文学。

　　你迫不及待地开始教文学，对诗歌、话剧、散文、长篇小说、短篇小说展开热烈的讨论。一百七十个学生的手在空中挥舞，他们叫着：迈考特先生，我，我，我想说两句。

你希望他们说点什么。你不希望在你努力把课上生动的同时，他们却木木地呆坐。

你将尽情徜徉于英国和美国文学长廊，与卡莱尔、马修·阿诺德、爱默生和梭罗共度时光，那该有多快活啊！你迫不及待地开始讲雪莱、济慈和拜伦，还有又老又好的沃尔特·惠特曼。班上的学生将会爱上那种浪漫主义、叛逆精神和反抗行为。你自己也将沉醉在这类作品中，因为不论是在内心深处还是在梦中，你都是个狂热的浪漫主义者。你在争议题材中找到自我。

经过楼道的校长和其他实权派将会听到，从你的教室里传出兴奋的叫喊声。透过门上的玻璃，他们将会惊讶地看到，所有人都高举着手，这些男孩和女孩，这些未来的水暖工、电工、美容师、木匠、技工、打字员和机械师的脸上都写满热切和兴奋。

你将获得各种奖项的提名：年度优秀教师奖、世纪优秀教师奖……你将被邀请到华盛顿。艾森豪威尔将和你握手。报纸将问你这个小小的老师对教育的看法。这将是个大新闻——一个老师被问及对教育的看法。天哪！你将上电视。

电视。

想象一下：一个上了电视的老师！

他们将让你飞到好莱坞，在那儿，你将主演有关自己人生的电影：卑微的出身，悲惨的童年，和教会的矛盾（你曾勇敢地挑战教会），孤独地待在角落里，就着烛光阅读乔叟、莎士比亚、奥斯丁、狄更斯的作品。角落里的你眨着可怜的病眼勇敢地啃书，直到母亲把蜡烛拿走，告诉你如果再不停下，你的两只眼睛就会从脑袋上掉下来。你恳求母亲把蜡烛还给你，《董贝父子》只剩一百页就看完了，但母亲说：不，我不想在带着你逛利默里克时，人们问起你怎么瞎了，而一年前你还和他们中最棒的几个一起踢球。

你对母亲说：好吧。因为你知道这么一首歌：

母爱是一种赐福，
无论你浪迹何方，
趁她健在好好珍惜，
不然将是思念的惆怅。

另外，你永远不会跟电影里的母亲顶嘴。这一角色由年长的爱尔兰女演员萨拉·奥尔古德或尤纳·奥康纳扮演，她们言语刻薄，满脸沧桑。你母亲也有很痛苦的眼神，但是你从未在黑白或彩色的大银幕上见过。

你父亲本可以由克拉克·盖博扮演，只是一来他可能学不会你父亲那北爱尔兰口音，二来这会是继《飘》之后的可怕退步。你记得《飘》曾在爱尔兰被禁，据说是因为白瑞德抱着妻子郝思嘉上楼并上了床，这让都柏林的电影审查官们心烦意乱，促使他们全面禁止此部电影上映。不，你需要其他人来扮演你父亲，因为爱尔兰的审查官们明察秋毫，而且如果在你的家乡利默里克和爱尔兰其他地方，人们看不到这部关于你的悲惨童年以及日后你作为老师和电影明星大放异彩的电影，你该多失望啊。

但那不会是故事的结尾。真正的故事是你如何最终抵制住好莱坞的诱惑，如何在多个夜晚被人宴请招待，如何在被地位稳固、野心勃勃的女明星诱上床后，却发现她们生活空虚。她们倚在各种绸缎枕头上向你袒露心扉，你带着阵阵负疚感倾听着。她们表达着对你的仰慕之情：你，凭着对学生的热爱，已经成为好莱坞的偶像。她们，这些地位稳固、野心勃勃、妩媚迷人的女明星，后悔自己走上邪路，欣然接受空虚的好莱坞生活。如果她们放弃这一切，她们也可以因为真诚地给美国未来的手艺人、生意人和职员兼打字员上课而天天高兴。她们会说：早上醒来，开心地从床上跳下，知道新的一天在你面前展开。在这一天里，你将和美国青年一起做上帝的工作；你对自己菲薄的工资感到心满意足；你真正的奖励是当学生手持从感激你、仰慕你的家长(你在纽约市斯塔滕岛区麦基职业技术高中那一百七十个学生的母亲和父亲)那里拿来的礼物(饼干、面包、自制的意大利面食,偶尔会有一瓶产自意大利家庭后院葡萄树的葡萄酒)时,他们热切的眼神里饱含的那股感激之情。那将是种怎样的感觉啊!

第一篇
通往教学的漫长道路

1

他们来了。

我还没有作好准备。

我该怎么办?

我是个新老师,在工作中学习。

在我教学生涯的第一天,我因为吃了一名高中男孩的三明治而差点被开除;第二天,我因为提到和绵羊交朋友的可能性而差点被开除。除此之外,我在纽约市三十年的高中教学生涯没有什么引人注目的事件。我常常拿不准自己是否应该待在那儿。后来,我想知道自己是如何待了那么长的时间。

一九五八年三月里的一天,在纽约市斯塔滕岛区麦基职业技术高中一间空荡荡的教室里,我坐在讲台边,摆弄着这份新工作的办公用品:五个马尼拉纸文件夹(每班一个)、一团松脆的橡皮筋、一叠褐色的战时记录纸(上面沾着造纸时掉进去的任何东西)、一块破黑板擦和一摞白色卡片(我将把这些卡片一排排地插入这本破旧的红色德莱尼考勤记录本,以帮助我记住一百六十多个男孩、女孩的名字,他们将每天排排坐在五个不同的班级里)。在卡片上,我将记录男孩、女孩们出勤和迟到的情况;他们干坏事时,我也要在卡片上做些小记号。我被告知应该用红笔记录坏事,学校却没有提供红笔。现在,我要么填写表格申请一支,要么就到商店买一支,因为记录坏事的红笔是老师最有力的武器。我有许多东西要到商店购买。艾森豪威尔执政时期的美国社会繁荣,但这种繁荣并未惠及学校,特别是需要教学用品的新老师。负责行政的校长助理给过一张纸条,提醒所有老师注意本市的财政困难,并请节约使用这些教学用品。今天上午,我得作些决定。一分钟后,铃声将会响起,他们将蜂拥而入。如果他们看见我坐在讲台边,他们会说什么呢?嘿,快看,他正在躲起来。他们是研究老师的高手。坐在讲台边意味着你害怕了或者你很懒,所以把讲台作为屏障。最好的办法是离开讲台站着,承担自己行为的后果,做个男子汉。第一天犯的错误需要几个月来弥补。

即将到来的孩子们上十一年级,十六岁。从幼儿园到现在,他们已经在学校待了十一年。所以,老师来,老师去,他们见过各种各样的老师:年长的、年轻的、粗暴的、和善的。孩子们观察、审视、判断。总的来说,他们知道老师的身体语言、语气语调和行为举止。他们似乎不是在洗手间或自助餐馆里无所事事时才讨论这些。十一年来,他们完全掌握了这一切,并传授给下一届的孩子。留心博伊德小姐,他们会说,作业,啊,作业。她改作业。改的。她没结婚,所以没有别的事儿可做。尽量选已婚有孩子的老师,他们没有时间坐下来读书、看文章。如果博伊德小姐定期做爱,她就不会布置那么多作业。她和她的猫一起在家里听古典音乐,改我们的作业,给我们添麻烦。有些老师好对付。他们给你布置一堆作业,收上来打个钩,甚至看都没看。你可以抄一页《圣经》交上去,他们照样会在页首写上"很好"。博伊德小姐不这样。她会立马走到你身边:对不起,查理,这个是你自己写的吗?而你不得不承认,不是,这不是你写的。这时,你就麻烦了,哥们儿。

提前到校是个错误,这给了人太多时间考虑将要面对的一切。我从哪儿来的这个勇气,认为自己能够应付美国青少年?无知。就是它给了我勇气。现在是艾森豪威尔时代,报纸上报道了美国青少年的巨大不幸。这些是"'迷惘的一代'的迷惘孩子的迷惘孩子"。电影、音乐剧、书籍都在告诉我们他们的不幸:《无因的反叛》、《黑板丛林》、《西区故事》、《麦田里的守望者》。他们发表绝望的演讲:生活没有意义,所有的大人都是骗子,活着有什么用?他们没有什么可盼望的,甚至没有一场他们自己的战争(他们可以在这场战争中前往穷乡僻壤杀死土著人,戴着勋章,拄着拐杖,穿过抛撒彩纸的欢迎人群沿百老汇大街行进,接受姑娘们的赞美)。对刚刚打完仗的父亲们抱怨没有用,对父亲们打仗时在家等候的母亲们抱怨也没有用。父亲们会说:哦,闭嘴,别烦我。我屁股上还有块炸弹碎片。我没时间听你抱怨。你不愁吃不愁穿,有什么好抱怨。看在上帝的分上,我像你那么大时,都已经在废品回收站工作了,后来又到码头干活,这样我才能送你这个可怜的笨蛋去上学。去挤你那些该死的青春痘吧,让我看会儿报纸。

青少年有那么多不幸,以至于他们组成众多帮派,相互斗殴。这不是你在电影里看到的那种有着凄美爱情故事和雄壮背景音乐的暴力美学,而是卑鄙的打斗。他们彼此谩骂诅咒。意大利人、黑人、爱尔兰人、波多黎各人手持刀子、链条、棒球棒,在中央公园和希望公园彼此攻击,血溅草地,而不论是谁的血,都一样鲜红。如果有人丧命,就会招致公众的愤怒和指责:如果学校和老师履行职责,这些可怕的事情就不会发生。爱国者们声称:如果这些孩子有时间和精力打群架,我们何不把他们送到海外去打那些该死的共产分子,从而一劳永逸地解决那个问题?

许多人认为,职业学校是为没能力上普通高中的学生开办的垃圾倾倒场。这样说很势利。上千个年轻人想成为自动化机械师、美容师、机械师、电工、水暖工和木匠,对于公众来说,这无关紧要。这些年轻人不想被宗教改革、一八一二年战争、沃尔特·惠特曼、艺术欣赏和果蝇的性生活所困扰。

但是,哥们儿,如果不得不学这些,我们会学的。我们会坐在和我们的生活没有关系的课堂上。我们会在我们的商店工作,在那儿,我们了解真实的世界。我们会努力对老师好,并在四年后离开这里。唷!

他们来了。门砰的一声撞上黑板下方的架子,激起一阵粉笔灰。一大群人涌进教室。他们为什么就不能老老实实地走进教室,说声早上好,然后坐下呢?哦,不。他们得推着挤着。一个用装出来的威胁口气说:嗨。另一个回敬道:嗨。他们彼此侮辱,毫不理会最后一遍铃声,不慌不忙地坐下。那很酷,老兄。看,那有个新老师。新老师懂个屁。那又怎样?铃声?老师?新家伙。他是谁?管他呢。他们隔着整间教室和朋友交谈,懒洋洋地靠在对于他们来说过小的课桌上,伸出双腿。如果有人被绊倒,他们就哈哈大笑。他们朝窗外看,视线越过我的头顶,看美国国旗或者看由马德小姐(现已退休)用胶布贴在墙上的爱默生、梭罗、惠特曼、艾米莉·狄金森和欧内斯特·海明威——他是怎么来到这儿的?——的图片。这是《生活》杂志的封面,那图片到处都是。在课桌上父兄多年前的凿痕旁,他们用铅笔刀刻上姓名的首字母,刻上心和箭头表示爱的宣言。有些旧课桌被凿得太深了,以至于你能透过曾经刻着心和箭头的窟窿看到自己的膝盖。情侣们坐在一起,手拉着手,说着悄悄话,凝视着对方。靠着教室后面壁橱的三个男孩唱着男子和声重唱(男低音、男中音和男高音),打着榧子,告诉全世界他们是恋爱中的青少年。

他们每天五次推挤着进入教室。五个班,每班三十到三十五个人。青少年?在爱尔兰,我们在美国电影里见过情绪乖戾不定、驾车四处兜风的他们,我们不明白他们为什么乖戾不定。他们有吃、有穿、有钱,但对父母很无礼。爱尔兰没有青少年,在我的世界里没有。你是个孩子。你上学直到年满十四岁。如果你对父母无礼,他们会劈脸给你一巴掌,把你打翻在地。你长大成人,干体力活,结婚,在星期五晚上喝杯啤酒,在同一天晚上跳到妻子身上，让她不停地怀孕。几年以后，你移民英格兰，在建筑工地干活，或者加入皇家部队，为大英帝国而战。

当一个叫皮特的男孩大喊"谁要大红肠三明治"时，三明治事件上演了。

你开玩笑吧？你妈妈一定不喜欢你，给你这样的三明治。

皮特把棕色的三明治纸袋扔向发表评论的安迪，全班欢呼起来。打，打，他们说，打，打。纸袋掉在黑板和安迪所在的第一排课桌之间的地上。

我从讲台后走出，发出了教学生涯的第一声：嗨。在纽约大学受过四年高等教育的我，此时能想到的只是"嗨"。

我又说了一遍：嗨。

没人理我。他们正忙于使这场既可以消磨时间又可以使我忘掉上课的战争升级。我走向皮特，发表了我的第一份老师声明：不要扔三明治。皮特和整个班级惊呆了。这个老师，新老师，就这样阻止了一场好戏。新老师应该管好他们自己的事，或者去找校长或主任——人人都知道他们要很久才会赶来。这意味着你可以边等边看好戏。另外，你打算拿一个在你已经扔了三明治后却叫你不要扔三明治的老师怎么办呢？

本尼从教室后面喊道：嗨，老师，他已经扔了三明治。现在叫他不要扔三明治没用。那边地上有个三明治。

全班大笑起来。世界上再没有比一个在你已经做了一件事后却叫你不要做这件事的老师更傻的了。一个男孩捂住嘴说：傻瓜。我知道他在说我。我真想一脚把他从座位上踢出去，但那将会终结我的教学生涯。另外，那只捂着嘴巴的手很大，而他的课桌对于他的身体来说太小了。

有人说：哟，本尼，你律师呀，啊？全班又大笑起来。耶，耶，他们说着，并等着我的行动。这个新老师会怎么做呢？

纽约大学的教育学教授们从来没有教过如何应对飞舞的三明治之类的情形。他们谈论教育学理论和理念，道德和伦理责任，以及同完整孩子、

7

格式塔、孩子感受到的需要（如果你不介意）打交道的必要性，但从来没有讲过如何应对教室里的关键时刻。

我是不是该说，嗨，皮特，站到这儿来，捡起那个三明治之类的话？我是不是该把三明治捡起来，扔进废纸篓，以示对那些扔三明治的人的蔑视？世界上还有上百万人在饿肚子呢！

他们得意识到我是老板，我很强硬，我不吃他们那一套。

包在蜡纸里的三明治已有一半露出纸袋，散发出来的味道告诉我，三明治里不仅只有大红肠。我把它捡起来，打开包装纸。这不是把肉夹在几片没味儿的美国白面包里做成的普通三明治。这个三明治的面包黑而厚，由布鲁克林区的一位意大利母亲烘烤，硬度足够承受几片香喷喷的大红肠，中间夹着西红柿片、洋葱片和辣椒片，还淋了橄榄油，散发着唇齿留香的美味。

我把三明治吃了。

这是我的第一个课堂管理行为。我那张被三明治塞得满满的嘴吸引了全班的注意力。他们，三十四个平均年龄十六岁的男孩和女孩，惊讶地呆望着我。我可以看见他们眼里的钦佩。我成了他们生命中第一个从地上捡起三明治并在众目睽睽之下把它吃掉的老师。三明治人。在我童年时期的爱尔兰，我们也钦佩过一个老师，他每天都吃一个苹果，并把削下来的长长的苹果皮奖给好学生。这些孩子看着油从我的下巴滴到我那从"广场上的克莱恩"连锁店花两美元买的领带上。

皮特说：哟，老师，你吃的是我的三明治。

全班同学都嘘他：闭嘴。没看见老师正在吃东西吗？

我舔了舔手指，说：好吃。然后把纸袋和蜡纸搓成团，用手指把它弹进废纸篓。全班欢呼起来。哇噻！他们说，啧，乖乖，真了不得！看哪，他吃了三明治。他命中废纸篓了。天哪！

难道这就是教学？是的，哇噻。我感觉像个冠军。我吃了三明治。我命中了废纸篓。我觉得我在这个班上无所不能，我已经将他们玩弄于股掌

8

之间。很好，只是我不知道接下来该做什么。我是来教书的，但我不知道怎样从三明治情形转到拼写或语法或段落结构或其他与我应该讲的内容（英语）有关的题材。

学生们一直笑着，直到他们看见窗户上出现了校长的脸，黑色的浓眉在额头中间拧成一个问号。校长推开门，示意我出去。能和你说句话吗，迈考特先生？

皮特小声说：嗨，老师，别担心三明治。我不要了。

全班都在附和：是的，是的。他们说话的方式表明，如果我和校长之间有麻烦，他们会站在我这边。这是我第一次体会到师生间休戚与共的情感。在教室里，你的学生可能会支吾其词、抱怨连连，但当校长或其他外人出现时，他们马上就会和你形成一个牢固的统一阵线。

在楼道里，他说：我想你明白，迈考特先生，老师早上九点在教室里当着学生的面吃午饭可不合适。你第一天教课，你打算以吃三明治开始吗？那是正确的步骤吗，年轻人？这不是我们这儿的做法，这会给孩子们错误的观点。你能明白这个道理吗，嗯？如果老师停下手头的工作，在教室里吃午饭，尤其是在还是早饭时间的上午，你想想这会给我们带来多少麻烦！在早间课上，偷吃东西、用蟑螂和各种啮齿类动物吸引大家注意力的孩子已经给我们造成够多麻烦了。教室里赶出过松鼠，至于老鼠，我简直不愿再提。如果我们不提高警惕，这些孩子和一些老师，你的同事，年轻人，将会把学校变成一个大自助餐厅。

我想告诉他三明治事件的真相，以及我如何很好地应对了这个局面。但是，如果我这么做，我的教学工作可能也就走到了尽头。我想说：先生，这不是我的午饭。这是一个男孩的三明治，他把它扔给另一个男孩。我捡了起来，因为我初来乍到，班里就发生了这种事，可大学课程里没有关于扔三明治和捡三明治的内容。我知道我吃了三明治，但我这么做是出于绝望，或者是对全班进行有关杜绝浪费的教育并让他们明白谁是班级的主宰，或者，上帝，我吃三明治是因为我饿了。为了不失去这份好工作，我保证我再也不这么做了，但你必须承认这个班没有闹，很安静。如果那是个吸引职业高中学生注意力的方法，你应该为我今天余下的四个班准备一堆大红肠三明治。

我什么也没说。

校长说他会帮我，因为，哈，哈，我看上去非常需要帮助。我承认，他说，你吸引了他们的全部注意力。那很好，但是看看你是否可以用不那么戏剧性的方式做到这一点。试着教课。那是你来这儿的目的，年轻人。教课。现在你要收复失地。就到这儿吧。老师和学生都不允许在教室里吃东西。

我说：是，先生。然后他挥挥手，让我回教室。

全班同学问：他说什么了？

他说我不应该上午九点时在教室里吃午饭。

你没有吃午饭。

我知道，但他看见我在吃三明治。他告诉我不能再这么做了。

嘿，那不公平。

皮特说：我会对我妈说你喜欢她做的三明治。我会告诉她你因为她的三明治遇到不少麻烦。

好的，皮特，但不要告诉她你把三明治扔了。

不会，不会。不然她会杀了我。她从西西里来，西西里那儿的人很容易激动。

告诉她这是我一生中吃过的最好吃的三明治，皮特。

好的。

我有罪。

我讲故事，而不是讲课。

讲任何能让他们安静、让他们坐在座位上的事。

他们认为我在讲课。

我在学习。

你称自己为老师吗?

我不称自己为什么。我不仅仅是个老师,同时又称不上是个老师。在高中课堂上,你是军训教官、拉比、哭泣时可依靠的肩膀、维持纪律的人、歌手、低水平学者、店员、裁判、小丑、顾问、服装礼仪的实施者、乐队指挥、辩护者、哲学家、合作伙伴、踢踏舞者、政客、精神治疗师、傻瓜、交警、神甫、母亲—父亲—兄弟—姐妹—叔叔—阿姨、记账人、评论家、心理学家和最后一根稻草。

在教员餐厅里,老教师们警告我:孩子,不要告诉他们有关自己的事儿。他们是孩子,该死。你是老师。你有隐私权。你知道这个游戏,是不是?这些小浑蛋无恶不作。他们不是,重复一遍,不是你的正常朋友。当你准备正经地上一堂关于语法什么的课程时,他们能闻出来。他们会转移你的注意力,孩子。小心提防他们。这些孩子在这儿已经好多年了,十一或十二年。他们对老师了如指掌。他们知道你是否在考虑语法或拼写。他们会举起小手,脸上挂着那种很感兴趣的表情,问你小时候玩过什么游戏或者你喜欢该死的"世界系列"节目中的哪个人物。哦,他们会的,而你会信以为真。接下来的事情就是你把自己知道的一切和盘托出,而他们分不清句子成分就回家了。回家后,他们会把你的生活告诉他们的爸爸妈妈。他们关心的不是这些。他们会应付了事,但那又会给你带来什么呢?你不可能要回留在他们小脑袋瓜里的那些有关你生活的点点滴滴。你的生活,老弟,那是你拥有的一切。不要告诉他们。

他们的忠告被糟蹋了。我通过反复试验才弄懂教书之道,并为此付出了代价。我不得不寻找自己做人、做老师的方式。这是我三十年来在纽约市课堂内外一直努力想得到的。我的学生不知道,他们面前站着那么一个挣脱了爱尔兰历史和天主教教义的蚕茧,并将蚕茧碎片撒得遍地都是的人。

我的经历挽救了我的人生。在麦基职业技术高中任教的第二天,一个男孩提了一个问题,这个问题将我带回到过去,影响了我日后三十年的教学方式。我被推到过去,推到我的人生素材之中。

乔伊·桑托斯叫道:哟,老师——

你不应该喊叫。你应该举手。

是的,是的,乔伊说,但是……

他们说是的是的,那种样子告诉你他们正勉强容忍你。我们正尽量耐心,嘿,给你个喘息的机会,因为你只是个新老师。

乔伊举起手:哟,教书匠——

叫我迈考特先生。

是的。好吧。那么,你,苏格兰人还是其他什么?

乔伊是班级代言人。每个班除了牢骚鬼、小丑、好好先生、第一美女、热心于任何活动的志愿者、运动员、知识分子、妈妈的乖儿子、神秘主义者、娘娘腔、情人、评论家、笨蛋、认为罪恶遍地的宗教狂、坐在教室后面盯着课桌的沉思者、乐天派和认为所有生物都有其优点的圣徒外,都有一个班级代言人。这个人的工作就是向老师提问,问任何能让老师不再讲烦人课程的问题。我也许是个新老师,但我识破了乔伊拖延课程的把戏。这个把戏很普遍,我在爱尔兰也玩过。我在利米国立学校就读时就是班上的代言人。老师一在黑板上出代数题或爱尔兰语的动词变化题,男孩们就会发出尖利的嘘声:问他问题,迈考特,别让他上这该死的课。问呀,快问。

我会说:老师,爱尔兰以前有代数吗?

奥哈洛伦先生喜欢我这个书写整洁、礼貌而听话的好孩子。他会放下粉笔。从他坐在讲台旁的姿势和开口说话之前不慌不忙的神态,你会发现,能够逃脱代数和爱尔兰语句法,他多么开心。他会说:孩子们,你们有权为你们的祖先而自豪。在希腊人,甚至在埃及人之前,在这个可爱的国度里,你们的先人就能在严冬收集太阳光,并用它们长时间照亮昏暗的内室。他们知道天体运行的方式,而这使得他们懂得比代数、微积分更多的知识。孩子们,哦,更多,多得多呢。

有时候,在温暖的春日,他会坐在椅子上打盹,而我们四十个孩子静静地坐着,等他醒来。即使他睡过了放学时间,我们也不敢离开教室。

不,我不是苏格兰人。我是爱尔兰人。

乔伊看上去很真诚:哦,是吗?什么是爱尔兰人?

爱尔兰人就是任何来自爱尔兰的人。

就像圣帕特里克①,对吗?

哦,不,不准确。这就要讲有关圣帕特里克的故事,这会让我们远离烦——人——的英语课,而这又会带来其他问题。

嘿,老师。在爱尔兰,人人都说英语吗?

你们玩什么样的体育运动?

在爱尔兰都是凯尔特人吗?

别让他们左右课堂秩序。勇敢地面对他们,向他们表明谁是课堂的主宰。要么态度坚决,要么死路一条。别理会他们。告诉他们:打开笔记本,拼写单词的时间到了。

哎,老师,哎,上帝,哎,哥们儿。拼写,拼写。我们必须做吗?他们呻吟道:烦——人——的——单词拼写。他们假装用脑袋砰砰地撞桌子,把脸埋到胳膊里。他们乞求不要做单词拼写。不要,不要嘛。嗨,我们本认为你是个好人,年轻有为。为什么所有英语老师都要做同样老掉牙的事情呢?一样老掉牙的拼写课,一样老掉牙的词汇课,一样老掉牙的狗屎。抱歉,说脏话了。你能不能跟我们多讲些有关爱尔兰的事呢?

哟,教书匠——乔伊又开口了。救场的代言人。

乔伊,我对你说过,我的名字是迈考特先生,迈考特先生,迈考特先生。

---

① 爱尔兰的守护神,出生于威尔士。

好吧，好吧。那么，老师，你在爱尔兰和女孩子约会吗？

没有，该死的。绵羊。我们和绵羊约会。你们以为我们会和什么约会？

全班哄堂大笑。他们拍着胸脯大笑，用胳膊肘推来推去，假装从课桌上翻下去。这个老师，他疯了，哥们儿。讲笑话呢。和绵羊约会。锁好你的绵羊。

劳驾，请打开你们的笔记本。我们开始拼写单词了。

他们大笑不止。单词表里有绵羊这个词吗？哦，上帝。

那个自作聪明的回答是个错误。那会招来麻烦。好好先生、圣徒和评论家一定会打小报告：噢，妈妈，噢，爸爸，噢，校长先生，猜猜老师今天课上说了些什么。有关绵羊的坏事。

我对此措手不及。我没有接受过这方面的培训，也没有准备。这不是教学。这和英语文学、语法、写作无关。什么时候我能足够强大，能步入教室后立刻吸引他们的注意力并开始上课呢？这所学校有一些在老师掌控之下安静好学的班级。在自助餐厅，老教师们告诉我：哦，那至少需要五年时间。

第二天，校长派人找我。他坐在办公桌后，抽着烟接电话。他不停地说：对不起。这种事不会再发生了。我会和当事人谈。新老师，我猜。

他放下电话：绵羊。怎么扯上了绵羊？

绵羊？

我不知道该拿你怎么办。有人投诉你在课堂上说"该死的"。我知道你刚从一个农业国家来，不熟悉这儿的情况，但是你必须有些基本常识。

不，先生，不是刚到。我到这儿已经八年半了，包括两年兵役。这还不算我在布鲁克林区度过的几年婴儿期。

好了，看看，先是三明治，现在又是绵羊。该死的电话又响了。家长们都在抗议，我得找个地方躲起来。你到这儿才两天，两天都麻烦不断。你是怎么做到的？如果你能解释清楚，你就会振作一点。你到底为什么要对那些孩子讲起绵羊？

对不起。他们不停地问我问题，我被惹火了。他们就是不让我讲单词拼写。

就这些?

那时我觉得绵羊事件是有点儿可笑的。

哦，是的，的确是。你在那儿主张纵欲。十三位家长要求解雇你。斯塔滕岛区有许多有正义感的人。

我只是开玩笑。

不，年轻人，这儿不允许开玩笑。这是个时间和场合的问题。你在课堂上说的话他们都信以为真。你是老师。当你说你和绵羊约会时，他们会轻信你说的每一个词。他们不知道爱尔兰人的婚姻习惯。

对不起。

这次就算了。我会告诉家长，你是个刚下船的爱尔兰移民。

但是，我出生在这儿。

在我挽救你人生的时候，你能不能安静一会儿，听我讲，嗯? 这次，我就不追究了。我不会在你的档案中记上一笔。你意识不到在档案中记一笔有多么严重的后果。如果你想在这个系统里获得提升，成为校长、校长助理、教导主任，档案中的那一笔会拖你的后腿。那是长期向下滑行的开始。

先生，我不想成为校长。我只想教课。

是的，是的。他们都这么说。你会忘了这些话。这些孩子会让你在三十岁之前就头发花白。

很显然，我还不是那种不达目的誓不罢休的老师。他们不理会所有的问题、请求和抱怨，只是自顾自地讲授经过认真准备的课程。这使我想起利默里克那所学校。在那儿，功课最重要，而我们什么也不是。那时我就梦想有这么一所学校：在那儿，老师是向导，是顾问，而不是监工。我没有什么特别的教育理念，只是讨厌那些逃离了教室却回过头来给教室的主人（老师和学生）带去麻烦的官僚主义者和上级长官。我从未想过要填写他们的表格，遵守他们的指导方针，负责他们的考试，忍受他们的窥探，或使自己适应他们的学习计划和课程。

如果校长说，这个班是你的，老师，做你想做的事，我会对我的学生说，把椅子推到一边，躺在地上，睡觉。

什么？

我说，睡觉。

为什么？

你躺在地上自己想去吧。

他们会躺在地上，有些人会迷迷糊糊地睡过去。男孩扭动身子靠近女孩时会咯咯地笑。睡着了的人会发出甜蜜的鼾声。我会和他们一起伸着四肢躺在地上，问谁会摇篮曲。我知道有个女孩会起个头，其他人会跟着唱。一个男孩可能会说：哎，如果校长进来该怎么办？不管他，继续唱摇篮曲。有人低声说。迈考特先生，我们什么时候起来？有人会告诉他：嘘，哥们儿。他就会不做声了。铃声响起，他们慢慢从地上起来，离开教室，浑身轻松但也很困惑。不要问我为什么上这么一堂课。一定是精神在起作用。

2

如果你在早期麦基职高我的班上,你就会看到一个枯瘦如柴的年轻人。他快三十岁了,有一头难以梳理平整的黑发、一双因患慢性疾病而发红的眼睛、满嘴坏牙和一副羞愧的表情。你在埃利斯岛的移民照片或者被捕扒手的脸上也能见到这样的表情。

羞愧事出有因:

我出生在纽约,未满四岁时被带到爱尔兰。我有三个兄弟。我的父亲,一个酒鬼、一个疯狂的人、一个伟大的爱国者,随时准备为爱尔兰捐躯。他在我十岁快十一岁时抛弃了我们。一个妹妹死了,一对双胞胎弟弟死了,两个弟弟又出生了。我的母亲向人乞讨食物、衣服和用来烧水泡茶的煤。邻居们让她送我们——我和我的兄弟们——到孤儿院。不,不,绝不。那很丢人。她坚持不放弃,而我们渐渐长大。我和我的兄弟们十四岁离开学校,开始工作。我们向往美国,就一个接一个坐船离开了。母亲和她最小的孩子一起来到美国,希望从此能生活幸福。这是你在美国应该做的。但是,她从未享受过片刻幸福时光。

在纽约,我从事一些卑贱而辛苦的工作,直到应征加入美国陆军。在德国服役两年后,根据美国军人法案,我上了大学,成为一名老师。大学里有文学和写作课程,还有由不知道如何教学的教授们教的关于如何教学的课程。

那么,迈考特先生,你知道在爱尔兰长大是什么样的吗?

我,一个二十七岁的新老师,回忆我的过去以满足这些美国青少年的需求,从而让他们安静、让他们坐在座位上。我从没想过自己的过去会那么有用。为什么有人想知道我悲惨的人生呢?随后我意识到,父亲在炉火旁给我们讲故事时就是这么做的。他跟我们讲那些被称为土著口述历史学家的人的事。他们周游各地,给人们讲述上百个装在他们脑子里的故事。人们会让他们在炉火旁取暖,给他们点喝的。人们吃什么就给他们吃什么,一连几小时地听似乎无穷尽的故事和歌曲,给他们毯子或袋子盖着在角落里的草床上睡觉。如果土著口述历史学家需要爱情,可能会有一个老女人相陪。

我同自己争辩:

你在讲故事,你本应该讲课。

我是在讲课。讲故事就是讲课。

讲故事是浪费时间。

我没办法。我不擅长讲课。

你是个骗子。你在欺骗我们的孩子。

他们似乎不这么认为。

可怜的孩子不知道。

我是个在美国学校讲述自己的爱尔兰学校生活的老师。这是个例行程序。在我想讲一些具体的课程内容时(这种事不大可能发生),这个例行程序通常可以安抚他们。

一天,我的老师开玩笑,说我看上去像猫叼进来的东西。全班同学哄堂大笑。老师笑了,露出难看的大黄牙,笑得咳了起来,痰在嗓子眼里呼噜呼噜地响。我的同学认为那是嘲笑。当他们和老师一起大笑时,我恨他们。我也恨老师,因为我知道,总有一天全校的人都会把我看成猫叼进来的东西。如果老师和另外一个男孩开同样的玩笑，我也会笑，因为我和其他人一样胆小，害怕挨棒打。

班上有个男孩没和其他人一起笑。他叫比利·坎贝尔。当全班同学大笑时，比利会直直地盯着前方，而老师会盯着他，等着他像其他同学一样笑起来。我们等着老师把比利从座位上拽起来，但他从没这样做。我想，老师是因为比利的独立性而敬佩他。我也敬佩他，希望自己能有他那样的勇气，但它从来没有光顾我。

那所爱尔兰学校的男孩们嘲笑我从纽约带来的美国口音。你不可能离开一个地方，同时留下那里的口音。当他们嘲笑你的口音时，你不知道该做什么、该想什么或该感受什么，直到他们开始推搡你，而你明白他们是有意要惹你生气。你一个人对付四十个来自利默里克各条街巷的男孩，而你必须奋勇向前，如果你退缩，这辈子都会被看成是个胆小鬼或娘娘腔。他们叫你流氓或红番，而你会和他们打呀打，直到有人击中你的鼻子，鲜血喷得衬衫上哪哪儿都是。母亲会因此和你没完没了。她会从火炉旁的椅子上站起来，你的脑袋会因打架而好好地挨顿敲。试图对母亲解释你流血是为了保卫你的美国口音（你根本就是因为她才有的美国口音），将毫无作用。不，她会说。现在她得烧水洗你那件血迹斑斑的衬衫，看看能不能在炉火旁烤干，这样你明天就可以穿着它上学。她没有提到给你带来麻烦的美国口音。但一切都会好的，因为几个月后，美国口音就消失了，取而代之，感谢上帝，是除我父亲外任何人都为之骄傲的利默里克口音。

因为父亲，我的麻烦并没有完。你会认为四岁的我操着一口完美的利默里克口音，男孩子们就不再折磨我。但是，不。他们开始模仿我父亲的北爱尔兰口音，还说他属于新教徒的某个门派。现在，我得为父亲而战。又一次，我穿着染血的衬衫回家见母亲，而母亲叫喊道，如果她不得不再次洗这件衬衫，它一定会在她手中破掉。最糟糕的，是当她不能在早上把衬衫烘干时，我就得穿着湿衬衫上学。回到家，我就开始鼻塞，整个身子因为再次湿透而颤抖，不过这次是出汗所致。母亲心神烦乱，抱着我大哭，

19

说对我太刻薄了,让我穿着因为老是打架而变得越来越红的湿衬衫上学。她把我抱上床,用旧大衣和她床上的毯子盖在我身上,直到我不再颤抖。我听到她在楼下对父亲说,他们离开布鲁克林、让孩子们在利默里克校园里受人折磨的那一天,是个不幸的日子。我听着听着就迷迷糊糊睡着了。

在床上躺了两天后,我回到学校,穿着那件现在已经变成浅粉色的衬衫。男孩子们说粉色是小女孩的颜色。而我是女孩吗?

比利·坎贝尔站起来,走到他们中最壮的一个跟前。放开这个美国佬,他说。

哦,那个大个子男孩说,谁在命令我?

是我,比利说。那个大块头就走到场地的另一边玩去了。比利理解我的难处,因为他父亲来自都柏林,男孩子们有时候甚至会因为那个而嘲笑他。

我讲比利的故事,因为他身上有我敬佩的那种勇气。这时,我在麦基职高的一个学生举手说,可以敬佩比利,但难道我就没有因为美国口音而挺身面对整个团伙吗?我就不应该敬佩自己吗?我说:不,我只是在那所爱尔兰学校里的每个孩子推我、侮辱我时,做了不得不做的事。但是这个十五岁的麦基职高男孩坚持说:你得表扬你自己,但不要太多,因为那样就成自吹自擂了。我说:好吧。除了不如比利那么勇敢外,我会因作出反击而表扬自己。比利不是为自己而是为他人而战。他对我不负有任何义务,但他仍然维护我。那是一种我希望自己有朝一日也能拥有的勇气。

学生们询问有关我的家人的事情,点点滴滴的往事零星地出现在我脑海中。我意识到我正在发现自己。我用母亲同邻居聊天的方式讲这个故事:

我推着婴儿车,里面坐着马拉奇。他是个快两岁的小伙子。弗兰克走在我身边。在奥康纳街的托德商店外,一辆黑色的加长汽车在人行道旁停下,从车上下来一个穿着毛皮服装、戴着珠宝的富婆。哦,她不是朝婴儿车里看了看,当场提出要买马拉奇吗?你可以想象我是多么震惊。一个女人想买有着金黄色头发、粉红脸颊和珍珠般可爱小白牙的马拉奇。在婴儿车里,他是那么可爱。我知道离开他会让我心碎。另外,如果我回家告诉老公我把孩子卖了,他会怎么说?因此,我对那女人说,不。她看上去伤心极了,弄得我很同情她。

当我再大一点、第一百次听她讲那个故事时,我说她应该把马拉奇卖了,这样我们剩下的几个就有更多粮食吃了。她说:哦,我提出过要卖你,但那个女人一点兴趣都没有。

班上的女孩们说:哎呀,迈考特先生,你妈妈不应该这样对你。人不应该提出卖自己的孩子。你没那么丑。

班上的男孩们说:哎,他可不是克拉克·盖博。闹着玩的,迈考特先生。

我有罪。

我六岁时,爱尔兰的老师说我是个坏孩子。你是个很坏的孩子。他说班上所有的男孩都是很坏的孩子。他提醒我们他用的是"很"这个词,一个他只在这种特殊场合使用的词。如果我们在回答问题或写作文时用了这个词,他就会剥下我们的头皮。这个词只能用在这个场合,那就是我们有多坏。他从来没有见过这么多坏孩子,弄不明白教这些顽童和怪物有什么用。我们满脑袋都是从利瑞克电影院里看来的美国垃圾。我们得低下这些脑袋,击打我们的胸膛,说:Mea culpa, mea culpa, mea maxima culpa。我原以为这个词表示"对不起",直到他在黑板上写下"Mea culpa,我有罪"。他说我们生来就有原罪,原罪本可以通过洗礼而涤净。他说很显然,我们这些人浪费了洗礼用的河水。只要看一眼我们那急切的小眼睛,就能洞察我们的邪恶。

他为我们准备第一次忏悔和第一次圣餐,以拯救我们这些无足轻重的灵魂。他教我们扪心自问。我们得向内看,细察灵魂的景致。我们生来就有原罪,这讨厌的东西会渐渐侵害我们纯洁的灵魂。洗礼恢复了灵魂的纯洁与完美。但现在我们大了,犯有许多罪:伤心往事、创伤、溃疡。我们得把它们揪出来,让它们在上帝壮美的光芒下手足无措、局促不安直至腐烂坏死。扪心自问,孩子们,接下来是认罪。这是很有效的泻药,孩子们,比一剂盐更能将你们清洗干净。

我们每天都练习扪心自问,并向他和全班同学坦白自己的罪行。老师什么也不说,坐在讲台后,点点头,抚弄他那根用来让我们感受天恩眷顾的细棍子。我们承认犯了所有七大罪:骄傲、贪婪、淫邪、愤怒、贪食、忌妒、懒惰。他会用棍子指着说:马迪根,向我们坦白你如何犯了忌妒这个大罪。我们最愿意承认犯的大罪是贪食。他用棍子指着帕迪·克劳海西说:克劳海西,向我们坦白你如何犯了贪食这个大罪。然后,帕迪便描述了一顿你只能在梦里见到的大餐:同土豆、卷心菜和芥菜一起烹制的猪头,上面浇了无数柠檬汁,接下来是冰激凌和饼干,还有加了大量牛奶和糖的茶。如果你喜欢,可以歇会儿,照样再吃一遍,而你母亲一点儿都不会因为你的好胃口而不高兴,因为东西足够每个人吃,而且绰绰有余。

老师说:克劳海西,你是个上腭诗人。没人知道上腭是什么意思。于是,我们三个人来到不远处的安德鲁·卡内基图书馆,询问管理员是否可以让我们看看她桌子旁边的那本大字典。她说:你们为什么想知道上腭?我们告诉她,帕迪·克劳海西是这方面的诗人,她查了查这个词,说我们的老师一定精神失常了。帕迪很倔犟。他问她上腭是什么。当她说那是味觉的中心部位时,他看上去很为自己高兴,还用舌头发出咯咯的声音。他甚至在过马路时还这么做,直到比利·坎贝尔叫他停下,因为这让比利感到饿了。

我们承认犯了十诫的每一条。如果你说你犯了通奸罪或者和邻居的老婆幽会,老师明白你不知道自己在讲些什么:不要自视过高,孩子,下一个悔过者。

第一次圣餐后,我们为下一次圣礼——坚信礼而继续扪心自问。神甫说扪心自问和忏悔会拯救我们脱离地狱。他叫怀特。我们对他很感兴趣,因为有一个男孩说他根本就不想当神甫,他母亲逼着他当了神职人员。我们怀疑那个男孩说的话,但是他说他认识神甫家的一个女佣。那女佣说怀特神甫吃晚饭时喝醉了,对其他神甫说,自己唯一的梦想就是长大后驾驶利默里克开往戈尔韦的公交车,但是他母亲不许。被一个因为母亲的逼迫而成为神甫的人审查,是件很奇怪的事。我想知道,当他站在神坛上做弥撒时,脑子里是不是还装着那个公交车的梦想。神甫喝醉酒也是件很奇怪的事,因为人人都知道他们不应该这么做。我常常看着从身旁经过的公交车,想象他就在上面,微笑着驶过,脖子上没有把他变得毫无生气的神职人员的领子。

你一旦形成扪心自问这个习惯,就很难再停下来,尤其当你是个信仰天主教的爱尔兰男孩时。如果你做了坏事,你会审视自己的灵魂,那儿有罪行在逐渐恶化。任何事非善即恶,这是你这一辈子都牢记的观点。然后,你长大并渐渐疏远教会。"我有罪"只是你过去的时光中一声微弱的耳语,它还在那儿,只是现在你已长大,不那么容易被吓着了。

如果你感到天恩眷顾,你的灵魂就是一片令人目眩的纯白,但是你的罪行就是那些流脓发臭的恶疮。你努力用"我有罪"这个唯一对你或上帝有着非凡意义的拉丁语词汇来拯救自己。

如果能回到二十七岁第一次教课那年,我就会外出,来上一块牛排、一个烤土豆和一品脱黑啤酒。我会好好地反省自己。看在上帝的分上,孩子,站直喽。忘掉那些悲惨坎坷的过去,重拾信心。不要喃喃自语,要大胆说话,不要贬低自己。在学校的部门里,大家都乐于帮忙。你正在开始你的教学事业,而这并不轻松。我知道。我做到了。你最好辞职当个警察,那样至少你会有支枪或有根警棍保护自己。老师除了嘴巴外什么也没有。如果你不学着热爱它,你就将在地狱的一角坐立不安。

有人应该告诉我:嗨,迈克,你的人生,迈克,三十年的时光,迈克,都将是学校、学校、学校,孩子、孩子、孩子,作业、作业、作业。你阅读作业、批改作业,阅读作业、批改作业,阅读作业、批改作业,阅读并批改在学校、在家里堆积如山的作业。你日日夜夜阅读各种故事、诗歌、日记、自杀遗言、诽谤、借口、剧本、散文甚至小说，成千上万纽约青少年和几百个劳动者的作品。你没有时间阅读格兰厄姆·格林或达希尔·哈密特或F.S.菲茨杰拉德或又老又好的P.G.沃德豪斯或你最喜欢的乔纳森·斯威夫特先生的作品。阅读乔伊、桑德拉、托尼和米歇尔的作业以及那些小小的痛苦、激情和狂喜，会让你双目失明。孩子们的东西堆积如山，迈克。如果他们打开你的脑袋，他们会发现有一千个青少年在你脑子里攀爬。每年六月他们毕业，然后长大、工作，继续他们的人生。他们会有孩子，迈克，他们的孩子有朝一日会来跟你学英语，而你会面临又一轮乔伊、桑德拉、托尼和米歇尔。你会想知道：这就是生活的全部吗？这就是你二三十年的生活经历吗？记住，如果这是你的生活经历，你就是他们中的一个——一个十来岁的少年。你生活在两个世界里。你和他们在一起，从日出直到日落，但迈克，你永远都不会知道这对你的思想会有什么影响。你是个永远的少年。六月将会到来，那是"再见，老师，很高兴认识你，我妹妹九月份会在你班上"的时候。但是还有些别的东西，迈克。在任何一间教室，有些事总在发生。他们让你保持警觉。他们让你清醒。你永远都不会变老，而危险就是你可能会永远拥有青少年的思想。那真是个大问题，迈克。你习惯于站在孩子的角度和他们交谈，所以，当你到酒吧来杯啤酒时，你会忘了该怎样和朋友说话，而他们会看着你。他们看着你，好像你来自另一个星球。他们是对的。日复一日地待在教室里意味着你生活在另一个世界，迈克。

　　那么，老师，你是如何来到美国的？
　　我告诉他们我十九岁那年来到美国，那时我自己，我的身上、脑子里或手提箱中没有一样东西能表明，几年后我会每天面对五个班的纽约少年。
　　老师？我可从来没想过我会那么有出息。

除了手提箱里的书,我在船上穿的、带的都是二手货。我脑海里的任何东西也都是二手货:天主教教义,爱尔兰辛酸的历史,神甫、老师和父母灌输给我的有关受苦和殉道的枯燥冗长的陈述(他们对此知道的并不比我多)。

我身上穿的褐色西服来自利默里克市帕奈尔街诺斯·派克当铺。我母亲低价买的。诺斯说那件西服值四英镑,而她说:你在跟我开玩笑吧,派克先生?

不,我没有跟你开玩笑。他说,邓雷文伯爵的堂兄弟曾经穿过那件西服,任何贵族用过的东西价钱都会高一些。

我母亲说她不管这是不是伯爵本人穿过的东西。伯爵和他那帮人住在城堡里,有佣人伺候,他们为爱尔兰做过什么好事吗?他们从来不考虑人民的苦难。她只给三英镑,多一便士也不行。

诺斯打断我母亲的话:当铺不是宣传爱国主义的场所。而她回击道,如果爱国主义是可以摆在货架上的东西,那么他就是在把它擦亮并多收穷人的钱。他说:上帝!夫人,你以前可不这样。你这是怎么啦?

她这样是因为,就像库斯特最后的抵抗①一样,这是她最后的机会。她的儿子,弗兰克,要到美国去。她不能就这样送他走,穿着别人剩下的不体面的衣服,这个人的衬衫,那个人的裤子。她展示了她是何等聪明。她的积蓄不多,但如果派克先生能再卖给她一双鞋、两件衬衫、两双袜子,还有那条印着金色竖琴、可爱的绿领带,她会永远记住他的好处。弗兰克很快就会从美国寄钱回家。当她需要买锅、盘和闹钟时,她会马上想到诺斯当铺。事实上,她已经在货架上见到了收到美元后要买的六件生活必需品。

诺斯可不是个傻瓜。站了这么多年柜台,他知道顾客的鬼把戏。他也

---

① 1876年,美军中校乔治·库斯特率第七骑兵队两百多人驻守在大小角河口,与苏族、夏安族印第安人对峙,后全军覆没。

知道我母亲很诚实，痛恨欠别人东西。他说他很看重我母亲日后的光顾，他本人也不愿意见到那家伙衣衫褴褛地登陆美国。美国佬会怎么说呢？那就再加一英镑，哦，再减去一先令，她就可以拥有那些额外的东西。

我母亲说他是个好人，他会上天堂，她会永远记得他。见到他们互相表达敬意真是很奇怪。住在利默里克小巷里的人对当铺老板没有用，但是如果没有他们，当铺老板又该上哪儿呢？

诺斯当铺没有手提箱。他的顾客并不因周游世界而出名。为此，他好好地嘲笑了母亲一番。他说：周游世界者，你好。母亲看看我，好像在说：好好看看这个诺斯，因为你将不会每天都能看见他笑了。

爱尔兰镇上的费瑟里·伯克有手提箱卖，他卖各种旧的、二手的、撑大了的、没用的或要当柴火用的手提箱。噢，是的，他那儿有适合这个要到美国去的年轻人的东西。上帝保佑他会寄钱回家给他可怜的老母亲。

我才不老呢，我母亲说，可那也与你无关。手提箱多少钱？

好了，夫人。我两英镑卖给你，因为我不想妨碍这个男孩到美国发财。

我母亲说在她掏两英镑买那个用唾液和祷告粘在一起的破旧纸板箱之前，她要用褐色的纸把我的东西包起来捆好，然后就那样送我去纽约。

费瑟里看上去很震惊。来自利默里克底层小巷的女人不应该这么行事，她们应该尊敬长辈而不是目无尊长。听到母亲那种寻衅的语气，我也着实吃了一惊。

她赢了。她对费瑟里说他开的价钱简直就是抢劫。在英国人统治下，我们的生活好了一些。如果他不降价，她就到好人诺斯·派克那儿买。费瑟里屈服了。

谢天谢地，夫人，我没孩子是件好事。因为如果我有孩子，当他们每天站在角落里哭着喊饿时，我就该和你一样了。

她说：你真可怜，没有孩子。

她把衣服叠好，放进手提箱。她说她会把所有东西拎回家，以便我可以去买书。她从我身边走过，抽着烟走上帕奈尔街。她那天走路很带劲，好像衣服、手提箱还有我的离开会开启机会之门。

我到奥马霍尼书店去买我平生第一本书，一本将装在手提箱里带到美国去的书。

那是《莎士比亚作品全集》，由莎士比亚黑德出版社、奥尔德姆斯出版公司和巴兹尔·布莱克伍德 MCMXLVII 公司出版。这就是那本书，封面支离破碎，快散架了，靠着线的帮助才不至于掉下来。这是一本被翻得很旧、缀满标记的书，有些段落标着下画线。这些都曾是对我有着重大意义的段落，尽管我现在也看，却不明白当时画线的原因。在页边空白处标注的笔记、评论、赞语，以及对莎士比亚天赋的祝贺之辞和感叹号，表达了我的赞赏和困惑。我在扉页上写道："啊，但愿这太、太结实的肉体……"①这证明我曾经是个忧郁的年轻人。

十三四岁时，我听过隔壁失明的珀赛尔夫人家收音机里播放的莎士比亚剧作。她告诉我，莎士比亚是个爱尔兰人，他为此深感羞愧。一晚，我们正在听《裘力斯·恺撒》，保险丝却爆掉了。我是那么迫切地想知道布鲁特斯和马克·安东尼发生了什么事，以至于我到奥马霍尼书店去看剩下的故事内容。书店售货员傲慢地问我是不是想买那本书。我说我正在考虑，但首先，我得知道每个人最后的结局如何，特别是我喜欢的布鲁特斯。那人说不要担心布鲁特斯。他把书从我手里抽走，说这儿不是图书馆，还要我离开。我很尴尬，满脸通红地回到大街上，不明白为什么人们不能停止互相骚扰。甚至在我更小的时候（八九岁时），我就不明白为什么人们不能停止互相骚扰。自那以后，我一直都弄不明白这个问题。

那本书要十九先令，相当于我半周的工资。我希望自己能说，出于我对莎士比亚的浓厚兴趣，我买了。但事实根本就不是那样。我不得不买它是因为我看过一部电影。在那部电影里，一个在英格兰的美国士兵到处滔滔不绝地大谈莎士比亚，结果所有女孩都疯狂地爱上了他。另外，即使你

---

① 哈姆雷特的独白，语出《哈姆雷特》第一幕第二场。

仅仅暗示你曾读过莎士比亚的作品，人们也会向你投来那种尊敬的目光。我想如果我学些长段落，我就会给纽约的女孩们留下深刻的印象。我已经知道"各位朋友，各位罗马人，各位同胞"①，但当我向利默里克的一个女孩说起这些时，她很好奇地看了我一眼，好像我得了什么病似的。

沿着奥康纳大街往前走时，我真想打开包裹，让全世界都看看腋下夹着莎士比亚作品的我，但我没有那个勇气。我经过那个小剧院（我曾经在那儿看过一个巡回演出团表演的《哈姆雷特》），记得我曾为自己和他遭受同样的痛苦而伤感。在演出结束那晚，哈姆雷特本人返场谢幕，告诉观众，他和全体演职人员是多么感谢我们的光临，他，他和全体演职人员，是多么累，还有如果我们往门口那个猪油罐里投些零钱，他们会多么感激我们的帮助。我被演出深深地打动了，因为其中的好多内容都关于我和我的郁闷人生。我往猪油罐里投了六便士，希望自己能附上一张纸条，好让哈姆雷特知道我是谁，以及我的痛苦是真实存在的而不是仅仅发生在剧中。

第二天，我给汉拉蒂酒店送电报。《哈姆雷特》的演职人员正在酒吧里喝酒唱歌，一个服务生跑来跑去，把他们的行李装上面包车。哈姆雷特独自一人坐在酒吧的最后面，正在一口一口地喝威士忌。我不知道哪来的勇气，向他问了声好。毕竟，我们俩都被自己的母亲出卖，我们都承受着巨大的痛苦。这个世界永远都不会知道我的痛苦，我羡慕他每天晚上都能够倾诉自己的痛苦。你好，我说。他有着苍白的脸、黑眉毛和黑眼睛。那双黑眼睛注视着我。他的脑子里装着莎士比亚的所有台词，但是现在他一言不发。我像个傻子似的涨红了脸，被自己的脚绊倒了。

我羞愧地骑着自行车沿奥康纳大街往前走。后来，我想起了投到猪油罐里的六便士，为他们在汉拉蒂酒吧购买威士忌和唱歌的六便士。我想回去面对全体演职人员和哈姆雷特本人，说出我对他们劳累的虚假故事和他们用穷人的钱买酒的看法。

---

① 安东尼在罗马众市民前演说的起始部分，语出《裘力斯·恺撒》第三幕第二场。

忘了那六便士吧。如果我回去，他们一定会向我投掷莎士比亚的话，哈姆雷特会用他那冰冷的黑眼睛注视我。对此，我会哑口无言。如果我用自己的红眼睛回视他，我看上去会很可笑。

我的学生说：花那么些钱买一本莎士比亚的书很蠢，不是有意冒犯。如果我想给人留下深刻印象，何不到图书馆把那些格言抄下来？还有，仅仅因为那个家伙引用了这个现在没人愿意读的老作家的一些话，你就对他印象深刻，你还真是蠢得可以。有时候电视里放莎士比亚的话剧，而你一个词也不懂，可那又能怎样？我用来买书的钱原本可以花在一些很酷的东西上，比如鞋子或者一件漂亮的夹克或者——你知道的——带个女孩去看电影。

一些女孩说，我用莎士比亚给人留下深刻印象这个办法很酷，尽管她们不知道我在讲些什么。为什么莎士比亚要用那种没人能够理解的古老语言写作呢？为什么？

我无言以对。他们又说了：为什么？我陷入困境，只能告诉他们我不知道。如果你们愿意等，我会努力找出答案。他们互相看了看。老师不知道？怎么会这样？他是认真的吗？天哪！他是怎么成为老师的？

嗨，教书匠，你还有更多的故事吗？

没了，没了，没了。

你老是说没了，没了，没了。

就这样，没有故事了。这是英语课。家长们会投诉。

哟，喂，迈考特先生，你当过兵吗？你在韩国打过仗吗？

我从来没有过多思考自己的人生，但是我一点一滴地讲给学生们听：我父亲的酗酒，在利默里克贫民窟梦想美国的日子，天主教教义，在纽约单调的生活。纽约的少年们要求再来些故事，这让我惊讶不已。

3

我告诉他们，在部队待了两年后，《美国军人法案》帮助我在纽约大学过了浑浑噩噩的四年。我在晚上打工以弥补政府补助的不足。我其实可以在业余时间打工，只是我急于毕业，想用我的学位和大学知识给这个世界和女孩们留下深刻印象。我在为迟交论文和错过考试找借口这方面经验丰富。我支支吾吾、喃喃地向耐心的教授们讲述自己的不幸人生，暗示巨大的悲痛。我那爱尔兰口音帮了大忙。我生活在信任和老天爷作证的边缘。

当我在一摞图书后面打呼噜时，大学的图书管理员们戳醒了我。其中一位告诉我，图书馆内严禁打盹睡觉。她善意地建议，外面华盛顿广场公园里有无尽的长椅，我可以躺在那儿直到警察到来。我对她表示感谢，并告诉她一直以来我是多么崇拜图书管理员，不仅因为他们懂得杜威十进分类法，还因为他们也提供其他日常生活方面的帮助。

纽约大学的教育学教授提醒我们小心日后的教学生活。他说第一印象很关键。他说：你们和第一个班级见面、打招呼的方式可能会决定你们的整个职业进程。你们的整个职业生涯。他们在观察你们。你们在观察他们。你们是在和美国青少年——一个危险物种打交道。他们不会对你们仁慈。

他们会估量你们的能力，会决定对你们采取什么对策。你们以为你们控制着局面吗？再想想吧。他们就像寻热导弹，在跟踪你们时，他们依靠原始的本能。这是年轻人摆脱他们的长辈、在这星球上立足的机能。你们知道这个，是不是？希腊人知道这个。研究一下希腊人吧。

教授说在学生进入教室之前，你们必须决定自己将站在哪儿——"姿势和布局"，以及自己将成为怎样的人——"身份和形象"。我从不知道教学会那么复杂。他说：你们不能简单地讲课，除非你们知道该把自己放置在什么地方。教室要么是你们的战场，要么是你们的操场。你们得清楚自己是谁。记住教皇的话："了解自己，不要认为上帝会审视你。正确的人类研究就是人类自己。"教课第一天，你们要站在教室门口，让学生知道你们很高兴见到他们。我说的是，站着。任何一位剧作家都会告诉你们：当演员坐下时，演出将停滞不前。最好的方法就是确立自己的风度，并在教室外的楼道里展示这种风度。我说的是，教室外。那是你们的领地。当你们走出教室时，你们会被认为是个坚强的老师，无所畏惧，随时准备面对一群蜜蜂。一个班级就是一群蜜蜂，而你们就是战斗的老师。这是人们并不认可的东西。你们的领地就像你们身上的气味，你们走到哪儿它就跟到哪儿，楼道里，楼梯上，当然，还有教室里。千万别让这些蜜蜂侵犯你们的领地。绝不。记住：坐着或甚至站在讲台后的老师实质上缺乏自信，他们该换份工作。

我喜欢他说"实质上"一词的方式。这是我第一次听到这个词用在维多利亚时代小说之外的场合。我期待自己当老师后也能用这个词。它有个重要的言外之意，能让人们坐直身子并集中注意力。

你站在那个小小的讲台上，一讲就是一个小时，而你面前的每个人都在做笔记。我认为那感觉真是棒极了。如果你再有好的长相或性格，女孩子们就会在课后蜂拥到办公室或其他地方看你。这就是我当时的想法。

教授说他作过一项关于高中学生行为的非正式研究。如果我们敏感并善于观察，就会在上课铃响之前注意到某些不寻常的瞬间。我们会注意到青少年的体温如何上升，血液如何流动，如何产生足够为一艘战舰提供动力的肾上腺素。他笑了，而你会发现他对自己的这些观点是多么得意。我们也对着他笑，因为教授有这个权利。他说老师必须观察学生如何展示自我。他说：很多东西——我说的是很多东西——取决于他们如何进教室。观察他们的入场式。他们漫步走，他们神气十足地走，他们拖着脚走，他们彼此碰撞，他们开玩笑，他们炫耀。你们，你们可能没想过进教室这件事，但是对一个十来岁的少年来说，这可能是全部的全部。进教室就是从一个环境转移到另一个环境。对于那个少年来说，那令人不快。那儿会有恶人，会有从粉刺到丘疹等日常令人讨厌的东西。

虽然我无法理解教授讲的东西，但对此印象深刻。我从没想过步入教室会牵扯到那么多事。我认为讲课就是件简单的事，就是将你知道的东西告诉班上的学生，然后考他们，给他们成绩。现在，我知道了作为老师的生活竟然如此复杂。因为了解了有关老师的一切，我对这个教授很是钦佩。

一起上教授的课、坐在我旁边的学生悄悄地说：这家伙在胡说八道，他这辈子从没教过高中生。这个学生叫西摩。他戴着一顶亚莫克便帽①，因此他时不时说些很有学问的话也就不足为奇，或者他就是为了吸引坐在他前面的那个红发姑娘而卖弄学问。当她因西摩的话语而转过头来微笑时，你会发现她很漂亮。我希望自己也能卖弄一把，可不知该说些什么，而西摩对任何事都有独到的见解。红发姑娘告诉西摩如果他真那么想，就应该大声说出来。

该死，不，西摩说，我会被踢出去。

她对他笑了笑。当她对着我笑时，我觉得自己飘飘欲仙。她说她叫琼，然后她举起手以引起教授的注意。

什么事？

---

① 犹太男子常戴的一种无边圆顶小帽。

教授，你教过多少个高中班级？

哦，几年来，我听过几十个班的课。

但是你真的在高中教过课吗？

你叫什么名字，年轻的女士？

琼·萨默斯。

难道我没告诉你，我听过、辅导过几十个实习老师的课吗？

我父亲是个高中老师，教授。他说只有亲自教过，你才会了解高中教学。

他说他不知道她在说什么，她这是在浪费整个班级的时间。如果她想继续这个讨论，可以和他的秘书预约。他们可以在他的办公室见面。

她站着把背包带往肩上一甩。不，她不会预约和他见面，她觉得没理由他不能坦白地回答她关于他教学经历的问题。

够了，萨默斯小姐。

她转过身，看了看西摩，瞥了我一眼，向门口走去。教授瞪着眼，手里的粉笔掉了下来。等他捡回粉笔，她已经不见了。

现在他会怎么处置琼·萨默斯小姐呢？

他什么都没做。他说快下课了，下周见，然后拿起包走了出去。西摩说琼·萨默斯极其漂亮地毁了自己，极其漂亮。他说：告诉你一件事。不要招惹教授。你不会赢，不管在任何时候。

下一个星期，他说：你看见了吗？耶稣！

我认为一个戴着亚莫克便帽的人不应该那样说耶稣。如果"耶和华"或"他妈的"是骂人的话，而我用这些话骂他，他又会怎样？但是我什么都没说，因为害怕他嘲笑我。

他说：他们在约会。我看见他们在麦克杜格尔街的咖啡馆里情意绵绵地喝咖啡。他们手拉着手，眼对着眼。他妈的。我猜她在他办公室和他聊了一会儿，然后就这样了。

我口干舌燥。我梦想着有朝一日能碰到琼，并开口说话。我们会一起

33

去看电影。我会选择一些带字幕的外国电影，以显示我是多么老于世故，而她将崇拜我，让我在黑暗中亲吻她，以至于错过很多字幕和故事线索。那不要紧，因为我们会在一家烛光摇曳、舒适温暖的意大利餐厅谈天说地。她那红色的头发在烛光中闪烁。天知道接下来会发生什么，因为我的梦就到此为止。我以为我是谁？是什么让我认为她会看我哪怕一秒钟呢？

我在麦克杜格尔街的咖啡馆里徘徊，希望她能见到我并对我笑一笑，而我会还以微笑。我那么随意地抿了口咖啡，而她就会印象深刻，接着又看我一眼。我会确保她能看到我那本书的封面——尼采或叔本华的作品，而她会不明白，自己为什么在本可以和那个沉迷于德国哲学、敏感的爱尔兰人相处时，却浪费时间和教授在一起。她会说声"请原谅"，然后离开。在去厕所的路上，她会在我的桌子上放下一张写有她电话号码的纸条。

我在菲戈罗咖啡馆见到她的那天，她真这么做了。她离开餐桌时，教授以那种占有和骄傲的神情看着她。我真想一脚把他从椅子上踢开。接着，他瞥了我一眼。我知道他甚至没认出我在他班上。

他示意结账。当女招待站在桌子旁挡住他视线时，琼乘机把那张纸条放在我的桌上。他们离开后，我打开纸条："弗兰克，明天给我打电话。"电话号码用口红潦草写成。

上帝！她注意到了我，一个摸索着想成为老师的码头工人，而那个教授，天哪，是一个教授！可她却知道我的名字。我被幸福冲昏了头。餐巾纸上用口红写着我的名字，而那口红曾经碰过她的芳唇。我知道我会永远珍藏那张纸条，直到把它带进坟墓。

我给她打电话。她问我是否知道我们可以在哪儿安静地喝一杯。

查姆莱咖啡馆？

好的。

我该做些什么？该怎么坐？该说些什么？我将和曼哈顿最漂亮的姑娘一起喝一杯。她或许每晚都和那个教授上床。想到她和他在一起，我就痛苦万分。查姆莱咖啡馆的男人们满怀妒火地看着我。我知道他们在想些什么。和那个漂亮姑娘、那个令人倾倒的尤物、那个绝色佳人在一起的那个邋遢家伙是谁？哦，也许我是她的兄弟或表兄弟。不，不可能是那种关系。我不够好看，说是她的远房表亲也没人相信。

她要了杯饮料。诺姆外出了，她说，他每周在佛蒙特教两天课。我猜大嘴西摩把所有事都跟你说了。

没有。

那你为什么到这儿来？

你……你邀请我来。

你怎么看自己？

什么？

很简单的问题。你怎么看自己？

我不知道。我……

她看上去不以为然。让你打电话你就打电话，让你去哪儿你就去哪儿，你不知道你怎么看自己。看在上帝的分上，说说你的优点吧。来吧。

我觉得鲜血涌上脸庞。我得说点什么，要不然她会起身离开。

一位码头平台领班曾经说过，我是个强壮的小爱尔兰人。

哦，那么，凭那句话和十美分硬币，你就能将地铁开出两站地。你是个迷失的灵魂。这很容易就能看出来。诺姆喜欢迷失的灵魂。

从我嘴里冒出了这么句话：我不在意诺姆喜欢什么。

哦，上帝。她要起身离开了。她没有。她笑了，笑得那么起劲，以至于几乎被酒呛着。之后，一切都变了。她冲着我笑，笑了又笑。我感到很幸福，几乎要欢呼雀跃。

她从桌子那边伸过手来，握住我的手。我的心疯狂乱跳。我们走吧，她说。

我们来到巴罗街她的公寓。进门后，她转过身吻我。她旋转着脑袋，她的舌头按顺时针方向在我嘴里游动。我却在想：主啊，我不值得她这样。为什么上帝没在我二十六岁之前告诉我这些？

她说我是个身体健康的农民,明显地渴望爱抚。我不喜欢被称为农民。天哪,我没读过书吗?没看过 E.劳里·朗、P.G.沃德豪斯、马克·吐温、E.菲利普斯·奥本海姆、埃德加·华莱士和又老又好的狄更斯的书吗?我认为我们在这儿要做的不仅仅是表达情感。我什么也没说,因为我没有这方面的经验。她问我是否喜欢扁鲨,我说我不知道,因为我以前从未听说过。她说一切取决于你如何烹调它。她的秘诀是冬葱。并不是每个人都赞同这么做,她说,但这对她很有效。美味的白鲑最好用上好的白葡萄酒烹制,普通的料酒可不成,得用好酒。诺姆曾经做过一次鱼,但弄得一团糟。他用了些加州啤酒,结果做成了一只旧鞋的味道。那个可怜的心肝只知道他的文学和讲座,对葡萄酒和鱼一窍不通。

和一个手捧你的脸、告诉你要对自己有信心的女人相处,是很奇怪的一件事。她说:我父亲来自利物浦,他酗酒而死,因为他害怕这个世界。他说希望自己是个天主教徒,这样就可以出家,可以永远不用再见到人。是我母亲努力让他说出自己的优点,可他做不到,因此他酗酒而死。你喝酒吗?

不多。

小心点。你是个爱尔兰人。

你父亲不是爱尔兰人。

不是,但他可能是。利物浦的每一个人都是爱尔兰人。我们来做那条扁鲨吧。

她递给我一件和服。好了,到卧室里换衣服。如果武士能穿,那么一个不那么强壮的"强壮的小爱尔兰人"也可以穿。

她换上一件丝质晨衣。那晨衣好像是活的,一会儿粘在她身上,一会儿悬着好让她在里面自由活动。我喜欢衣料粘在她身上的样子,那使身穿和服的我充满活力。

她问我是否喜欢白葡萄酒,我说是的,因为我发现"是的"是任何问题的最佳答案,至少对琼是这样。我对着桌上的扁鲨、芦笋和两根摇曳的蜡烛说"是的"。我对着她举起酒杯、和我的酒杯碰了一下、发出砰的一声的样子说"是的"。我告诉她这是我一生中吃过的最好吃的一顿饭。我想接下来对她说我开心极了,但那听起来可能会不自然,而她可能会用一种奇怪的眼神看我,这会毁了整个夜晚和我以后的生活。

扁鲨之夜后的六个晚上,我们都没有提到诺姆,除了她卧室花瓶里那十二朵新鲜的玫瑰(上面有张卡片,写着"诺姆的爱")。我多喝了点儿酒,以便能鼓足勇气问她:你究竟如何做到当着诺姆送的新鲜玫瑰的面和我一起躺在这床上?但我从来没这么问过。我买不起玫瑰,因此我送她康乃馨(她把它们插在玫瑰旁边的大玻璃瓶里)。没有竞争。在诺姆的玫瑰旁边,我的康乃馨看起来很令人伤心,以至于我用仅剩的几美元给她买了一打玫瑰。她闻了闻,说:哦,它们真漂亮。我不知道该对此说些什么,因为这些玫瑰不是我种的,而是我买的。花瓶里,诺姆的玫瑰干瘪了。想到我的玫瑰将会代替诺姆的玫瑰,我很开心。但是,她接下来的举动在我心上留下了我曾受过的最大的伤痛。

我坐在厨房的椅子上,看见了她在卧室里所做的一切:她一支一支拿起我的玫瑰,小心地把它们插到诺姆的玫瑰的中间和周围,后退几步,看了看,用我的新鲜玫瑰撑起诺姆那些无精打采的玫瑰,轻轻抚摸它们(他的和我的),笑了,好像两组玫瑰一样好。

她一定知道我在注视着她。她转过身,冲着在厨房里忍受煎熬、几乎要放声痛哭的我笑了笑。它们真漂亮,她又说了一遍。我知道她说的是二十四朵玫瑰,而不单单是我那一打。我真想像一个男子汉那样冲她嚷嚷几句,然后怒气冲冲地离开。

我没有这么做。我留下了。她做了八宝猪排配苹果酱和捣碎的土豆,味道像卡纸板。我们上了床,可我满脑子都是和那个佛蒙特狗杂种的玫瑰混在一起的我的玫瑰。她说我似乎干劲不足,而我想告诉她我情愿自己死了。没关系,她说,人就是要彼此习惯,你得保持精力充沛才行。

这就是她保持精力充沛的方式?同时应付我们两个人,用不同男人的玫瑰插满自己的花瓶？

那个春季学期快结束时，我在华盛顿广场遇到西摩。进展如何？他笑着说，好像他知道一切，大美人琼好吗？

我结巴了，重心从这只脚换到那只。他说：别担心。她也和我干过，但是她只得到我两礼拜。我一弄清她要搞些什么名堂，就让她见鬼去了。

搞什么名堂？

那都是为了老诺姆。她请我做客，请你做客，天知道还请了谁，而她把所有的一切都告诉了诺姆。

但是他去了佛蒙特。

佛蒙特，你这个傻瓜。你一离开她的住所，他就在那儿探听细节了。

你怎么知道？

他告诉我的。他喜欢我。他跟她说我的事，她跟他说你的事，他们也知道我在跟你说他们的事，他们有的是时间。他们谈论你，谈你如何傻到什么都不知道。

我走开了。他在我后面喊：任何时候，嘿，任何时候。

我勉强通过了教师资格考试。所有事情我都是勉强过关。教师资格考试的及格分是六十五，我考了六十九。我认为我得以及格是由于布鲁克林东区高中的一个英语部主任（他给我的示范课作过鉴定）的好心以及自己有幸粗略了解第一次世界大战。纽约大学一位嗜酒如命的教授曾经友善地对我说，我是个蠢学生。我当时被惹恼了，后来想了想，发现他是对的。我在各方面都很蠢。但我发誓有朝一日会振作起来，集中思想，聚精会神，有所作为，摆脱一切束缚，整合自己的行为，一切都按照传统的美国方式进行。

我们坐在布鲁克林技术高中楼道里的椅子上，等待面试、填表、签字声明效忠美国，向全世界保证我们现在不是、过去也未曾是共产党。

我看见她之后很久，她才坐到我身边。她头上包着绿色围巾，戴着深色眼镜。她拿掉围巾，露出炫目的红发。我很渴望见到她，但是我不会转过身看她，从而让她得到满足。

嗨，弗兰克。

如果我是小说或电影里的人物，我就会骄傲地站起来走开。她又说了一声嗨。她说：你看上去很累——

我打断她的话，以表示在经历了她对我所做的一切后，我不会对她客气。不，我不累。但是之后，她用手指碰了碰我的脸。

那个小说里的人物会把头往后一仰，表示他没有忘记一切，不会因为两声招呼和几个指尖的抚摸就心软。她笑了，又一次碰了碰我的脸颊。

楼道里的每一个人都在看她。我想他们一定很好奇她会对我做些什么。她那么漂亮，而我几乎不讨人喜欢。他们看见她把手放到我的手上。

你还好吗？

很好，我声音嘶哑地说。我看着那只手，想着它在诺姆的身体上游走。

她说：你对面试紧张——

我再次打断她的话：不，我不紧张。

你会成为一个好老师。

我不在乎。

你不在乎？那么你为什么参加这个面试？

没别的事可做。

噢。她说她打算拿到教师资格证书，教上一年，再把这段经历写成书。这是诺姆的建议。大专家诺姆。他说美国的教育一团糟，来自学校系统、揭发丑事的书一定会畅销。教上一两年书，对学校糟糕的状况来上一番抱怨，你就会有一本畅销书了。

轮到我面试了。她说：结束后喝杯咖啡怎么样？

如果我有一丁点勇气或自尊，我就会对她说不，然后走开。可我却说好的，然后面试去了，带着一颗怦怦狂跳的心。

我对三个考官说早上好，但他们都受过培训，看也不看应聘者。中间的那个说：用几分钟时间念一下你面前桌子上的那首诗。念完后，我们会让你分析它，并告诉我们你如何把它教给高中生。

那首诗的题目描述了我在面试时的感受——"我情愿忘记我是谁"。

右边那个秃子问我是否知道那首诗的体裁。

知道，哦，知道。这是一首奏鸣曲。

一首什么？

噢，对不起。一首十四行诗。十四行诗。

那么押什么韵呢？

啊……啊……押 abbaabbacdcdc 韵。

他们互相看了看。我不知道自己是对还是错。

那么诗人呢？

噢，我认为是莎士比亚。不，不是，是华兹华斯。

都不是，年轻人。是桑塔耶纳。

秃子瞪了我一眼，好像我冒犯了他。桑塔耶纳，他说，桑塔耶纳。我几乎要为自己的无知而感到羞愧了。

他们看上去很严厉，而我想声明：问有关桑塔耶纳的问题是不公平、不公正的，因为我在纽约大学虚度的四年中所看过的教材或诗集里没有这个人。他们没有提问，但我主动说出了对桑塔耶纳仅有的一点知识，那就是如果我们不从历史中吸取教训，就一定会重复自己的错误。他们不为所动，甚至在我告诉他们我知道桑塔耶纳名叫乔治时也面无表情。

那么，中间的那个说，你会怎么教这首诗？

我含含糊糊地说：噢，我认为……我认为……这首诗部分讲的是自杀以及桑塔耶纳如何感到厌烦。我会讲詹姆斯·迪恩，因为青少年崇拜他，还会讲他如何很可能无意识地在摩托车上送了性命。我会介绍哈姆雷特的自杀独白——"生存还是毁灭"，并让他们讨论对于自杀的感受，如果他们曾经有过自杀经历。

右边的那个说：你会为强化做些什么？

我不知道，先生。什么是强化？

他抬了抬眉毛，看了看其他人，好像是在尽量容忍。他说：强化是一项活动，是充实内容，是后续措施，是某些紧扣学习的作业，这样学生才会牢牢记住所学的东西。你不是在真空中教学。一名好老师会将教材和实际生活联系起来。你明白吗？

噢！我绝望了。我不假思索地说：我会让他们写一篇一百五十字的自杀遗言。那会是个鼓励他们思考人生的好办法，因为塞缪尔·约翰逊说过：想到早上要自杀就会让人很好地集中注意力。

中间的那个蹦出个词：什么？

右边的那个摇了摇头：我们不讨论塞缪尔·约翰逊。

左边的那个从牙缝里挤出话来：自杀遗言？你不能做这种事。听到我说的话了吗？你是在和思想脆弱的人打交道。耶稣基督！你可以走了。

我说：谢谢。但这又有什么用？我确信我完了。很容易就能看出他们不喜欢我，不喜欢我对桑塔耶纳和强化的无知。我还确信那个自杀遗言的想法是最后一根稻草。他们是高中各部门的头头或者担任其他重要的工作。我不喜欢他们，正如我不喜欢任何凌驾于我之上的有权人，比如老板、主教、大学教授、税务审查官、领班等。即便如此，我不明白为什么这些主考官之类的人那么无礼，他们总让你觉得自己毫无价值。我想如果我坐在他们的位置，我会努力帮助应聘者克服紧张感。如果年轻人想当老师，那些认为桑塔耶纳是宇宙中心的主考官就应该鼓励而不是恐吓他们。

这就是我当时的感受，但是我不懂得人情世故，不知道坐在上面的人得保护自己不受下面的人欺负。我不知道年长的人得保护自己不受那些想把他们从地球上赶走的年轻人欺负。

我的面试结束后，她已经在楼道里了。她把围巾在下巴那儿打了个结，告诉我面试很容易。

不是那么回事。他们问我关于桑塔耶纳的问题。

真的吗？诺姆很崇拜桑塔耶纳。

这女人是不是没头脑啊，一定要用诺姆和那该死的桑塔耶纳毁了我这一天？

我才不在乎诺姆，也不在乎桑塔耶纳。

哦唷唷！瞧这口才。这个爱尔兰人是在发脾气吗？

我想屏住呼吸，降降火气，但是我走开了。我没有停下来，即使她喊着：弗兰克，弗兰克，我们可以来真格的。

我走过布鲁克林桥，一路走到东七街的麦克索利商店，嘴里重复着：我们可以来真格的。她这是什么意思？

我一杯接着一杯喝啤酒，就着薄脆饼干吃肝泥香肠配洋葱，在麦克索利商店巨大的小便器里狠狠地撒了一泡尿。我在公共电话亭给她打电话，听到诺姆的声音就挂了。我为自己鸣冤叫屈，想再次给诺姆打电话，邀请他到马路边上作个了断。我拿起话筒，最终又放下了，回了家，抱着枕头啜泣。我讨厌自己，骂自己是个傻瓜，直到酒意涌来才沉沉睡去。

第二天，带着宿醉的痛苦，我来到布鲁克林东区高中参加教学考试。这是取得教师资格证书的最后一道坎。我应该在课前一小时到达，但是我坐错了地铁，结果迟到了半小时。英语部主任说我可以下次再来，但我想了结这件事，特别是在知道自己无论如何都注定要失败的时候。

主任递给我几张纸，上面写着这节课的主题：战争诗歌。我背过这些诗：西格弗里德·沙逊的《那重要吗？》和威尔弗雷德·欧文的《致注定失败的青年人的赞美诗》。

在纽约教书，你就要遵循教学计划。首先，你要陈述教学目标，然后，你要激发班上学生的兴趣，因为众所周知，这些孩子不想学任何东西。

我对班上的学生讲我姨父的故事，以此来激发他们的兴趣。第一次世界大战期间，他被毒气熏过，回家后发现唯一能找到的工作就是在利默里克煤气厂往火炉里铲煤、焦炭和时光。学生们哄堂大笑，主任也微笑了。这是个好兆头。

光讲诗可不够。你要"引导和召唤"，要让你的学生参与到教材中，要让他们兴奋。这是地方教育委员会的话。你要问一些关键性问题，以鼓励学生参与。一位好老师应该抛出足够多关键性问题，从而让全班学生的脑子在四十五分钟内不停地运转。

有几个孩子谈到了战争，以及他们在第二次世界大战和朝鲜战争中幸存下来的家人。他们说一些人回到家时已经失去了脸或腿，这不公平。失去一条胳膊不是那么糟糕，因为你终归还有一条胳膊。失去两条胳膊就是真正的痛苦了，因为得有人来喂你吃饭。失去一张脸又是另外一回事。你只有一张脸，失去就没有了，朋友。一个身材可爱、穿着一件粉色带花边衬衫的女孩说，她姐姐嫁给了一个在平壤受伤的人。他根本没有胳膊，就连可以固定假肢的残肢也没有。因此，她姐姐得喂他吃饭，给他刮胡子，做任何事，而他所要的就是性。性、性、性，那就是他要的全部。她姐姐因此疲惫不堪。

坐在教室后面的主任用警告的语气说：海伦！可她对着全班同学说：哎，那是真的。你怎么会要一个得给他洗澡、喂他吃饭，然后一天和他上三次床的人呢！一些男孩在窃笑，但很快止住了，因为海伦说：对不起，我为姐姐和罗杰而难过，因为她说她不能再这样下去了。她要离开他，而他就得到老兵医院。他说如果那样，他就自杀。她转过身，对着教室后面的主任说：对不起，我说了些关于性的话，但那是真实发生的事，我不是有意要失礼。

因为海伦的成熟、勇气以及她那好看的胸脯，我是如此钦佩她，以至于我几乎无法继续上课。如果她能整天围着我，给我洗澡、擦身子、做日常按摩，我想我不介意当一个截肢者。当然，老师不应该这么想，但是，当你正值二十七岁，又有一个人像海伦这样坐在你面前，提出性之类的话题并像她那样看着你时，你又会做些什么呢？

一个男孩不依不饶。他说海伦的姐姐不该担心她丈夫会自杀，因为当你没胳膊时，你不可能自杀。没胳膊，你就没法死。

两个男孩说：当你只有二十一岁时，你不应该不得不面对没有脸或没有腿的生活。噢,当然了,你可以装个假腿,但你绝不可能带张假脸,那又有谁肯和你约会呢?那不就结了,你永远不会有孩子或任何东西。你的母亲会不愿意见到你,你所有的食物都得通过一根吸管。想到你会因担心可能看到或看不到那张失去了的脸,而永远不想再看浴室里的镜子,真的很令人伤心。想象一下,当一个可怜的妈妈在知道儿子永远不会再用剃须刀和剃须膏后,不得不决定将它们扔掉时,她该有多难。永远不会再用了。她不会真的走进他的房间,说:儿子,你永远不会再用这些剃须工具了。好多东西堆在这儿,我要把它们扔了。他坐在那儿,没有脸,而他的母亲告诉他一切都结束了,你能想象他会有什么样的感受吗?你只能对你不喜欢的人那样做,很难想象一个母亲会不喜欢自己的儿子,即便是他没有脸了。不论你境况如何,你的母亲都应该会喜欢你、支持你。如果她不喜欢你、不支持你,你能到哪儿去呢?活着又有什么用呢?

班上的一些男孩子希望能有自己的战争,这样他们就可以到那儿进行报复。一个男孩说:哦,胡说,你永远不能进行报复。他们向他喝倒彩,他们的喊叫声淹没了他。他叫理查德。他们说全校都知道他是共产党。主任做着笔记,也许是关于我如何允许教室里出现不止一个声音,从而失去了对班级的控制。我绝望了,提高了嗓门:有没有人看过一部关于德国士兵的电影《西线无战事》?没有,他们从没看过。在德国人对我们做了那么多坏事后,为什么他们应该掏钱看关于德国人的电影?该死的德国佬!

你们有多少人是意大利人?半个班。

这是不是说在意大利和美国开战后,你们就再没看过意大利电影?

不,这和战争没有关系。他们只是不想看那些带有愚蠢字幕的电影。字幕走得很快,你永远无法跟上故事的发展。当电影出现雪景而字幕又是白色时,你到底应该怎样才能看清楚呢?许多意大利电影都有雪景和对着墙角撒尿的狗,它们很令人沮丧,而人们却只是干站在街上等着一些事情发生。

地方教育委员会规定,每堂课必须有一个归纳所有内容、引出家庭作业、强化或得出某种结论的总结，但是我忘了。下课铃响起时，两个男孩正在争论。一个支持约翰·韦恩，另一个说他是个从未上过战场的大骗子。我试图用一个大总结归纳所有内容，但讨论却仍在零零星星地进行。我对他们说谢谢你们，但是没有人在听，而主任挠了挠额头，并做了笔记。

我走向地铁站，一路责骂自己。有什么用呢？老师，天哪！我应该和狗一起待在军队里。我应该在船坞和仓库里抬东西、拖东西、骂人、吃大个三明治、喝啤酒、追逐港口附近的妓女，那样生活要自在得多。至少我和自己的同类、同一阶层的人在一起，而不是变得自高自大，远离心爱的人。我应该听从爱尔兰的神甫和正派人士的话。他们告诉我要提防虚荣心，要接受我们的命运。那些性情温顺、心灵谦逊的人在天堂里有一席之地。

迈考特先生，迈考特先生，等等。

主任隔着半个街区叫我：等等。我转身朝他走去。他有一张善良的脸。我想他来是要安慰我：很不幸，年轻人。

他上气不接下气地说：唉，我本不应该和你说话，但我只是想说几星期后你会收到考试成绩。你具有当一名好老师的潜能。我是说，看在上帝的分上，你的确了解沙逊和欧文。我的意思是，走在这儿的人有一半分不清爱默生和米基·斯皮兰。所以，当你拿到成绩并开始找工作时，给我打电话，好吗？

哦，好的，当然，好的，我会的。谢谢。

我在街头跳舞，在空中漫步。鸟儿在高架地铁站台上喳喳地叫，人们微笑着、尊敬地看着我。他们能够看出我是个从事教学工作的人。我毕竟不是那么傻。哦，主啊！哦，上帝啊！我的家人会说些什么呢？老师！这个词会传遍利默里克。你听说过弗兰克·迈考特吗？耶稣啊！他在美国那儿当老师了！他走的时候是啥样？什么也不是。他那会儿就是那样。可怜又悲惨的家伙，看上去活像一个被猫叼进来的东西。我要给琼打电话，告诉她我已经获得了一份教学工作，是在一所高中。虽然不像诺姆教授那样高高在上，但仍然……我往投币口里塞了十美分钢镚。它掉了下去，但我又放下了听筒。给她打电话意味着我需要给她打电话，但我不需要这个需要。没有她在浴缸里，没有扁鲨和白葡萄酒，我照样可以活。地铁列车轰隆隆地进站了。我想告诉那些不管坐着还是站着的人：我获得了一份教学工作。他们会从报纸上抬起头，冲我微笑。不，不给琼打电话。让她跟那个毁了扁鲨、对葡萄酒一窍不通的诺姆，那个道德败坏、不能忍受琼这个人的诺姆待在一起吧。不，我会径直走到码头仓库，准备干活直到我的教师资格证书到来。我的教师资格证书。我真想在帝国大厦的顶端挥舞它。

当我打电话询问那份教学工作时，学校说对不起，那个和蔼的主任去世了。对不起，没位子了，还祝我找工作顺利。每个人都说只要我拿到证书，找份工作不成问题。到底有谁愿意要一份那么糟糕的工作？工作时间长，收入低，和美国乳臭小儿打交道，你得到哪些感激了？这就是这个国家迫切需要老师的原因。

一所接一所的学校告诉我：对不起，你的口音是个问题。你知道，孩子们喜欢模仿，校园里将充斥着爱尔兰方言口音。当孩子们回到家，口音却变得像——你知道——像巴里·菲兹杰拉德时，家长会怎么说呢？你明白我们的处境吗？校长助理不明白，操着那么一口方言口音的我是怎么拿到教师资格证书的。难道地方教育委员会还有别的标准吗？

我很灰心。伟大的美国梦中没有我的一席之地。我回到港口附近地区，在那儿我觉得舒服多了。

4

嘿，迈考特先生，你干过实际工作吗？不是教书，而是实际的工作。你知道。

你们是不是在开玩笑？你们怎么看待教书？环顾这间教室,问问你们自己,是否愿意每天到这儿来面对你们？你们！教书要比在船坞和仓库干活难多了。你们当中有多少人的亲戚在港口附近地区工作？

半个班,大多数是意大利人,有几个爱尔兰人。

来这所学校之前,我曾在曼哈顿、霍伯肯和布鲁克林码头工作。一个男孩说他父亲在霍伯肯认识了我。

我告诉他们：大学毕业后,我通过了教师资格考试,但是我认为自己并没有为教师生活作好准备。我对美国少年一无所知,不知道该对你们说些啥。船坞上的工作简单多了。卡车倒进来,我们操作吊钩、拖、举、拉、推、码在托板上。叉车滑进来,叉起货物,倒车,把货物码到仓库里,再回到平台。你用身体干活,而脑子可以歇上一整天。你从八点干到中午,午饭是一个一英尺长的三明治和一夸脱啤酒,再从一点干到五点,中午吃的那点东西通过汗液全排光了。你饥肠辘辘地往家赶,准备看场电影,再到第三大道的酒吧喝上几杯啤酒。

一旦上了套,你就像个机器人似的运转。你和平台上最强壮的人并驾齐驱,块头不是问题。你可以用膝盖来拯救你的背。如果你忘了,平台工人就会大喊大叫:看在上帝的分上,你的脊梁骨是橡皮做的还是怎么了?你学会了用不同方法操作吊钩来处理不同货物:箱子、粗布袋、板条箱、家具和涂满油脂的大型机器。一大包豆子或辣椒有它们自己的想法,会这样那样地变换形状,而你得去顺应它们。你看了看物品的大小、形状和重量,一秒钟内你就知道怎样吊它。你了解卡车司机及其助手的干活方式。单独经营的卡车司机很好办,他们为自己工作,决定自己的工作节奏。企业的卡车司机会催促你快点:嘿,吊起那该死的货物,让我们走吧,我想离开这儿。不论给谁干活,卡车司机的助手脾气都很坏。他们玩一些小把戏来试你,让你忙中出错,特别是在他们认为你初来乍到的时候。如果你靠近码头或平台边缘干活,他们会突然用力把他们那一头的粗布袋或板条箱一扔,使得吊臂脱离托座,而你从此学会了要远离任何东西的边缘。这时他们就会哈哈大笑,还装出一口爱尔兰口音说:天哪,爱尔兰人,早上好。你绝不能向领班抱怨这种事。他会说:怎么啦,孩子?你就不能忍受点玩笑吗?抱怨只能让事情变得更糟。抱怨的话可能会传到卡车司机或助手的耳朵里,于是他们可能会不小心把你撞下平台甚至是码头。我见过一个来自梅奥的大个子新人。当有人把老鼠尾巴放到他的三明治里时,他生气了,咆哮道不管是谁干的,他都要杀了那人。话音未落,他便碰巧被掀翻到哈得逊河里。大家哈哈大笑,笑够后才扔出一根绳子,把浑身滴淌着河污的他拽上来。他学着大笑,而他们也不再招惹他了。你不能拉长着脸在码头工作。过了一段时间,他们不会再跟你过不去,而关于你知道如何避免遭到指责的话就会四下传开。平台领班埃迪·林奇告诉我,我是个强壮的小爱尔兰人。这句话对我的意义要比我在美国陆军被提升为下士大得多,因为我知道我不是那么强壮,我只是因绝望而不顾一切。

　　我告诉班上的学生,我对教学是那么没把握,以至于我想就在波特仓库大材小用地度过一生算了。我的老板会对我的大学学历印象深刻,会雇我当个收银员,再提升我到办公室工作。在那儿,我一定会飞黄腾达。我可能会成为所有收银员的领班。我知道仓库办公室工作人员或其他任何地方的办公室工作人员是怎么干活的。他们把报纸往边上一推,打个哈欠,看着窗外平台上累死累活拼命苦干的我们。

我没有对学生们讲女话务员海伦娜的事。她在仓库后面提供甜甜圈等东西。我深受诱惑,直到埃迪说如果你不小心碰到她,你就会落得个身陷圣文森特医院、鸡巴不保的下场。

关于码头,我没有提到的就是人们表达思想的方式和毫不介意的态度,这可不像那些跟你讲"一方面,是,另一方面,不是"、让你不知道该怎么思考的大学教授。了解教授们是怎么想的很重要,这样你就可以在考试时将这种想法还给他们。在仓库里,大家用开玩笑的方式羞辱他人,直到有人越过底线,出现陷阱。发生那种事很引人注目。当笑声渐渐消失、笑容越来越不自然时,你就会发现某个多嘴的人在讲一些近乎下流的话,就会知道接下来就是陷阱或拳头。

码头和货场发生斗殴时,活儿就会停下来。埃迪告诉我工人们厌倦了吊货、拖货、码货,厌倦了年复一年干同样该死的活。这就是他们羞辱他人、彼此推搡直至快要真打起来的原因,他们得做些什么来打破常规和长时间沉闷的工作。我对他说我不介意一整天工作而且不说一句话。他说:是的,你很特别。你到这儿只有一年半。如果你在这儿干上十五年,你的嘴巴也会那样。这些家伙有的参加过诺曼底登陆和太平洋战役,可他们现在是啥样?驴子!获得过紫心勋章的驴子,身处死胡同的可怜的驴子。他们在哈得逊大街喝得烂醉,夸耀他们的勋章,好像这个世界会在意似的。他们会告诉你他们是在为孩子工作,孩子,孩子,给孩子一个更好的生活。耶稣!我很高兴我从未结过婚。

如果埃迪不在场,架会打得更凶。他是个眼观六路、耳听八方的人,能够从风中嗅出麻烦的气味。两个工人就要开打时,埃迪会用他的大肚子挤在他们中间,让他们从他的平台上滚开,到大街上打去。他们从来没有这么做过，因为他们真心感激这个避免动拳，特别是避免出现陷阱的借口。你可以应付拳头，但你永远不会知道哪儿会冒出个陷阱。他们仍然会嘟嘟囔囔，向对方伸出中指，但那都是空谈，因为紧要关头已经过去，挑战已经结束，其他人都回去干活了。如果没有人看见你是个多么厉害的杀手，那么打架又有什么用呢？

海伦娜会从办公室出来观看打架。当打架结束时，她会跟获胜方耳语一番，邀请他们到仓库的暗处好好玩玩。

埃迪说那些个孬种假装打架，好让海伦娜对他们好。如果他见到我在打架后跟在她的后面，他就会一把将我扔到河里。他这么说是因为我和劈木工法特·多米尼克打了一架或者几乎要打一架。法特·多米尼克很危险，因为谣传说他与犯罪集团有联系。埃迪说那是胡说八道。如果你真的和犯罪集团有联系，就不用累死累活地卸货了。我们中的其他人认为多米尼克也许认识和犯罪集团有联系的人，甚至可以牵线搭桥，因此和他合作是个不错的主意。但是当他嗤笑你时，你又怎么能和他合作呢？怎么了，爱尔兰佬？不会讲话啦？也许哑巴操了你妈，啊？

每个人都知道在船坞或平台或任何地方，你绝不能允许有人侮辱你的母亲。孩子从一开始说话就知道这个。你也许甚至不喜欢你的母亲，但那不要紧。对你，他们可以想说什么就说什么，但是侮辱你的母亲就是过了底线。如果你放任不管，你就会失去所有的尊严。如果你在码头或平台需要有人帮助装卸货物，他们会掉头不理。你不存在。他们甚至不会在吃午饭时和你分享一个肝泥香肠三明治。如果你在船坞和仓库闲逛，看到有人独自吃饭，你就会知道他们深陷困境。他们容忍别人侮辱自己的母亲或者曾经当工贼破坏罢工。工贼一年之后就会被人遗忘，但允许他人侮辱自己母亲的人永远不会。

我用军队里骂人的话回击多米尼克：嘿，多米尼克，你这个死胖子、邋遢货。你上次见到你的鸡巴是什么时候？你怎么知道它真的在那儿呢？

他猛地转过身，一拳把我打下平台。我摔到街上，怒火使我失去了控制。我跳回平台，用吊钩抓他。他却笑了。那家伙说：你这可怜卑鄙的废物，你找死啊。当我朝他抓去时，他一掌推开我的脸，再一次把我打到街上。挨巴掌是打架中最羞辱人的事。挨拳头直接而荣耀，拳击手就这么干。但是挨巴掌说明你受到鄙视。你宁可两眼被打得乌青也不能被人鄙视。乌青的眼睛会被医好，被人鄙视却永难翻身。

他一句接一句地辱骂我。我抓住平台边缘想爬上去，他一脚踩在我的手上，还冲我的脑袋吐唾沫，这让我狂怒不已。我一把甩过吊钩，钩到了他的腿肚子。我拖着吊钩，直到他大叫：你这个小瘪三。我看见我的腿流血了，你死定了。

没有流血的迹象。他那厚厚的工作皮靴使吊钩偏离了方向，但是我已经准备好，要不停地狠扎，直到扎到他的肉为止。这时，埃迪从梯子上冲下来，把我拉到一边。把吊钩给我，你这个爱尔兰疯子。不跟多米尼克学好。你这街上的垃圾。

他叫我到房间去换件衣服，从另一个门离开，回家，赶紧离开这儿。

我会被开除吗？

不，你不会，该死的。我们不会开除任何在这儿打架的人，但是你会失去半天的工资，我们得把它偷偷塞给多米尼克。

但是为什么我要赔钱给多米尼克？他挑起的。

多米尼克给我们带来生意，你也快熬到头了。你就要大学毕业，而他还要继续运货。你能活着就很幸运了，孩子。所以，接受惩罚，回家吧。好好想想。

离开的时候，我转身看看海伦娜是不是在那儿。她在那儿，带着那种"到这儿来"的微笑，但是埃迪也在那儿。我知道有埃迪盯着，和她一起到仓库的暗处是没指望了。

有朝一日，当轮到我开叉车时，我就会报复法特·多米尼克。我会踩在踏板上，把那个胖子挤到墙角，然后听他尖声号叫。那是我的梦想。

但是梦想从未实现。那是因为从他倒着卡车、在驾驶台上喊埃迪那天起，我和他之间的一切都变了。嘿，埃迪，今天你让谁卸货？

德金。

不，不要给我德金。给我那个拿吊钩、多嘴的爱尔兰佬。

多米尼克，你疯了吗？把那件事忘了吧。

不。就给我那个多嘴的家伙。

埃迪问我能不能应付。如果我不想去，我可以不去。他说多米尼克不是这儿的老板。我说我能对付任何一个死胖子、邋遢货。埃迪叫我住嘴。看在上帝的分上，别乱说话了。我们不想再次把你保出来。回去干活，别乱说话。

多米尼克高高地站在平台上，神情严肃。他说这是个真格的工作——搬运成箱的爱尔兰威士忌。一路上可能会有箱子掉下来，一两个瓶子可能会碎，但是剩下的就是我们的了。他相信我们能够应付。一丝浅笑从他脸上一闪而过，我很尴尬，无法冲他笑。在他打了我一巴掌而不是一拳后，我怎么笑得出来呢？

上帝，你是个让人扫兴的爱尔兰佬，他说。

我想称他为意大利佬，但我不想再挨一巴掌。

他很开心地说着话，好像我们之间什么都没发生过。这让我疑惑不解，因为我跟人争吵或打架后，都会长时间不理他们。我们把箱子装到托板上。他很自然地告诉我，他的第一个妻子就是爱尔兰人，但是她死于肺结核。

你能想象吗？该死的肺结核。蹩脚厨师，我的第一个妻子，和所有的爱尔兰人一样。不要生气，孩子。不要给我脸色看。但是，孩子，她会唱歌，还会唱歌剧之类的。现在，我和一个意大利人结了婚。她没有音乐细胞，但是，孩子，她会做饭。

他盯着我看。她喂我吃饭。这就是为什么我是个看不见自己膝盖、邋遢的死胖子。

我笑了。他冲着埃迪喊：嘿，笨蛋。你欠我十块钱。我把这小爱尔兰佬逗笑了。

我们卸完货,把托板码进仓库。到了掉一箱威士忌作为损耗,和卡车司机、仓库管理员一起坐在熏蒸消毒室的辣椒袋上,确保没有浪费那箱威士忌的时候了。

埃迪是那种你愿意把他看成父亲的人。我们坐在货物中间的平台长凳上时,他总向我解释事情。这时,我往往很困惑,自己竟然不知道这些事。我可以算是个大学生了,但他懂的比我多。我尊敬他超过尊敬任何一个教授。

他的生活陷入了困境。他照看着他那在第一次世界大战中得了炮弹休克症的父亲。埃迪可以把父亲送到老兵医院,但是他说那是个地狱般可怕的地方。埃迪上班时,有个女人会每天过来,喂他父亲吃饭,给他父亲洗澡。晚上,埃迪用轮椅推着父亲到公园散步,然后回家看电视新闻。这就是埃迪的生活,但他没有抱怨。他只是说他一直梦想能有孩子,但这不可能发生。他的父亲头脑不清醒,但身体健康。他会活很长时间,而埃迪就永远不会有自己的家。

他在平台上一根接一根地抽烟,就着几品脱巧克力麦乳精饮料吃大个儿肉馅三明治。有一天,当他冲着法特·多米尼克喊"你开车像个霍伯肯妓女",还让他摆正那个该死的卡车并把它倒进来时,烟呛了他一下。当咳嗽袭来时,正在哈哈大笑的他一下子就喘不过气来,倒在平台上,嘴里还叼着烟。多米尼克在卡车驾驶台上大声骂他,直到看见他脸色变得比白纸还白,手还在空中抓着什么。当多米尼克喘着气跑出驾驶台来到平台上时,埃迪已经死了。多米尼克没有走到埃迪跟前,并像电影里的人们和死者道别时那样说上几句话;相反,他转身走开,跌跌撞撞地下台阶,向他的卡车走去,哭得像条大胖鲸鱼。他开走了卡车,忘了自己还有一趟货要送。

我守着埃迪,直到救护车把他带走。海伦娜从办公室里出来,说我看上去很吓人。她对我表示同情,好像埃迪就是我的父亲。我说我为自己感到羞愧，因为埃迪一走，我想我就有可能申请他那份工作。我说：我可以做到，是不是？我是个大学毕业生。她告诉我老板很快就会雇用我。他会很骄傲地说，波特仓库拥有港口附近地区唯一具有大学学历的收银员和平台领班。她说：坐在埃迪的桌旁，熟悉一下，再给老板写张纸条，就写：我对这个工作感兴趣。

埃迪的写字夹板放在桌子上，上面夹着多米尼克的提货单。一支红色铅笔系在一根细线上，从夹板上垂下来。一个装着半杯清咖啡的大咖啡杯坐在桌子上，杯子外面写着"埃迪"。我想我也得弄一个那样的咖啡杯，外面印上"弗兰克"。海伦娜知道哪儿可以买到。想到她可能会随时来提供帮助，我觉得很舒服。她说：你在等什么呢？写纸条呀。我又看了看埃迪的大咖啡杯，再朝外面的平台（他在那儿倒下并死去）望了望。我不能写这个纸条。海伦娜说这是一生中难得的机会。我一礼拜能挣一百块，看在上帝的分上，超过我现在挣的可怜的七十七块。

不，我绝不能占据埃迪在平台上的位置，我没有他那宽广的肚子和心胸。海伦娜说：好，好，你是对的。你只是站在平台上，检查成袋的辣椒，大学毕业又有什么用呢？任何一个退学生都可以做。这不是对埃迪的冒犯。你想成为另一个埃迪吗？将你的一生都花在检查法特·多米尼克上？你得当个老师，宝贝。你会得到更多尊敬。

是那个大咖啡杯和海伦娜的轻轻一推，让我离开港口附近地区，来到这个教室，还是我的良心告诉我"面对生活，不要躲避，教书吧，哥们儿"？

当我讲述有关船坞的故事时，他们看我的眼神都不一样了。一个男孩说：想想你有一个像真正的男子汉一样工作过，而不是从大学里来、只会讲书本里东西的老师，那真是有趣。他过去经常认为自己也愿意在码头工作，因为有加班费，还有这儿那儿掉下来打碎了的商品可以卖些小钱。但是他父亲说他会打烂他的屁股。哈哈，在意大利家庭中，你不会跟你父亲顶嘴。他父亲说：如果这个爱尔兰人可以成为一名老师，那么你也能。罗尼，你也能。所以，忘了船坞吧。你可能会赚钱，但是当你不能直起腰杆时，那又有什么用呢？

5

教书很长时间以后，我在纸上胡乱写了几个数字。这些数字的意义给我留下了深刻印象。在纽约，我先后任教于五所高中和一所学院：斯塔滕岛区麦基职业技术高中、曼哈顿区时装产业高中、曼哈顿区苏厄德公园高中、曼哈顿区斯特伊弗桑特高中、曼哈顿区华盛顿·欧文高中夜校和布鲁克林区纽约社区学院。我整日整夜地教书，还在暑期学校任教。我的算术知识告诉我，大概有一万两千个男孩、女孩、男人和女人曾坐在课桌旁，听我演讲、吟唱、鼓励、漫谈、高歌、抗辩、背诵、说教、无话可说。我想起那一万两千个学生，不知道自己为他们做过些什么，然后我又想起他们曾为我做过些什么。

算术知识还告诉我，我至少上了三万三千节课。

三十年上了三万三千节课：日日夜夜，还有暑假。

在大学，你可以拿着破烂的旧笔记照本宣科。在公立高中，你绝不会心存此念。美国少年精通老师的花招。如果你想欺骗他们，他们就会把你击倒。

那么，唷！教书匠，在爱尔兰还发生了什么？

现在，我不能再讲那些事了。我们得学完课本上词汇那章。翻到七十二页。

噢,喂,你给别的班都讲过故事。你能不能就给我们讲一件小事呢?

好吧,一件小事。当我还是利默里克的一个男孩时,我从来没想到长大后会成为纽约市的一名老师。我们都很穷。

噢,没错。我们听说你们没有冰箱。

不错,而且我们没有手纸。

什么?没有手纸?每个人都有手纸。即使在人人吃不饱肚子的国家,他们也有手纸。甚至在非洲也有。

他们认为我在夸大事实。他们不喜欢这个。厄运的故事也得有个限度。

你是想告诉我们,你上完厕所,没有擦屁股就提起裤子?

南希·卡斯特格里亚诺举起手:对不起,迈考特先生。快到午饭时间了,我不想再听关于没有手纸的故事。

好吧,南希。我们接着上课。

每天面对几十个少年会让你从幻想中清醒过来。早上八点,他们不关心你的感受。你考虑这一天的工作:五个班,将近一百七十五个处在青春期的美国青少年。他们喜怒无常、饥饿、谈着恋爱、焦虑、好色、精力充沛、富有挑战性。你无处可逃。他们在那儿,你也在那儿。你头痛、消化不良、满脑子都是和配偶、情人、房东,以及你那想成为猫王、对你为他所做的一切毫不感激、讨厌的儿子的争吵声。昨晚你无法入睡。你的包里还塞满了一百七十五个学生的作业,他们所谓的作文,一些粗心潦草地写出来的东西。噢,老师,你看了我的作业吗?他们关心的可不是那个,他们可不想把余生花在写作文上。那只是你在这种无聊的课上要做的事。他们正看着你,你不能躲避。他们在等待。老师,我们今天要做什么?段落?哦,是的。嘿,各位,我们要学习段落、结构、主题句之类的。着急要在今晚告诉我妈,她老是问今天上课怎么样。段落,妈妈,老师讲了关于段落的事。妈妈会说,好极了,然后接着看她的肥皂剧。

57

他们从汽车构造车间出来，三三两两地走进教室。车间才是真实的世界。在那儿，他们拆卸然后重新组装任何东西，从大众汽车到凯迪拉克。而这个老师要在这儿讲段落成分。上帝，天哪！在汽车店里，你不需要段落。

如果你咆哮或厉声责骂，你就会失去他们。咆哮和厉声责骂是他们从父母和学校那儿得到的。如果他们用沉默还击，你在教室里就死定了。他们的脸色变了，他们有办法让眼睛变得如死了一般。你让他们翻开笔记本，他们怒目而视，他们不慌不忙。是的，他们会翻开笔记本。是的，老师，我们会很慢很慢地翻开笔记本，这样就不会掉出什么东西。你让他们抄写黑板上的板书。他们怒目而视。哦，是的，他们窃窃私语。他要我们抄写黑板上的板书。看哪。这个人在黑板上写了些东西，还要我们抄。他们慢慢地摇头。你问：有什么问题吗？满屋子都是无辜的眼神。你站在那儿等着。他们知道这是一次为时四十分钟的决战，你对他们，四十五个纽约少年，美国未来的技工和工匠。

喂，你只是另一个老师罢了，所以你想要干什么？两眼盯着整个班级？把整个班级打败？接受新事物吧，宝贝。他们抓住了你的小辫子，而你把局面搞成了这样。你没必要那样跟他们讲话。他们不关心你的心情、你的头痛和你的麻烦。他们有他们自己的难题，而你就是其中的一个。

你要谨慎小心，老师。不要让自己成为难题。他们会把你撂倒。

下雨改变了学校的心情，一切都变得柔和起来。第一个班的学生悄悄地走进来，一两个人说早上好。他们甩掉夹克上的雨滴。他们还在梦境中。他们坐下，等着上课。没有人说话，没有人要出入证，没有抱怨，没有质疑，没有顶嘴。下雨真不可思议，下雨最重要。接受新事物吧，教书匠。别着急，降低你的声音，甚至不要考虑教英语。忘记查考勤吧。这是葬礼之后房子的心情。今天不要刺耳的新闻广播摘要，不要来自越南的残酷消息。教室外面有场橄榄球赛，老师在哈哈大笑。雨啪啪打在窗户上。坐在课桌旁,让这一小时悄悄地过去。一个女孩举起手。她说:哎,迈考特先生,你谈过恋爱吗?你是个新手,但是你早已知道当他们问这类问题时,他们想的是他们自己。你说:谈过。

是她离你而去呢,还是你离她而去?

两者都是。

哦,是吗?你是说你谈过不止一次恋爱吗?

不错。

天哪!

一个男孩举起手。他说:为什么老师不能像对待人一样对待我们呢?

你不知道。好吧,哥们儿,如果你不知道,就告诉他们:我不知道。对他们讲爱尔兰学校的事。你在恐惧中上学。你痛恨上学,梦想着长到十四岁,然后去工作。以前,你从来没有这样考虑过自己的学校生活,也从来没有讲过。你希望这场雨永远不要停。他们坐在座位上,没有人告诉他们把外衣挂起来。他们正看着你,好像他们刚刚才发现你。

真应该每天都下雨。

或者是春天,大家脱去厚重的衣服,每个班都充满胸脯和二头肌组成的风景。和风从窗外吹来,轻抚着老师和学生的脸颊,给每一排、每一张桌子带来微笑,直到全班都心醉神迷。鸽子的咕咕声和麻雀的唧唧声提醒我们要好好开心一番,夏天就要来了。鸽子对我班上少年的悸动漠不关心,不知羞耻地在窗台上交配,而这比世界上最棒的老师讲的最棒的课更有诱惑力。

在这样的日子里,我觉得自己可以教最最棘手、最最聪明的学生,我可以拥抱并悉心照料最最伤心的那一个。

在这样的日子里,会有背景音乐,夹杂着丝丝和风、胸脯、二头肌、微笑和夏意。

如果我的学生能像那样写作,我会送他们去简洁主义学派。

在麦基职高，我们每年举办两次校园开放日和校园开放夜活动。家长在那时参观学校，看看他们的孩子怎样生活。老师坐在教室里，同家长交谈或者聆听他们的抱怨。大多数来参观的家长都是母亲，因为这是女人们的工作。如果母亲发现，她的儿子或女儿举止无礼或表现不好，那么就要由父亲采取措施了。当然，父亲只会对儿子采取措施，女儿由母亲处理。父亲在厨房粗暴地对待女儿或者告诉她要关她一个月禁闭可不合适，有些问题属于母亲。另外，她们得决定告诉丈夫多少信息。如果儿子表现糟糕，而她又有一个喜欢使用暴力的丈夫，她就可能会很婉转地讲述她的故事，以便儿子不至于在地上缩成一团，鼻子里鲜血直流。

有时候，一大家人都会来看老师，教室里就会挤满父亲、母亲，以及在通道里跑来跑去的小孩子。女人们彼此很友善地交谈，男人们则静静地坐在几乎挤不下他们身躯的课桌间。

没有人告诉我在校园开放日这天该如何应付家长。我在麦基职高的第一个校园开放日到了，一个叫诺尔玛的班长向家长发号，这样，他们就知道下一个该谁了。

首先，我得解决口音问题，特别是在和女人们交谈时。我一开口，她们就会说：哦，我的天哪，多么有趣的方言口音呀！然后，她们就会告诉我，她们的祖父母如何从旧大陆来到这儿、他们如何身无分文地来到这儿，以及现在又如何在纽多普拥有自己的加油站。她们想知道我到这个国家多久了，还有我是如何对教书感兴趣的。她们说我当老师真是好极了，因为我们中的大多数都是警察和神甫，而她们会悄悄地说学校里的犹太人太多了。她们会把孩子送到天主教学校。没有职业或技术培训的天主教学校除外，那些学校教的都是历史和祷告，那些东西适合于来世，但他们的孩子得考虑今生。她们不是有意无礼。最后，她们会问他表现怎样，他们的小哈里？

我得小心提防那个爸爸是不是坐在那儿。如果我对哈里作些负面评价，那个爸爸回家后可能会揍他，而"我不可信任"这一消息就会传到其他学生那里。我渐渐知道了在家长、督导和众人面前，老师和孩子要团结一致。

关于孩子，我说的都是好话。他们注意力集中、准时、体贴周到、渴望学习。他们每一个人都有美好的未来，家长们应该引以为豪。爸爸妈妈会看看对方，笑一笑，说：听到了吧？或者他们会很困惑，说：你是在说我们的孩子吗？我们的哈里？

噢，是的。哈里。

他在班上行为检点吗？他有礼貌吗？

噢，是的。他在讨论时发表意见。

哦，是吗？这可不是我们熟悉的哈里。他在学校里的表现一定不一样，因为在家里他就是个标准的小坏蛋。抱歉，说粗话了。在家里，你不能让他说一句话，不能让他做任何事。他想做的就是没日没夜地坐着听那该死的摇滚乐。

那个爸爸言辞激烈。猫王在所有的电视上扭动屁股（抱歉，说粗话了），这个国家再没发生过比这更糟糕的事了。在这样的时代里，我不愿意有个女儿看这样的垃圾节目。我很想把那照片扔到垃圾箱里，还想把电视也扔了。但是在码头工作一天后，我得有个小小的娱乐。明白我的意思吗？

其他的家长变得不耐烦起来，语带挖苦而不失礼貌地问我是否可以不再讨论猫王，和他们讲讲他们的儿子和女儿。哈里的父母告诉那些人现在轮到他们询问儿子的情况。这是个自由的国度，但他们不想再听到这样的话。他们不愿意自己和这位来自旧大陆的好老师的谈话被人中途打断。

但其他家长说：好吧，好吧，老师，快点。我们晚上还有事。我们也是上班族。

我不知道该怎么办。我想如果我对坐在桌旁的家长说谢谢你，他们也许会明白我的暗示，然后起身离开。然而那个心情激动的爸爸说：嘿，我们还没说完呢。

我的学生班长诺尔玛看出了我的两难处境,便过来帮忙。她对家长们说,如果他们想和我进行更长时间的面谈,可以和我预约,在下午见面。

我从来没有和诺尔玛谈过这类事。我不想日复一日地在那间教室里和不满的家长一起度过我的人生,但诺尔玛很镇定地继续。她递给那些不满的家长们一张纸,让他们用印刷体——拜托是印刷体而不是手写体——写下姓名和电话号码。迈考特先生会和他们联系。

牢骚平息了,大家都夸诺尔玛办事有效率,还说她应该当老师。她却说她不想当老师。她的梦想就是到旅行社工作,免费游览各地。一个母亲说:哦,难道你不想成家生孩子吗?你一定会是个很棒的母亲。

接着,诺尔玛说错了一句话,使得紧张的气氛又笼罩了教室。不,她说,我不想要孩子。孩子令人头痛。你得给他们换尿布,得到学校看他们表现如何。你永远不会有自由。她不该这么说,你能感受到屋子里弥漫着对她的敌意。几分钟前,家长们还夸她办事有效率。可现在,他们觉得她关于为人父母和孩子的话侮辱了他们。一个父亲把她递去要求写姓名和电话号码的纸撕碎,扔到教室前面我坐的地方。他说:嘿,麻烦把它扔到垃圾桶里。他拿起外套,对妻子说:我们走,离开这个疯人院。他的妻子冲我大吼:你就不能管管这些孩子吗?如果这是我的女儿,我就会撕烂她的嘴。她没有权利那样侮辱美国的母亲。

我的脸着了火似的通红。我想向在教室里的家长和美国的母亲们道歉。我想对诺尔玛说:滚开,你毁了我的第一个校园开放日。她站在门旁,很镇静地与离开教室的家长道别,对他们瞪眼看她视若不见。现在,我该怎么办?那本教育学教授撰写的、会有所帮助的书在哪儿?还有十五个家长坐在教室里,等着了解他们的儿子和女儿。我该和他们说些什么?

诺尔玛又开口说话了,我的心猛地一沉。女士们,先生们,很抱歉我说了些愚蠢的话。那不是迈考特先生的错。他是个好老师。你们知道,他刚开始当老师,到这儿才几个月,还在学习。我应该闭嘴,因为我给他惹了麻烦。对不起。

接着,她哭了起来,好几个母亲跑过去安慰她,我却仍坐在桌旁。诺尔玛的工作就是一个接一个地叫家长过来和我面谈,但是她被那群安慰她的母亲包围着。我不知道我是不是该独立行动,叫:下一位是谁?比起他们自己孩子的未来,家长们似乎对诺尔玛所处的困境更感兴趣。当宣告见面会结束的铃声响起时,他们笑着离开,说这次和我的见面会很好,还祝我在教学工作中好运。

波利的母亲也许是对的。在我的第二个校园开放日,她说我是个骗子。她为她的波利、未来的水暖工而骄傲。他是个好孩子,想日后自己创业,和一个好女孩结婚,赚钱养家,远离麻烦。

我本应该感到愤慨,并且问她,她到底以为自己是在和谁说话?但是在潜意识里,有个疑惑一直纠缠着我——我是否在带着假面具教课?

我问孩子在学校里都学了些什么,他告诉我有关爱尔兰以及你到纽约的故事。故事,故事,故事。你知道你是个什么吗?骗子,该死的骗子。我这么说是带着最深的诚意,是想帮助你。

我想当个好老师。我希望在孩子们带着满脑子拼写和单词回到家后,家长会给予我赞许。所有这些会使生活变得更加美好。但是,我有罪,我不知道怎样才能做到。

这个母亲说她是爱尔兰人,嫁了一个意大利人。她说她能看穿我。她一下子就识破了我的诡计。当我告诉她我同意她的看法时,她说:哦?你同意我的看法?你真的知道你是个骗子?

我只是想努力获得成功。他们问一些关于我生活的问题,而我作出了回答,因为当我设法教英语时,他们都不听。他们朝窗外看,他们打盹,他们一小口一小口地吃三明治,他们要出入证。

你可以教一些他们应该学的东西,比如拼写和一些大词。我的儿子波利得出去面对社会。如果他不会拼写,不会用一些大词,那他该怎么办呢?

我告诉波利的母亲,我希望自己有朝一日能成为一个优秀的老师,在课堂上充满自信。在这期间，我只能不断地努力。不知怎么，这让她情绪激动，泪流满面。她翻遍了手提包找手帕，找了那么久也没找到，我就把我的递给她。她摇了摇头，说：谁帮你洗衣服？那样的手帕，上帝，给我擦屁股都不要。你还是个单身汉吧？

是。

看那手帕就知道了。那是我见过的颜色最暗的灰手帕。那是单身汉的灰色，就是那样。你的鞋子也是，我从没见过颜色那么暗的鞋子。没有一个女人会让你买那样的鞋子。很容易就能看出你从未结过婚。

她用手背擦了把脸：你认为我的波利能拼出手帕这个词吗？

不能。这个词不在单词表上。

明白我的意思了吧？你们这些人真是糊涂。你们不把手帕这个词列入单词表，他这辈子都要撸鼻子了。你知道你们在单词表里都列了些什么？"使用收益权"！看在上帝的分上，u-s-u-f-r-u-c-t。谁想起那个词的？那个你们在曼哈顿时尚鸡尾酒会上滥用的许多词中的一个？波利到底该拿这样的词怎么办？这儿还有一个词，c-o-n-d-i-g-n。我问了六个人，问他们知不知道它的意思。我甚至在楼道里问过校长助理。他假装知道，但你明白他是在用屁股说话。水暖工。我的孩子要成为一名水暖工，通过接听电话上门服务从而挣大钱，就像医生一样，所以我不明白他为什么要让自己的脑子塞满像"使用收益权"之类的值二十美元的单词。你明白吗？

我说你得小心选择要塞入脑子的东西。我脑子里塞满了来自爱尔兰和梵蒂冈的东西，以至于我几乎无法考虑自己的事。

她说她才不管我脑子里都装了些什么。那是该死的我自己的事，我真的不应该告诉别人。每天我的波利回到家，告诉我们这些故事，可我们不需要听这些故事，我们有自己的麻烦。她说很容易就能看出，我初来乍到，头脑愚钝，就像个刚从鸟巢里掉出来的麻雀。

不，我不是初来乍到。我当过兵。我怎么会头脑愚钝？我做过各种工作。我在码头上工作过。我毕业于纽约大学。

看见了吧？她说。这就是我的意思。我问你一个简单的问题，而你给我讲了你的人生故事。这就是你要注意的地方，迈考特先生。这些孩子不需要知道学校里每个老师的人生故事。我去过女修道院。她们不会告诉你现在几点。你问她们的人生经历，她们会让你管好自己的事，揪着耳朵把你拉起来，用指关节打爆你的脑袋。坚持讲拼写和单词吧，迈考特先生，这个学校的家长都会永远为此感激你。忘了讲故事吧。如果我们想听故事，我们家里有《电视导报》和《读者文摘》。

我在挣扎。我认为自己会成为一名严肃而不妥协的老师，严厉又有学问，偶尔会笑一笑，但只是偶尔。在教员自助餐厅里，老教师们告诉我：得控制这些讨厌的家伙。孩子，他们会得寸进尺。

组织就是一切。我要从头开始，为每个班制订一份计划，充分利用这个学期剩下的每一分钟。我是这艘船的船长，航线由我决定。他们会明白我的意图。他们会知道要去哪儿、对他们的期望或者其他什么。

或者其他什么……是的，所有老师都这么说。或者其他什么。我们本以为，作为一个爱尔兰人，你会不一样。

该开始管理了。我说：够了。忘掉爱尔兰的事情。不再有故事了，不再有废话。英语老师要教英语了，不会被小鬼头的鬼把戏打断。

拿出你们的笔记本。没错，你们的笔记本。

我在黑板上写下：约翰去商店。

全班的呻吟声响彻教室。他在对我们做些什么呢？英语老师。老一套。他又来了。老约翰去商店。语法，上帝啊！

好了。这个句子的主语是什么？没有人知道这个句子的主语？好，马里奥？

这句话讲的是这个家伙想去商店。任何人都明白这个。

没错，没错，这个句子讲的就是这个，但是它的主语呢？那是一个单词。好，唐娜。

我认为马里奥是对的。这句话讲的是……

不，唐娜。这句子的主语是一个单词。

怎么会？

你什么意思？怎么会？你没在说西班牙语吧？西班牙语没有语法？格罗伯小姐没对你们讲过句子成分？

讲过，但她总是用"约翰去商场"来打扰我们。

我脑子一热，真想大吼一声：你们为什么那么笨？你们以前就没有上过语法课吗？上帝！甚至连我都上过语法课，而且是在爱尔兰。为什么在这个阳光明媚的早上，小鸟在外面喳喳欢叫，我却得努力挣扎？为什么我就得看着你们这些闷闷不乐、忿恨不平的脸？你们坐在这儿，饱食终日，你们穿着暖和舒服的衣服，你们享受着免费的高中教育，你们却一点儿也不感恩。你们要做的就是配合一点，参与一点，学习句子成分。上帝，这要求过分吗？

有那么些日子，我希望从这儿走出去，使劲关上身后的门，让校长自己来干这份工作。我想沿着山路走到渡口，坐船前往曼哈顿区，在街上漫步，在白马餐厅喝杯啤酒、吃个汉堡包，在华盛顿广场坐下，看性感的纽约大学女生从身边经过，永远忘掉麦基职业技术高中。永远。很显然，我不可能在他们不反对、不抵制的情况下教最简单的东西。不过是些简单的句子：主语、谓语以及——如果有那么一天——宾语：直接宾语和间接宾语。我不知道该拿他们怎么办。或许该尝试一下老一套的威胁恐吓：好好听讲，否则你们就会考试不及格；如果考试不及格，你们就不能毕业；如果你们不能毕业，就会……你们所有的朋友都会步入广阔的世界，在他们办公室的墙上悬挂高中毕业证书。他们很成功，受到大家的尊敬。为什么你们就不能看看这个句子，在你们悲惨的少年生活中试着学习一下呢？哪怕就这一次也好。

每个班级都有自己的特质。你喜欢而且盼着上某些班的课。他们知道你喜欢他们，作为回报，他们也喜欢你。有时候，他们会告诉你课上得很好，你会感到非常幸福。从某种角度讲，那给了你活力，让你想一路唱着回家。

也有些班会使你希望自己能够坐轮渡到曼哈顿，并且永远不再回来。他们进出教室时那种充满敌意的方式告诉你他们对你的看法。这可能是你的想象，而你努力想弄明白，怎样才能把他们争取过来。你试着教一些在其他班级效果很好的课程，但毫无帮助。那就是因为班级的特质。

他们知道什么时候逼你奔逃。他们拥有可以探测到你灰心丧气的本能。有那么些日子，我只想坐在讲台后，任他们做任何他们喜欢的该死的事情。我就是无法打动他们。一九六二年，我已经工作四年了。我不再关心什么。我对自己说，从一开始我就不在意。你用自己悲惨的童年故事娱乐他们。他们发出些虚假的声音：哦，可怜的迈考特先生，像那样在爱尔兰长大，你一定经历了可怕的事情。好像他们很关心你。不。他们从来没满足过。我应该听从老教师的建议，闭上大嘴巴，什么也不告诉他们。他们只是在利用你。他们把你摸得透透的，寻热导弹似的向你逼近。他们发现你的弱点。他们可能知道"约翰去商店"是我讲语法的极限吗？他们引着我，不让我讲动名词、垂悬分词和同根宾语。我一定会迷失方向。

我坐在讲台旁严厉地看着他们。够了。我不能再继续语法老师那装模作样的把戏。

我说：约翰为什么去商店？

他们看上去很吃惊。哟，喂，这是什么？这和语法没有关系。

我在问你们一个简单的问题，跟语法没有关系。约翰为什么去商店？你们不能猜一猜吗？

教室后面举起一只手。好，罗恩？

我想约翰去商店是为了买一本英语语法书。

那么约翰为什么去商店买一本英语语法书？

因为他想知道所有事情，然后到这儿给老迈考特先生一个好印象。

那么，约翰为什么想给老迈考特先生一个好印象？

因为约翰有一个女朋友，叫罗丝。她是个好女孩，知道各种语法知识。

她快毕业了，要到曼哈顿一家大公司当秘书。约翰不想在求婚时成为一个傻瓜，这就是约翰去商店买语法书的原因。他想成为一个好男孩，想学习语法书。如果他不懂，可以问迈考特先生，因为迈考特先生无所不知。约翰和罗丝结婚的时候，他会邀请迈考特先生出席婚礼，请迈考特先生当他们第一个孩子的教父，这个孩子会随迈考特先生叫弗兰克。

谢谢你，罗恩。

全班哄堂大笑，又是欢呼又是鼓掌，但罗恩并没有到此结束。他又举起了手。

好，罗恩？

约翰到了商店，发现自己没有钱，他便抢了那本语法书，但当他要离开商店时，他被拦住了，然后警察来了。现在他在新新监狱，而可怜的老罗丝哭得很伤心。

他们发出各种同情的声音。可怜的罗丝。男孩们想知道在哪儿能找到她，他们愿意代替约翰。女孩们轻轻擦了擦眼睛。这时，班里的壮汉肯尼·鲍尔发话了：这只是个故事，这都是些什么废话？他说：老师在黑板上写了个句子，接下来就是这个家伙到商店抢了一本书，落得个身陷新新监狱的下场。有谁听说过这样的牛皮？这到底是英语课还是别的什么？

罗恩说：哎，我猜你可以做得更好，对吧？

所有这些虚构的故事没有任何意义。它们不能帮你找到工作。

铃声响起。他们走了，我把黑板上的"约翰去商店"擦掉。

第二天，罗恩又举起了手：嘿，老师。如果你拿这些词混日子，会发生什么？

你什么意思？

噢，我是说，你在那儿写下"约翰去的是商店"，那是怎么回事？

一回事。约翰仍是句子的主语。

好吧。"约翰是去商店"是怎么回事？

还是一样。

或者"约翰向商店去"。可以吗？

当然。这讲得通，是不是？但你把句子搞乱了。如果你对别人说"约翰商店去"，他们会认为这话文理不通。

什么叫文理不通？

就是没有任何意义。

我忽然灵光一现，有了个主意。我说：心理学是研究人类行为方式的学科，语法则是研究语言行为方式的学科。

继续，教书匠。告诉他们你的绝妙发现、你的伟大突破。提问：有谁知道什么是心理学？

在黑板上写下这个词。他们喜欢大词。他们会把大词带回家，恐吓他们的家人。

心理学。有谁知道？

就是在人们发疯时，你得弄清楚他们出了什么问题，然后再把他们扔进疯人院。

全班大笑起来。是的，是的，就像这所学校，哥们儿。

我继续引导。如果有人举止不正常，心理学家就会研究他们，找出他们的问题。如果有人说话很古怪，你无法理解，那么你就要考虑语法了。比方说，约翰商店去。

哦，那就是文理不通，对吗？

他们喜欢这个词，我为自己带给他们这个词、这则来自广阔英语语言世界的消息而自我表扬了一番。教学就是传播消息。新老师取得了巨大突破。文理不通。他们互相说着这个词，开怀大笑，但这个词会牢牢印在他们脑海中。从事教学几年后，我成功地让学生记住了一个单词。十年后，他们听到"文理不通"仍会想起我。有些事正在发生。他们开始理解什么是语法。如果我坚持下去，可能我自己也会明白。

研究语言行为方式的学科。

现在没人打断我的讲课。我说：商店去约翰，这句话讲得通吗？当然

69

讲不通。所以你们看，你们得按照正确的顺序摆放单词。正确的顺序就是句子要有意思。如果你们的句子没有意思，你们就是在胡言乱语。穿白大褂的人就会来把你们带走，把你们扔到贝利弗医院文理不通科。这就是语法。

罗恩的女朋友唐娜举起手：约翰，第一个因为偷语法书而坐牢的男孩，他怎样了？你把他扔在新新监狱，让他和那些卑鄙小人在一起。罗丝怎么样了？她等约翰了吗？她对他是真心的吗？

壮汉肯说：不，他们不会等你。

对不起，唐娜带着一种嘲讽的口气说，如果罗恩因为抢了一本语法书而坐牢，我会等他。

是偷，我说。上级要求英语老师纠正学生的小错误。

什么？唐娜说。

不是抢。正确的词是偷。

是的，好吧。

我对自己说：闭嘴，不要打断他们。是谁说偷和抢有区别这样骗人的屁话？就让他们说吧。

肯嘲笑唐娜：噢，当然了。我打赌你会等。所有这些家伙在法国和朝鲜被打烂屁股后，接下来都会收到女朋友或妻子写给"亲爱的约翰"的信件。噢，是的。

我不得不介入他们的对话：好了，好了，我们谈的是因为偷语法书而被判入新新监狱服刑的约翰。

肯再次嘲笑道：是的，他们在新新监狱里喜欢读语法。所有这些杀人犯坐在死囚区，不停地说着语法。

我说：肯，那不是罗恩。那是约翰。

唐娜说：对，是约翰在那儿。他开始教大家语法。离开新新监狱时，他们的谈吐就像大学教授一样。政府很欣赏约翰，给了他一份在麦基职业技术高中教语法的工作。

肯想对此作出回应，但全班同学欢呼鼓掌，说：好哇，唐娜，好哇，压过他。

英语老师们说过：如果你能在职业高中教语法，那么你可以在任何地方教任何课程。我的学生听课，也参与活动，但他们不知道我在教语法，也许他们认为我们只是在虚构新新监狱里约翰的故事。但是，当他们离开教室时，他们看我的方式都变了。如果每天的教学都能像这样，我也许会在这儿待到八十岁。老银锁挂在那儿，背有点驼，但可别低估他。只要问他一个关于句子结构的问题，他就会挺直腰杆，告诉你他如何早在二十世纪中期就将心理学和语法结合在一起的故事。

6

米奇·多兰递给我一张他母亲写的假条,解释他前一天缺课的原因。

　　亲爱的迈考特先生: 米奇八十岁的姥姥因为端了太多的咖啡而从楼梯上摔下来。我让米奇在家照看姥姥和小妹妹,这样我就可以到轮渡码头的咖啡店上班。请原谅米奇。他将来一定会努力学习,因为他喜欢你的课。你真诚的伊梅尔达·多兰。另: 他的姥姥已经没事了。

当米奇递来这张公然在我眼皮底下伪造的假条时,我什么也没说。我看见他在桌子上用左手写这张假条,以掩饰笔迹。因为在天主教小学读过几年书,全班的字数他写得最好。只要你的字写得清楚而漂亮,嬷嬷们才不关心你是上天堂还是下地狱或者是和新教徒结婚。如果你在这方面很弱,她们会把你的大拇指往后扳,直到你哭喊着求饶,保证一定写出一手可以打开天堂之门的字来。另外,如果你用左手写字,那就是你生来就有撒旦个性特征的明显证据,而扳你的大拇指就成为嬷嬷们的任务。即使在美国这块自由人的国土和勇敢者的家园,情况也是如此。

　　于是就有了努力用左手来掩饰他精湛的天主教书法的米奇。这不是他

第一次伪造假条,但我什么也没说,因为我讲台抽屉里绝大多数来自父母的假条都是麦基职业技术高中的男孩和女孩写的。如果要每一个伪造者当面对证,我将一天二十四小时忙个不停,还会导致愤怒、受伤的情绪,以及他们与我之间的紧张关系。

我对一个男孩说:真是你母亲写的这张假条,丹尼?

他为自己辩护,而且充满敌意:对,我母亲写的。

不错的假条,丹尼。她写得很好。

麦基的学生都为他们的母亲而自豪,只有乡巴佬才会不说谢谢就让这样的恭维话悄悄溜走。

他说谢谢,然后返回座位。

我其实可以问他这假条是不是他写的,但是我知道得更多。我喜欢他,不想他闷闷不乐地坐在第三排。他会告诉班上同学我怀疑他,那会使他们也变得闷闷不乐,因为自从他们学会写字以来,他们就一直在伪造假条。他们不想在多年以后被突然变得正派的老师打扰。

假条只是校园生活的一部分,每个人都知道它们是编的,这有什么大不了的?

早上送孩子出门的家长没有时间写假条,他们知道这些假条都会被扔进学校垃圾箱。他们很苦恼,于是:哦,宝贝,你需要一张昨天的假条?你自己写吧,我来签字。他们甚至看都没看就签了。可悲的是他们不知道自己错失了什么。如果看过这些假条,他们就会发现他们的孩子可以写出美国最棒的散文:流畅、充满想象力、表达清楚、富有戏剧性、奇思妙想、观点集中、具有说服力、有建设性。

我把米奇的假条放入讲台抽屉,和其他几十张大小颜色不一、或乱写或擦破或有污渍的假条放在一起。那天班级测验时,我看了一些以前只是一瞥而过的假条。我把它们分成两摞,一摞是母亲们写的,另一摞是伪造者写的。后者的数量要多得多,内容从异想天开到古灵精怪各不相同。

我正在经历对事物真谛的领悟。我一直不知道对事物真谛的领悟会是什么样，现在我明白了。我也搞不清楚为什么以前我就没有经历过这种特殊的对事物真谛的领悟。

我想，这难道不是一件很值得注意的事吗？他们抵制任何一种课上或课后的写作作业。他们哀叫着说他们很忙，很难就任何题材写出二百字来。但当他们伪造假条时，却才华横溢。这是为什么？我有满满一抽屉假条，足够编成一本《美国伟大的借口集锦》或《美国伟大的谎言精粹》。

我的抽屉里塞满了诗歌、小说或学术研究中从来没有提到过的美国天才的样本。我怎么能忽视这座宝库？你能在这里找到虚构、幻想、创造力、搜肠刮肚、自我怜悯、家庭问题、锅炉爆炸、天花板塌陷、大火波及整个街区、婴儿和宠物在作业本上撒尿、意想不到的分娩、心脏病发作、中风、流产和抢劫的精华。这儿有处在全盛时期的美国高中作文——未经润饰、真实、急迫、清晰、简明而且满纸谎言。

炉子引起了火灾，墙纸被烧毁了，消防局让我们整夜待在房子外面。

厕所堵塞了，我们不得不沿街走到我表哥工作的基尔肯尼酒吧用那儿的厕所，但是那儿的厕所前一个晚上就已经堵了。你可以想象我的罗尼要作好上学准备有多难。我希望你能原谅他这一次，这种事不会再发生了。因为认识你兄弟迈科德先生的缘故，基尔肯尼酒吧的那个人很不错。

阿诺德今天没带作业，因为他昨天下地铁时，车门夹住了他的书包，并把它带走了。他冲着列车长大喊，可列车长却在列车开走时说了些很下流的话。该采取些措施治治他们了。

他姐姐的狗吃了他的作业本，我希望它被噎死。

她今天早上在浴室洗漱时，她的小弟弟在她的故事本上撒尿。

有人死在楼上的浴缸里，水溢出来，把桌子上罗伯塔的作业弄得一团糟。

她的哥哥冲她发火，把她的文章扔出窗外。文章在斯塔滕岛上空四处飞扬。这不是件好事，因为大家都会看到这篇文章，并得出错误的感想，除非他们看到文章的结尾。结尾解释了所有的事情。

他写完了你让他写的作文，可是正当他在轮渡上对作文进行修改时，一阵大风刮过，把作文刮走了。

我们被人从公寓里赶出来。那个卑鄙的警长说如果我的儿子再嚷着要他的笔记本，他就把我们都抓起来。

我想象着这些假条的作者在公交车、地铁、渡轮上，在咖啡店里，在公园长凳上，努力找出新的符合逻辑的借口，努力模仿父母的写作风格。

他们不知道父母写的诚实的假条通常很枯燥乏味。"彼得迟到是因为闹钟没响。"像这样的假条甚至不值得在垃圾桶里占一席之地。

快到学期末时，我在模板上打印出十二张假条，发给两个十二年级班的学生。他们读了这些假条，读得安静而专心。

哟，迈考特先生，这是什么？

假条。

你什么意思啊？假条？谁写的？

你们，或者你们中的某些人。我删去了名字，以保护那些有过失的人。这些假条本应由家长来写，但是你们和我都知道真正的作者。哦，米奇？

那么，我们该拿这些假条怎么办呢？

我们大声朗读这些假条。我希望你们能意识到，这是世界上第一堂研究假条艺术的课，第一堂练习写假条的课。你们有幸遇到像我这样的老师。我接受了你们最好的作文——假条，并把它变成一门值得研究的功课。

他们笑了。他们知道，在这件事上我们是一伙的，都是罪人。

这张纸上的一些假条是这个班的同学写的。你们知道自己是谁。你们运用自己的想象力，并不满足于老套的闹钟故事。你们一生中要找各种借口，还要让这些借口可信并具有原创精神。你们甚至可能要为自己的孩子写假条，在他们迟到或者缺课或者干了什么恶作剧的时候。现在就试着写吧。想象你有一个十五岁的儿子或女儿，他或她需要一个英语学习落后的借口。充分发挥你们的想象力吧！

他们没有四处张望。他们没有咬铅笔。他们没有浪费时间。他们很急切，拼命想为他们十五岁的儿子和女儿编造借口。那是忠诚和爱的行为。你永远不会知道，有朝一日他们也许将需要这些假条。

他们创作了一部借口狂想曲，内容从家庭腹泻传染到一辆十六轮大卡车撞进房子到麦基高中自助餐厅发生严重的食物中毒事件。

他们说：再来，再来，我们能多写一些吗？

我很震惊。我该怎样应对这样的激情？

这是另一种对事物真谛的领悟，或者灵感、启发之类的一闪而过。我走到黑板前，写下"今晚的家庭作业"。

那是个错误。家庭作业这个词带有负面含义。我把它擦了。他们说：耶，耶。

我告诉他们：你们可以在这儿、在教室里开个头，然后回家或到月球的另一面把它完成。我想要你们写的是……

我在黑板上写下"亚当写给上帝的假条"或者"夏娃写给上帝的假条"。

他们低下了头，笔在纸上刷刷疾走。他们可以一只手背在身后、闭着眼睛做这事。教室里充斥着神秘的微笑。哦，宝贝，这是件好事。我们知道会发生什么事，是不是？亚当责怪夏娃，夏娃责怪亚当。他们俩都责怪上帝或撒旦。责怪周围的一切，除了上帝。上帝处于有利地位并将他们踢出伊甸园，以至于他们的后代在麦基职业技术高中为这世上的第一个男人和女人写假条。或许上帝本人也需要为自己的一些重大过错写假条。

铃声响了。在三年半的教学中，我第一次见到高中学生如此专心，以至于他们那些饥肠辘辘的朋友不得不催促他们离开教室去吃午饭。唷，伦尼，快点，到餐厅接着写吧。

第二天，每个人都带来了假条，不仅有来自亚当和夏娃的，还有来自上帝和撒旦的。有些富有同情心，有些令人作呕。作为夏娃的代表，利萨·奎因为自己诱惑亚当辩解，认为她厌倦了整日整夜待在伊甸园无所事事。

她还厌倦了上帝插手他们俩的事,不让他们有片刻的隐私。对于上帝来说,一切都没问题。他可以停下来,在某个云朵后躲起来。如果看见她或者亚当靠近他那棵珍贵的苹果树,他还可以时不时地吼叫几声。

他们对亚当和夏娃的相对过失和罪恶进行了激烈的讨论,最后一致同意撒旦那条蛇是个杂种、一个卑鄙的家伙、一个没用的家伙。虽然有些暗示表明,上帝其实可以更好地理解第一个男人和第一个女人所处的困境,但是没有一个人有足够的勇气说一句上帝的坏话。

米奇·多兰说在天主教学校,你绝不可这样说话。上帝(对不起),嬷嬷们会拽着你的耳朵把你从椅子上拎起来,还会叫你的父母过来解释,你是从哪儿得来的这种纯粹亵渎上帝的想法。

班上的非天主教徒男孩吹嘘他们绝不会忍受那些废话。他们会踢嬷嬷们的屁股,那些信天主教的男孩怎么会那么胆小?

讨论开始发生偏离,我担心这些细节会传到天主教徒家长那儿,他们会反对粗暴对待嬷嬷的说法。我让他们想一想当今世界或者历史上有谁可以利用一张好的假条。

我在黑板上写了些提示:

爱娃·布劳恩,希特勒的女朋友。

我问:希特勒本人怎么样?

不,不,绝不。没有借口。

但是也许他有一个悲惨的童年。

他们不同意。为希特勒写个假条可能是对作者的极大挑战,但绝不会出自这个班级。

黑板上写着:朱利叶斯和埃塞尔·罗森伯格,一九五三年因叛国罪被处死。

为逃避兵役者写假条怎么样?

噢,耶,迈考特先生。这些家伙有意义重大的假条。他们不想为祖国而战,但那不是我们。

黑板上写着：犹大、匈奴王阿提拉、李·哈维·奥斯瓦尔德、阿尔·卡彭和所有美国政客。

唷，迈考特先生，你能在黑板上写上老师吗？除你之外所有那些隔天就给我们来一次测验的讨厌的老师。

哦，我不能这么做。他们都是我的同事。

来嘛，来嘛。我们可以为他们写假条，解释他们为什么要那样做。

迈考特先生，校长在门口。

我的心猛地一沉。

校长陪着斯塔滕岛区教育局长马丁·沃尔夫森走进教室。他们毫不理会我正在上课，没有为打断上课而道歉。他们沿过道走来走去，凝视学生的文章。为了看得更仔细些，他们拿起了一些，局长让校长看了其中的一篇。局长皱了皱眉头，撅了撅嘴。校长撅了撅嘴。全班同学都知道这些是不可忽视的重要人物。为了表示忠诚和团结，他们强忍着不向我要出入证。

在他们离开教室的路上，校长冲我皱了皱眉头，小声说局长无论如何都要在下节课见我，即便他们不得不找人代课。我知道，我知道。我又做错什么了。愚蠢酿成大乱，可我甚至不知道为什么。我的档案里将会有一条不良记录。你尽力了。你抓住时机，尝试了整个世界历史上从来没人做过的事。你让你的学生们充满激情地忙着写假条。但是现在报应来了，教书匠。沿着楼道到校长办公室去吧。

校长坐在办公桌旁。局长在屋子中间站立的姿势让我想起了忏悔的高中生。

啊，迈……迈……

迈考特。

进来，进来，就一分钟。我只是想告诉你，那节课、那个计划——不论你到底在那儿做什么——都是一流的，一流的！年轻人，那正是我们所需要的，那种脚踏实地的教学。那些孩子的写作达到了大学水平。

他转身面对校长说：那个孩子为犹大写了个假条，很有才气。但是我有一两条保留意见。我不知道为恶人和罪犯写假条是否正当或明智，但转念一想，律师干的就是那个，是不是？根据我在你班上所见到的情况，你可能会在这儿培养一些有前途的未来律师。因此，我只是想和你握握手，告诉你：如果你的档案里出现一封证明你的教学充满活力并富有想象力的信件，请不要感到吃惊。谢谢你。也许你应该将他们的注意力转移到历史上年代较为久远的人物身上，为阿尔·卡彭写假条有点冒险。再次谢谢你。

天哪！来自斯塔滕岛区教育局长的高度赞扬！我是应该沿着楼道跳舞，还是应该高兴得飞起来？如果我放声高歌，这个世界会反对吗？

我决定放声高歌。第二天，我对班上学生说我知道一首他们喜欢的歌，一首绕口令似的歌。那首歌就是：

哦，山谷下的沼泽地，咯咯作响的沼泽地，哦！
哦，山谷下的沼泽地，咯咯作响的沼泽地，哦！
在那沼泽地里有棵树，一棵罕见的树，一棵咯咯作响的树，
山谷下的沼泽地，沼泽地里的树，哦！

我们一段接着一段地唱。他们一边努力捋直舌头唱歌，一边哈哈大笑。看到老师唱歌难道不是件很棒的事吗？哦，学校就应该每天这样：我们写假条，老师忽然因为某种原因而唱歌。

原因就是我意识到，人类历史上有足以用来写上百万个假条的素材，每个人迟早都需要借口。再说，如果我们今天唱歌，我们明天也可以唱歌。为什么不呢？你不需要为唱歌找借口。

7

奥吉是班上的讨厌鬼,爱和老师顶嘴,爱招惹女孩。我给他母亲打去电话。第二天,教室门被撞开,一个穿着黑色T恤衫、一身举重运动员肌肉的男子叫喊着：嘿,奥吉,出来!

你可以听到奥吉倒吸了一口冷气。

说声是,奥吉。要是我走进教室,你就死定了。出来!

奥吉尖声急叫：我没做错什么!

那个人笨拙地走进教室,沿着过道来到奥吉的座位,一把将他举到空中,来到墙边,揪着他的脑袋不停地撞墙。

我跟你说过——砰——不要——砰——不要给老师——砰——惹麻烦——砰——我听说你给老师惹麻烦了——砰——我要把你该死的脑袋拧下来——砰——把它挂在你的屁股上——砰——你听到了吗？砰。

嘿,等等。这是我的教室。我是老师。我不能让世人就这样闯进教室。我应该负起责任。

对不起。

那个人置若罔闻。他正忙着如此用力地将儿子往墙上撞,以至于奥吉的双手无力地垂了下来。

我得表明谁是这个教室的负责人。人们不能就这么走进来并将他们的儿子打个稀巴烂。我重复道：对不起。

那个人把奥吉拖回座位，转过身看着我。先生，如果他再给你惹麻烦，我就一脚把他踢到新泽西去。我们教育他要尊敬人。

他转身面对全班学生：这个老师到这儿是来教你们这些孩子。如果你们不听老师的话，你们就不能毕业。如果你们不能毕业，你们就得到码头上干一些没有前途的活儿。如果你们不听老师的话，你们就没有帮自己的忙。听懂我对你们说的话了？

他们什么也没说。

你们听懂我说的话了？你们都哑巴了？这儿没有个硬汉想说点什么？

他们说他们懂了，所有硬汉都没吭声。

好吧，老师，现在你可以继续上课了。

他出去时那么使劲地关门，以至于粉笔灰从黑板上飘下来，窗户也哗哗作响。教室里那种冰冷、充满敌意的安静表明：我们知道你给奥吉的父亲打电话了，我们不喜欢给别人父亲打电话的老师。

哦，瞧，我没有叫奥吉的父亲那么做。我只是对他的母亲说了，我以为他们会和他谈，让他上课听话。说这些都没有用。太迟了。我背着他们这么做，表示我不能应付这局面。那些把你送到办公室或给你父母打电话的老师不会得到学生的尊敬。如果你不能自己应对一切，你就不应该当老师。你应该去扫大街或捡垃圾。

萨尔·巴特格里亚每天早上都微笑着说：嗨，老师。萨尔和他的女朋友路易丝坐在一起，看上去很开心。当他们隔着过道手拉手时，大家都绕道而行，因为大家都认为这是真的。总有一天，萨尔和路易丝会结婚，那很神圣。

萨尔的意大利家人和路易丝的爱尔兰家人都不同意，但至少婚礼会是天主教式的，那就没问题了。萨尔和全班开玩笑说，考虑到爱尔兰人不会做饭，他的家人担心他和他的爱尔兰妻子可能饿死。他说他母亲搞不懂爱尔兰人到底如何生存。路易丝大声说：他们说什么都行，但是爱尔兰人拥有世界上最漂亮的小孩。萨尔的脸红了。这个快十八岁、有着一头黑色鬈发、好酷的意大利人真的脸红了。路易丝笑了。当她隔着过道伸出细嫩白皙的小手触摸他那红脸庞时，我们都笑了。

当萨尔握住路易丝的手贴着自己的脸时，全班都静了下来。你可以看见他泪眼汪汪。他怎么啦？我背对着黑板站着，不知道该说或做些什么。我不想破除魔咒。在这种情况下，我又怎么能继续我们关于《红字》的讨论呢？

我走到讲台后面，装出很忙的样子。我静静地再次点名，填了一张表，等着十分钟后的下课铃声。我看着萨尔和路易丝手拉着手离开教室，羡慕他们一切都安排笃定的方式。毕业后，他们会订婚。萨尔会成为一名手艺高明的水暖工，路易丝会成为一名司法速记员——你在秘书界能获得的最高职位，除非你头脑不正常想当律师。我对路易丝说她很聪明，可以从事任何工作。但她说不，不，她的家人会怎么说呢？她得谋生，为自己和萨尔的生活作好准备。她会学做意大利饭，这样她就不会总是依赖萨尔的母亲。结婚一年后，他们会有一个孩子，一个胖胖的、有着意大利和爱尔兰血统的美国小孩。这会使两家人永远团结在一起，没人会在意他们的父母来自哪个国家。

这一切都没有发生，因为在希望公园的街头帮派群架中，一个爱尔兰孩子追上了萨尔，用一根截面为 2 英寸 × 4 英寸的木棒狠打他。萨尔压根儿不属于任何帮派，只是碰巧路过那儿，为他在晚上和周末工作的饭店送外卖。他和路易丝知道这些帮派战争，特别是爱尔兰人和意大利人之间的帮派战争很愚蠢。大家都是天主教徒，都是白人。为什么要打架呢？这一切又都是为了什么呢？地盘、势力范围，甚至更糟，女人。嘿，别用你那意大利人的双手碰我的女人。把你那爱尔兰人的肥臀从我们的地盘上挪开。萨尔和路易丝可以理解意大利人或爱尔兰人与波多黎各人或黑人打群架,但是看在上帝的分上,他们不能理解意大利人和爱尔兰人打群架。

萨尔回来了,绷带遮盖了伤口上的针脚。他大摇大摆地走到教室右边,远离路易丝。他不理会全班同学,也没有人看他或和他说话。路易丝坐在原来的座位上,努力捕捉他的目光。她转身面对着我,好像我知道答案或者能够解决问题。我觉得自己能力不够而且优柔寡断。我应该走到她那儿,紧握着她的肩膀,悄悄说一些萨尔会渡过难关之类的鼓励话吗?我应该走到萨尔跟前,为爱尔兰民族向他道歉,告诉他不能光凭希望公园里一个乡巴佬的行为就对整个民族作出判断,提醒他路易丝仍然很可爱、依旧爱着他吗?

看着坐在几排之后、伤心欲绝的路易丝,和直直看着前方、准备干掉第一个从他面前走过的爱尔兰人的萨尔,你又该怎样组织讨论《红字》的收尾——海丝特和珠儿的幸福结局呢?

雷·布朗举起了手。好老雷,总是唯恐天下不乱。嘿,迈考特先生,这本书里怎么没有黑人?

我看上去一定很茫然。除了萨尔和路易丝,大家都笑了。我不知道,雷。我想新英格兰地区以前没有黑人。

萨尔从座位上跳起来。不,那儿有黑人,雷,但是爱尔兰人把他们都杀了。爱尔兰人偷偷走到黑人的背后,打碎了他们的脑袋。

哦,是吗?雷说。

是的,萨尔说。他拿起书包,走了出去,来到辅导室。辅导员告诉我,萨尔要求转到坎贝尔先生班上。至少坎贝尔先生不是爱尔兰人,没有那种愚蠢的口音。你永远无法想象坎贝尔先生会用一根截面为2英寸×4英寸的木棒从背后打你。但是,那个迈考特,他是爱尔兰人,你永远不能相信那些畏畏缩缩的杂种。

我不知道该对萨尔做些什么。离毕业还有三个月,我本该和他谈谈,但是我不知道该说些什么。在学校的楼道里,我经常见到老师面对着学生,胳膊绕过学生的肩膀,给他们温暖的拥抱。别担心,一切都会好的。

男孩或女孩会流着泪说谢谢你,而老师会用再一次热情的拥抱结束谈话。这就是我想做的。我应该对萨尔说,我不是一个挥舞着一根截面为2英寸×4英寸木棒的乡巴佬吗?我是不是应该一再告诉他,因为一个醉鬼的行为而让路易丝痛苦很不公平?哦,萨尔,你知道爱尔兰人是怎么样的。他会大笑着说好吧,爱尔兰人是有那样的问题,然后和路易丝和好。

或者我本应该和路易丝谈谈,搬出一些陈词滥调,例如:哦,路易丝,你迟早会渡过难关,或者天涯何处无芳草,或者你不会长期孤单,男孩会来敲你的门。

我知道不管和他们中的谁谈话,我都会笨嘴笨舌、结结巴巴。最好的选择就是什么也不做,我也只会这么做。总有一天,我会在楼道里用强有力的胳膊搂着学生的肩膀,说着婉转的话,再给他们一个拥抱。

老师们拒绝让凯文·邓恩到自己的班上。这个孩子简直就是个极其让人讨厌的家伙,一个惹是生非、无法无天的人。如果校长坚持把他放到他们的班上,他们就会把作业一扔,要求付给他们津贴,然后一走了之。那个孩子属于动物园的猴山,而不是学校。

所以,他们把他派给了那个不能说"不"的新老师,也就是我。从那头红发、满脸雀斑和那个名字上,你可以知道这孩子是个爱尔兰人。当然,一个操着真正爱尔兰方言口音的爱尔兰老师能够对付这个小浑蛋。辅导员说他正指望某种东西,你知道,某种可能拨动心弦的返祖性的东西。一个真正的爱尔兰老师当然能够激发凯文基因中某种民族性的东西,对吧?辅导员还说凯文快十九岁了,应该今年毕业,但他已经留级两年,所以没有机会穿毕业服、戴毕业帽了。根本没有机会。学校正采取一种伺机而动的策略,希望他辍学、参军什么的。这年头,任何人都可以参军:瘸子、跛子、瞎子,还有世界上的凯文们。他们说他绝不会独自一人走进我的教室,因此请我到辅导室把他领走。

他坐在办公室的角落,整个人消失在对他来说太大了的皮衣里,头深深地埋进风帽。辅导员说：凯文，他来了，你的新老师。拉下风帽，好让他能看见你。

凯文没有动。

哦，快点，凯文，摘下风帽。

凯文摇摇头。他的头动了动，但风帽没有。

好吧，跟迈考特先生走吧，合作些。

辅导员低声说：你知道，他也许有点认同你。

他没有认同任何东西。他坐在座位上，用藏在风帽里的手指敲桌子。巡视的校长把头贴在门上，对他说：孩子，摘掉那个风帽。凯文不理他。校长转向我：我们这儿有点纪律问题吗？

那是凯文·邓恩。

哦，然后他退了出去。

我觉得自己陷入了某种神秘的圈套。当我对其他老师提到他时，他们会眼睛一转，告诉我新老师通常会被一些不可能完成的事件缠绕。辅导员叫我别担心。凯文是个麻烦，但他有机能障碍，不会在学校待久。耐心点。

第二天中午前，他要求给他出入证。他说：你为什么那样给我出入证？为什么？你想除掉我，对不对？

你说你想要出入证。给你。出去吧。

你为什么让我出去？

那只是一种表达方式。

那不公平。我没做错什么。我不喜欢别人这么说出去，好像我是条狗。

我希望能把他带到一边谈谈，但我知道自己不擅长谈话。和全班同学谈话要比和一个男孩谈话容易得多，那样不那么关系密切。

他用毫不相干的话扰乱了整个班级：英语里的脏话比其他语言的多；如果你的左脚穿右脚的鞋，右脚穿左脚的鞋，你的大脑会更强健，而你的孩子会是双胞胎；上帝有一支从来不需要墨水的钢笔；孩子出生时什么都知道，那就是他们不会说话的原因，因为如果他们说话，我们就全变成傻瓜了。

他说豆子让你放屁,用它们喂小孩很好,因为种豆子的人训练狗搜寻小孩以防他们走失或被绑架。他知道一个事实,就是富人喂他们的孩子吃好多豆子,因为富人的孩子通常担心被绑架。他高中毕业后就会从事驯狗工作。这些狗会通过吃豆子的富人小孩放的屁找到他们,他会出现在所有的报纸和电视上,那么现在他能拿到出入证吗?

他母亲在校园开放日来到学校。她对他毫无办法,不知道究竟出了什么问题。在凯文四岁时,他父亲跑了,这浑蛋现在和一个饲养实验用白鼠的女人一起住在宾夕法尼亚州的斯克兰顿。凯文喜欢白鼠,但是痛恨他继母将白鼠卖给那些给它们体内注入东西或者仅仅为了看看是否减少或增加体重而将它们剖开的人。他十岁时曾威胁要追求继母,人们不得不报了警。现在,他母亲想知道他在我的班上表现如何。他学了些东西吗?我布置家庭作业吗?因为他从不把书、笔记本或铅笔带回家。

我告诉她,他是个有着非凡想象力的聪明孩子。她说:是的,那对你有好处,班上有个聪明的孩子,但是他的将来会怎么样呢?她担心他会应征入伍并被派到越南,在那儿他那一头蓬乱的红发会很扎眼,会成为越南人的活靶子。我跟她说我认为他们不会接受他入伍,而她看上去很生气。她说:你什么意思呀?他和这所学校其他的孩子一样好。你知道,他父亲上过一年大学,他以前还看报纸。

我的意思是我认为他不是军人那种类型。

我的凯文能做任何事。我的凯文和这所学校其他的孩子一样好。如果我是你,我不会低估他。

我想和他谈谈,但是他不理我或者装作没听见我说话。我让他去见辅导员,辅导员让他带着一张纸条回来。纸条上建议我让他忙起来:让他洗黑板,让他到地下室清洗黑板擦。辅导员说也许他会和下一个宇航员一起飞上太空,并且一直绕轨道运行。一个辅导员式的玩笑。

我告诉凯文,我准备让他担任教室管理员,负责所有事物。他在几分钟内完成例行工作，还让全班同学看他干活有多快。丹尼·瓜里诺说他干什么都比凯文快，还说要在放学后在学校外见见凯文。我把他们俩分开，还让他们俩保证不打架。凯文要求得到出入证，后来又不要了，说他和教室里某些每隔几分钟就要出去的人不同，他不是个小孩子。

他母亲很喜欢他，其他老师不要他，辅导员推诿责任，而我对他毫无办法。

在壁橱里，他发现了上百个水彩颜料小罐，里面的颜料都干了。他说：什么！什么！哦，呀！罐子，罐子。颜料，颜料。我的，我的。

好吧，凯文。你愿意把它们洗干净吗？你可以待在这儿，待在这个带特殊桌子的水池旁，不用再坐在课桌旁了。

这很冒险。他也许会因为被要求干一份十分单调乏味的活儿而生气。

耶！耶！我的罐子，我的桌子。我要摘掉我的风帽。

他把风帽往后一推，火红的头发泛出耀眼的光芒。我对他说我从没见过这么红的头发，他咧嘴笑了。他一连几个小时在水池旁忙活，用勺子挖出旧颜料，装入一个大腌菜罐子。他用力擦洗盖子，把罐子在架子上摆好。临近学年末，他还在干，仍没干完。我跟他说夏天他将不能待在学校，他很失望地嚷了起来。他能把罐子拿回家吗？他的脸颊湿了。

好吧，凯文。把它们拿回家吧。

他用那只沾满各种颜料的手碰了碰我的肩膀，对我说我是世界上最好的老师；如果有人惹我麻烦，他会出手相助，他有好多种办法来对付那些惹老师麻烦的人。

他拿回家几十个玻璃罐子。

九月，他没有回来。地方教育委员会的教导人员将他送到为屡教不改的学生开办的特殊学校。他逃跑了，在他父亲的车库里和白鼠生活了一段时间。后来军队带走了他。他母亲到学校告诉我他在越南失踪了，还给我看了一张他房间的照片。在桌子上，玻璃罐子按照"迈考特好"的字母顺序摆放着。

他的母亲说：看吧，他喜欢你，因为你帮了他。但是共产党抓了他，那么告诉我，这有什么用呢？看看那些孩子被炸成碎片的妈妈们。上帝，你甚至没有一根可以下葬的手指。你能告诉我在那个谁也没有听说过的国家发生了什么事吗？你能告诉我吗？一场战争结束了，另一场战争又开始了。如果你有女儿，你就很幸运。她们不会被派到那儿去。

从一个帆布包里，她拿出那个装着凯文的干颜料的大腌菜罐子。她说：看看那个，彩虹的每一种颜色在那个罐子里都可以找到。你知道吗？他剪掉了他的头发，你能看出他把头发和颜料混在一起的地方。那是个艺术品，对不对？我知道他希望你拥有它。

我可以对凯文的母亲说实话，告诉她我没对她的儿子做过什么。他似乎是个失落的灵魂，四处飘零，寻找可以停靠的地方，但是我知道得不够多，或者我太害羞了，不会表达情感。

我把那个罐子放在讲台上，它在那里闪闪发光。当我看着凯文那一簇簇头发时，我为自己当初放任他离开学校到越南而懊悔。

我的学生，特别是女孩们，说那个罐子很漂亮，是个艺术品，一定花了很多功夫。我对他们讲了凯文的事，一些女孩哭了。

打扫教室的清洁工认为那个罐子是垃圾，把它扔到地下室的垃圾桶里。

我在自助餐厅和其他老师讲凯文的事。他们摇摇头，说：太糟了。有些这样的孩子悄无声息地离开学校，但老师到底又该怎么做呢？班级很大，我们没有时间，而且我们不是心理学家。

8

三十岁那年,我和艾伯塔·斯莫尔结婚,开始在布鲁克林大学攻读英语文学专业的文学硕士学位,这个学位可以帮助我获得提升、赢得尊重、增加工资。

为获得学位,我写了一篇关于奥利弗·圣约翰·戈加蒂的论文。他是一名医生、诗人、剧作家、小说家、智者、运动员、牛津的喝酒高手、传记作家、参议员、詹姆斯·乔伊斯(主要)的朋友。詹姆斯·乔伊斯在《尤利西斯》中把他塑造成巴克·马利根,从而使他闻名全球。

我的论文题目是"奥利弗·圣约翰·戈加蒂:评论性研究"。论文本身没什么可评论的。我选择戈加蒂是出于对他的崇拜。如果我读过他的作品并撰写关于他的文章,他的某些魅力、天赋和学识一定会对我产生影响。我也许会拥有他的某些干劲和才能,还有他那浮华的神态。他是都柏林人,我希望自己能像他那样,成为一个温文有礼、嗜酒如命、擅长写诗的爱尔兰人。我会成为一个纽约人。我会在喧闹声中支张桌子,用歌曲和故事掌控格林威治村的酒吧。在狮头酒吧,我一杯接一杯地喝着威士忌,让自己有勇气变得引人注目。酒保建议我喝慢点。朋友们说他们听不懂我说的话。他们把我拖出酒吧,塞进计程车,付给司机钱,并告诉他径直将我送到我位于布鲁克林的家。我试着用戈加蒂式的诙谐口吻和艾伯塔交谈，但是她说看在上帝的分上，安静点。我想成为戈加蒂式人物的努力带给我一种非常痛苦的后遗症，以至于我跪下来请求上帝将我带走。

朱利安·凯教授接受了我的论文，尽管它"风格啰唆、一本正经，并且和戈加蒂这个主题相冲突"。

在布鲁克林大学，我的第一个也是最喜欢的教授，是研究叶芝的学者莫顿·欧文·塞登。他戴着蝶形领结，可以连着三个小时讲盎格鲁—撒克逊人的历史或乔叟或马修·阿诺德。这些材料他都烂熟于胸。他讲课以给大脑空空的学生灌输知识。不管你有任何问题，可以到他的办公室见他。他不会浪费课堂时间。

他在哥伦比亚大学写了关于叶芝的博士论文，还有一本名叫《仇恨的悖论》的书。在书中，他认为犹太人的性行为是德国反犹主义的一个主要起因。

我听了他讲授的英国文学史一年，从《贝奥武甫》到弗吉尼亚·伍尔夫，从勇者到发愁者。你会发现他希望我们知道并理解英国文学和英语如何发展变化。他坚持认为我们应该像医生了解人体那样了解文学。

他所说的一切对我来说都是新闻，这就是无知和未接受过良好教育的一个好处。我对英国文学只有零星的了解，但是和塞登一起真是扣人心弦。我们一个作家接着一个作家、一个世纪接着一个世纪地走过来，中途停下来仔细看一看乔叟、约翰·斯克尔顿、克里斯托弗·马洛、约翰·德莱顿、启蒙运动、浪漫主义作家、维多利亚时代的作家，一直到二十世纪。塞登朗读经典段落，解释英语从盎格鲁—撒克逊时期到中古英语再到现代英语的发展过程。

听了这些课后，我为地铁里的人们感到遗憾。他们不知道我知道的东西。我急着想回到自己的教室，告诉我的学生几个世纪以来英语的演变轨迹。我试着通过阅读《贝奥武甫》里的篇章来证明英语的变化，但是他们说：不，那不是英语。你以为我们是傻瓜吗?

我试着模仿塞登优雅的风格给我那班水暖工、电工和汽车技工讲课，但是他们瞪着我，好像我神经错乱了似的。

教授们可以在教室里尽情地讲课，从不用担心遭到反驳或吹毛求疵的反对意见。我羡慕那种生活。他们从来不需要叫人坐下，打开你们的笔记本，不，你不能获得出入证。他们从来不需要劝架。必须按时完成作业。没有借口，先生或女士，这里不是高中。如果你觉得不能跟上课程，你可以退课。借口是给孩子们用的。

我羡慕塞登，羡慕大学教授。他们一周上四节或五节课，我得上二十五节；他们有绝对的权威，我得自己去争取权威。我对妻子说：明明可以过大学教授那种轻松生活，我为什么要和这些喜怒无常的少年较劲呢？以那种随意的方式步入教室，点点头认可他们的存在，对着教室后面的墙或者窗外的树讲课，在黑板上潦草地写些难以辨认的板书，宣布下一篇要写的文章（七百字，关于狄更斯《荒凉山庄》中金钱的象征意义），这样难道不是很惬意吗？没有抱怨，没有挑战，没有借口。

艾伯塔说：哦，不要嘀嘀咕咕的，快去拿个博士学位吧，你能成为一个很好的大学小教授。可以去哄哄大学二年级女生。

艾伯塔参加教师资格证书考试时遇到了艾琳·达尔伯格，并把她带回家吃晚饭。艾琳踢掉鞋子，坐在长沙发上，边喝酒边和我们谈她和丈夫爱德华的生活。他们住在马略卡，但是她时不时回到美国教书赚钱以维持他们在西班牙的生活。她说爱德华很有名，但是我没说话，因为我记得只在埃德蒙·威尔逊关于工人阶级作家的随笔中见过他的名字。艾琳说他将在几个月后从西班牙回来，到时她将邀请我们过去喝一杯。

第一眼见到爱德华·达尔伯格，我就不喜欢他，或者，也许是因为我对见到作家、对进入美国文学界的社交圈很紧张。

艾伯塔和我前去拜访的那个夜晚，他坐在靠窗角落里的一把很大的扶手椅上，面对着半圈崇拜者。他们谈论图书，询问他对于各个作家的看法。他挥了挥手，简单地讲了讲二十世纪的每一个作家（他自己除外）：海明威写的是"幼儿语"，福克纳"一堆烂泥"，乔伊斯的《尤利西斯》是"都柏林粪便中的跋涉"。他要求每个人回家看一些我从没听说过的作家写的书：索伊托尼厄斯、阿纳赞格罗斯、托马斯·布朗爵士、尤斯比厄斯、沙漠之父、弗莱维厄斯·约瑟夫斯和伦道夫·伯恩。

艾琳介绍了我：这是弗兰克·迈考特，来自爱尔兰。他教高中英语。

我伸出手，但是他就让它悬着：哦，还是个高中生，是吗？

我不知道该说些什么。我真想给这个没礼貌的狗杂种一拳，但是我什么也没做。他笑了笑，对艾琳说：我们的朋友给聋哑人教英语吗？在达尔伯格家族中，教书只是女人干的活。

我很困惑地退回椅子边。

达尔伯格有个大脑袋，几缕灰色的头发粘在秃秃的脑门上。一只眼睛在眼眶里一动不动，另一只快速转动，干着两只眼睛的活。他有一个大鼻子和一撮性感的小胡子。他笑起来的时候，白色的假牙一闪，发出咯哒咯哒的声音。

他意犹未尽，转过一只眼睛看着我：我们的高中生读书吗？他读些什么书呢？

我满脑袋搜索最近读过的东西，一些可能取悦他的著名的东西。

我在读肖恩·奥卡西的自传。

他让我痛苦了一会儿。他用手捂着脸，嘟囔着说：肖恩·奥卡西。请给我念一段。

我的心怦怦乱跳。那半圈崇拜者在等着。达尔伯格抬了抬头，好像在说"好吗"。我口干舌燥。我无法从奥卡西的自传中找到可以和达尔伯格引用过的古代大家们的巨作匹配的段落。我含糊地说：嗯，我喜欢奥卡西，因为他用很自然的方式描写自己在都柏林的成长经历。

他冲着他的崇拜者微笑，再次让我痛苦了一番。他冲我点点头：我们的爱尔兰朋友说他自然的写作方式。如果你崇拜所谓的自然写作,你可以仔细查看一下公共厕所的墙壁。

崇拜者笑了。我的脸一阵发烫。我脱口而出:奥卡西从都柏林的贫民窟一路奋斗而来。他是个半盲人,他是……是……工人阶级的捍卫者……他在任何时候都和你一样好。全世界的人都知道肖恩·奥卡西,谁听说过你?

为了做给崇拜者看,他摇了摇头。他们也一致摇了摇头。他对艾琳叫道:让你的高中生离开我的视线。他在这儿不受欢迎,尽管我欢迎他那迷人的妻子留下。

我跟着艾琳到卧室取回外套。我为自己惹了麻烦而向她道歉,又为自己的道歉而瞧不起自己,但是她一直低着头,什么也没说。客厅里,达尔伯格亲昵地抚摸艾伯塔的肩膀,对她说他毫不怀疑她会是个好老师,并希望她能再次来访。

我们俩一言不发,静静地坐地铁回布鲁克林。我很困惑,弄不明白达尔伯格为什么那样做。他想让陌生人丢脸吗?为什么我不能忍受呢?

因为我连鸡蛋壳般的自信也没有。他六十岁,我三十岁。我像是一个来自野蛮世界的人,在文学界从来不会放松情绪。我很茫然,又太无知,不属于那一堆称达尔伯格为文学界名人的崇拜者。

我很气馁,为自己感到羞愧。我发誓再也不见那个人了。我要放弃这份没有前途、不会赢得人们尊敬的教书工作。我要干一份兼职工作,用一生的时间在图书馆看书,参加类似的聚会,引用并背诵文章,和达尔伯格及其崇拜者之类的人比个高低。艾琳邀请我们回去,现在达尔伯格很有礼貌,而我有足够的谨慎和智慧听从他的话,开始适应追随者的角色。他总是问我在读什么书,而我动不动就提到希腊人、罗马人、神甫、米盖尔·德·塞万提斯、伯顿的《忧郁的剖析》、爱默生和梭罗,当然还有爱德华·达尔伯格,好像我现在什么也不做,只是整天坐在宽大的扶手椅里读啊读,等着艾伯塔为我端上晚饭并按摩我可怜的脖子。要是谈话变得沉闷或者危险，我就会从他的书中引用些词句，直到他面露喜悦、脸色变得柔和起来。一个掌控着聚会并四处树敌的人能够这么轻易就听信阿谀奉承，这让我很吃惊。我有足够的智慧想出一个不让他在椅子上抓狂的策略，这也让我很惊讶。我正学着保持缄默，接受他的虐待，因为我认为自己也许会从他的学识和智慧中有所获益。

我羡慕他作为作家的生活。我太胆小了，不敢冒险做这样的梦。我崇拜他或者任何走自己的路并坚持自己立场的人。即便我在美国有各种各样的经历，可是我依然觉得自己是个刚下船的新移民。当他抱怨作家的艰难生活和每天伏案工作的痛苦时，我想说：哦，我才痛苦呢！达尔伯格。你所做的就是上午坐在那里敲几个小时打字机，余下的一天就是看书，而艾琳会守候在近旁，关照你的每个需求。你一生中从未干过一天苦力。给一百七十个少年上一天课就会让你跑回平静的文学生活。

我偶尔同他见面，直到他于七十七岁那年在加州去世。他会邀请我吃晚饭，让我带上我的母猎狗。字典上说我的母猎狗就是我的女人。我意识到他对我的女人的兴趣要大过对我本人。当他建议我们夏天一起开车周游全国时，我知道他想干什么，那就是和艾伯塔一路纵情玩乐。这个聪明人会想办法把我支开去办件微不足道的事，而他就会像蛇一样伸开盘着的身体，从他的树下游出来。

一个星期六的上午，他打电话邀请我们去吃晚饭。得知我们那晚没空，他说：我的好爱尔兰朋友，我该怎么处理已经买来的食物呢？我说：吃了它吧。不管怎么说，那是你的一贯行为。

这不是个什么了不起的回答，但却是最后的话语。之后，我再也没有听到他的声音。

我在麦基职高任教八年。期间的每年六月，英语部的老师都会在一间教室里集会，阅读、评估并批改纽约州英语校务委员会出的试卷。麦基职高仅有一半学生能通过这项考试，另外一半则需要帮助。我们试图将不及格者的分数从五十多分提到及格分，也就是委员会批准的六十五分。

对于答案非对即错的多项选择题，我们无能为力。但在关于文学和普通话题的问答题上，我们帮得上忙。孩子们只要参加考试就可以得分。当然，这有什么关系呢？如果不来，他可能会在别的某个地方惹上麻烦或打扰别人。他露了面，展示了无私的品行，理应得到三分。他的文章清楚易读吗？是的。再给两三分。

这个孩子在班上惹老师生气吗？嗯，也许偶尔有一两次。是的，但那可能是受人挑拨。另外，他父亲，一个反抗犯罪集团、后因种种困难而去了戈瓦纳斯运河的码头工人去世了。再给这个父亲在戈瓦纳斯运河去世的孩子加两分。我们让那分数及格了，是不是？

这个学生运用段落了吗？哦，是的，看看他如何缩格书写，这孩子是首行缩格的专家。这儿显然有三个段落。

他的段落中有主题句吗？嗯，你知道，你可以说第一个句子就是主题句。好了，因为主题句再给他三分。那么，我们现在到哪儿了？六十三分？

他是个好孩子吗？哦，那当然。在班里乐于助人吗？是的，他为社会研究课的老师清理黑板擦。在楼道里有礼貌吗？总是说"早上好"。看看这个，他的文章题目是"我的国家；对或错"。这不是很有道理吗？文章题目选择得相当脱俗。我们难道就不能因为他选择爱国题材而给他提三分吗？就不能因为他用了分号（即便在那个地方应该用冒号）而给他提一分吗？那真的是分号吗？还是纸上落了个脏东西？这个学校的有些孩子甚至不知道有冒号，而且也不在意。如果你站在那儿告诉他们冒号和它的小表弟分号之间的区别，他们就会提出要出入证。

为什么不再给他提三分呢？他是个好孩子。他哥哥斯坦在越南。他父亲小时候得了小儿麻痹症，在轮椅上度过一生。哦，为这个孩子拥有一个坐轮椅的父亲和一个在越南的哥哥而再给他一分。

这样，他就六十八分了。六十八分不太可能引起那些在奥尔巴尼审查这些试卷的人的怀疑。当上千份卷子从全州各地蜂拥而至时，他们不可能

95

每一份卷子都看。另外，即便有问题，我们老师也会肩并肩地保卫我们的评分系统。

让我们去吃午饭吧。

辅导员比伯斯坦先生说，如果我对付孩子时有困难，就告诉他，他会处理。他说在这种制度下，新老师被人瞧不起，或者更糟。你得靠自己在人世间沉浮。

我从未告诉过他我与学生打交道中遇到的任何困难。学生们之间传着这么一句话：嘿，那个新老师，迈考特先生。他会把你送到辅导员那儿去。接下来，他就会给你爸爸打电话。你知道那意味着什么。比伯斯坦先生开玩笑说我一定是个好老师，和孩子们相处得那么好，以至于我从来没往他的办公室送一个人。他说那一定是因为我的爱尔兰口音。你看上去没什么了不起，但是女孩子喜欢你的口音。她们告诉我这个，所以可别把它荒废了。

当我们和新的工会（教师联盟）一起罢课时，比伯斯坦先生、托夫森先生和艺术老师吉尔菲妮小姐越过了纠察线。我们冲他们大喊：不要过去！不要过去！但他们过去了，吉尔菲妮小姐哭了。越过纠察线的老师比站在纠察线内的年纪大。他们可能曾经是老的教师工会的成员。那个工会在麦卡锡政治迫害年代被解散了。他们不愿意再次被人迫害，即便我们罢课在很大程度上是为了让工会得到认可。

我同情那些年纪较大的老师。罢课结束后，我想为我们冲他们大喊大叫的方式向他们道歉。在我们的纠察线内，至少没有一个人像其他学校的人那样喊"工贼"。可是，在麦基高中，还是出现了紧张的气氛和分裂的局面。我不知道自己是否还能和那些越过纠察线的人做朋友。在当老师之前，我曾和酒店工人工会、卡车司机和国际码头工人协会一起冲击纠察线。我还因为仅仅和工会组织者说了句话而被一家银行解雇。有很多警告，没有人敢于不理睬这些警告。越过这条线吧，伙计。我们知道你住在哪里，我们知道你的孩子在哪儿上学。

在老师的纠察线内，我们绝不会说那样的话。我们是专业人员：老师、大学毕业生。罢课结束后，我们在教师自助餐厅冷冷地对待工贼。他们在餐厅的另一头一起吃饭。有一段时间，他们基本上不去餐厅，我们这些教师联盟的忠实成员完全占据了那个地方。

在楼道里相遇时，比伯斯坦先生很少对我点头示意，也不再提出要帮我解决难对付的孩子。有一天，他叫住我，怒气冲冲地说：芭芭拉·萨德勒是怎么回事？我大吃一惊。

你什么意思？

她到我办公室说你鼓励她上大学。

没错。

没错？你什么意思？

我是说，我建议她上大学。

我要提醒你，这是所职业技术高中，不是大学的预备学校。这些孩子要投身各行各业，孩子。他们没有为上大学作好准备。

我对他说，芭芭拉·萨德勒是我五个班上最聪明的孩子之一。她写得一手好文章，读了很多书，参加班级讨论。如果我这个没有接受过高中教育的领执照老师都可以上大学，她为什么不能这么想呢？没有人说她必须成为美容师、秘书或别的什么。

年轻人，你在给孩子们灌输一些他们不应该拥有的想法。在这儿，我们都很现实，而你带着些疯狂而愚蠢的念头闯了进来。我要和她谈谈，纠正她的想法。如果你能放弃你的原有观点，我会不胜感激。教你的英语吧，把辅导工作交给我。他转身离开，但又扭过头来。这和芭芭拉是个漂亮的金发女孩无关，是不是？

我真想说些脏话。工贼这个词在脑海中冒了出来，但是我保持沉默。他从我身边走过，这是我们最后一次说话。这是因为罢课吗？还是真的因为芭芭拉？

他在我的信箱里放了张贺卡：

"一个人能做到的一定比他知道的多，但是你最好先确认他知道什么。不要制造一些不可能实现的梦想。祝好！弗格斯·比伯斯坦。"

第二篇
蓟丛中的驴

9

一九六六年,我在麦基职高任教已满八年。是离开的时候了。每天,我依然努力吸引五个班学生的注意力,尽管我学到了一些显而易见的东西:在教室里你得走自己的路,你得发现自我,你得形成自己的风格和技巧,你得说真话否则就会被揭穿。哦,教书匠,上星期你可不是那么说的。那可不是关于美德或高尚的事。

所以,再见,麦基职业技术高中。带着刚拿到的硕士学位,我来到布鲁克林区的纽约社区学院。我的朋友赫伯特·米勒教授帮我在那儿找到一个副讲师的职位。那是大学里级别最低的老师。我每星期上五到六节课,而且不是天天有课。有那么多空闲时间,我真是到了天堂。我挣的薪水只有高中老师的一半,但是学生很成熟。他们会听话,会尊敬人;他们不会扔东西;他们不会反对和抱怨课堂练习和家庭作业。另外,他们称呼我教授,那让我觉得自己很重要。我要教两门课——文学概况和基础写作。

我的学生都是成年人,大多数年龄在三十岁以下,在遍布本市的商店、工厂和办公室中工作。有一个班级由三十三个消防员组成,他们修大学学分以求在消防局里获得提升。他们都是白人,而且大部分来自爱尔兰。

其他人几乎都是黑人或西班牙人。我原本很可能成为他们中的一员，白天工作，晚上学习。因为没有纪律问题，我不得不作出调整，形成一种不需要对任何人说"请坐下、安静"的教学方法。如果他们迟到，他们会说声对不起，然后坐下。当第一个班的学生鱼贯而入、坐下并等着我讲课时，我几乎都不知道该做些什么。没有人要求上厕所，没有人举手指控有人偷三明治或偷书或抢座位，没有人试图通过问我有关爱尔兰或者我悲惨童年的问题，来让我不再讲课堂内容。

嘿，你必须站在那儿，讲课。

女士们，先生们，脚注就是你放在页面下方以表示信息出处的东西。

一只手举了起来。

费尔南多斯先生？

怎么会？

什么怎么会？

我是说，如果我要写一篇关于纽约巨人队的文章，为什么我不能就直接说是在《每日新闻》上看到的？为什么？

费尔南多斯先生，因为这是研究论文。那意味着你得准确说明，费尔南多斯先生，准确说明你是从哪儿得到的信息。

我不知道，教授。我是说那似乎很麻烦。我只是要写这篇关于巨人队、关于他们为什么在这个赛季输球的文章。我是说我不是要把自己训练成为一名律师或者其他什么。

托马斯·费尔南多斯先生二十九岁，一名本市技工，有妻子和三个孩子。他希望一个准学士学位能让他升职。他有时会在课上睡觉。当他打呼噜时，其他同学会盯着我，看看我会对此采取什么行动。我碰碰他的肩膀，建议他到外面休息一会儿。他说好，然后离开教室，那晚再没回来。接下来一个星期，他没来上课。当他回来时，他说，不，他没有生病。他到新泽西州看橄榄球赛了。你知道，巨人队的比赛。巨人队在主场比赛时，他必须要看。他不能错过他的巨人队。他说这门课被安排在星期一真是太糟糕了,和巨人队主场比赛同一个晚上。

太糟糕了吗,费尔南多斯先生?

是的。你知道,我脱不开身。

但是,费尔南多斯先生,这是大学,这是门必修课。

是的,费尔南多斯先生说,我理解你的问题,教授。

我的问题?我的问题吗,费尔南多斯先生?

嗯,比方说,你得对我和巨人队采取些什么行动,对不对?

不是那样,费尔南多斯先生。只不过,如果不上课,你会不及格。

他盯着我看,好像要搞明白为什么我会用这种奇怪的方式讲话。他告诉我和全班同学,他这一生如何追随巨人队。尽管他们这个赛季将两手空空,他也不会抛弃他们。否则,没有人会尊重他,他七岁的儿子将瞧不起他,甚至他那从不关心巨人队的妻子也会不再尊重他。

为什么,费尔南多斯先生?

那很明显,教授。这几个星期天和星期一,我去看巨人队,她在家等我,照看孩子和家里的一切。甚至我不能参加她母亲的葬礼,她也原谅了我。我不能去是因为巨人队进入了季后赛,哥们儿。所以,如果我现在说我要放弃巨人队,她就会说:我所有这些等待都成什么了?她会说所有这些等待都被糟蹋了。就这样,她就会不再尊重我了。我妻子有一个特点,那就是她忠于枪支就像我忠于巨人队一样。明白我的意思?

来自巴巴多斯的罗伊娜说这个讨论在浪费全班同学的时间。为什么他就长不大呢?除了星期一,这门课还被安排在另外一个晚上。为什么他不去选那个班呢?

因为其他班都已经满了,而且我听说迈考特先生是个好人。如果我在工作一天后去看场橄榄球赛,他不会介意。你明白吗?

来自巴巴多斯的罗伊娜说她不明白。我们也是在辛苦工作一天后来到这里。我们不会在课堂上打呼噜,不会跑去看橄榄球比赛。我们应该投票表决。

教室里的人都点了点头，赞同表决。三十三个人说费尔南多斯先生应该来上课，而不是去看巨人队的比赛。费尔南多斯先生投票支持自己。一贯的巨人队。

即使那天晚上电视转播巨人队的比赛，他还是很有礼貌地一直待到下课。他握了握我的手，向我保证他并没有感到不好受，还说我是个好人，只是我们都有盲点。

弗雷迪·贝尔是个年轻优雅的黑人，在亚伯拉罕和斯特劳斯百货商店男装部工作。他在那儿帮我挑选夹克，这导致了一种不同层次的关系。是的，我在你的班级里上课，但是我帮你选夹克。他喜欢用从字典和词库中提取出来的大词以及华丽的风格来写作。当我在他的文章上写上"精简，精简——梭罗"后，他想知道这个梭罗是谁，还有为什么会有人喜欢像小孩子一样写文章。

弗雷迪，这是因为你的读者可能会欣赏清晰的写作。清晰的写作，弗雷迪，清晰的写作。

他不同意。他的高中英语老师告诉他英语是部辉煌的风琴。为什么不利用这个了不起的乐器呢？拔出所有的音栓，以便演奏。

弗雷迪，因为你的做法是错误的，矫揉造作不自然。

这句话说错了，特别是他的三十个同学就在现场。他的脸冷了下来，我知道我失去了他。那意味着在这个学期剩下的日子里，这个班上将会有一个不友好的人。对我来说，这前景让人不舒服。在这个成年学生的世界，我仍然在摸索着前进。

他用语言还击。他的写作变得更加复杂精美，更加令人困惑。他的成绩从 A 滑到了 B-。到了学期末，他要求我对分数作出解释。他说他把文章给以前的英语老师看了，那位老师简直不能理解弗雷迪怎么会得到低于 A+ 的分数。看看这语言，看看这词汇，看看这意思的层次，看看这句子结构：多么富有变化、老练而复杂。

我们在楼道里面对面站着。他不会放弃。他说他在我的班上努力查找新的单词，以便我不至于因为老一套的单词而感到厌烦。他以前的英语老师说，再没有比阅读大量的学生作文，却从来没有碰到富有创意的想法或者新鲜的词汇更糟糕的事情了。以前的英语老师说迈考特先生应该欣赏弗雷迪的努力，并为此奖励他。就凭弗雷迪大胆涉足新领域、挑战极限，他也应该得分。弗雷迪还说：为了谋生和支付大学学费，我还在晚上工作。你知道那是什么样的吗，迈考特先生？

我看不出这和你的写作有什么关系。

还有，在这个社会，黑人很不容易。

哦，上帝！弗雷迪，在这个社会，任何人都不容易。好了，你想要A？你会得到的。我可不想被指控为有偏见。

不，我并不想因为你生气了或者因为我是个黑人而得到A。我想要A是因为我应该得到。

我转身离开。他在身后叫道：嗨，迈考特先生，谢谢。我喜欢你的课。那门课很怪异，但是我想我或许会成为像你一样的老师。

我正在教的这门课需要写研究论文。学生必须展示他们多方面的能力，包括选题、参与基础研究、在索引卡上记笔记（以便老师能确定资料的来源）、提供有条理的脚注，以及包含原始资料和二手资料的参考书目。

我带着学生来到图书馆，以便热情而快乐的图书管理员可以向他们解释如何找资料，如何使用基本的研究工具。他们听她解释，互相看了看，用西班牙语和法语低声交谈。但当她问他们是否有什么问题时，他们凝视着她，没人说话。这让很想帮助他们的图书管理员极为尴尬。

我试图解释研究的简单概念。

首先，你们要选择话题。

那是什么？

想一想你们感兴趣的东西，可以是困扰你们和人类的问题。你们可以

105

写资本主义、宗教、堕胎、儿童、政治和教育。你们中有些人来自海地或古巴,那就有了两个丰富的主题——你们可以写伏都教或者猪湾。你们可以选择自己国家的某个方面,比如说,人权,作些研究,看一下正反两方面的意见,思考一下,然后得出结论。

对不起,教授,什么是正反两方面的意见?

正方就是支持,反方就是反对。

哦。

这声"哦"说明他们不知道我在说些什么。我不得不从原路返回,从另一个角度解释。我问他们,他们对死刑的立场是什么?他们脸上的表情告诉我,他们不知道自己的立场,因为他们不知道我在讲些什么。

死刑就是用绞刑、电刑、毒气、枪击或者铁环绞刑将人处死。

什么是铁环绞刑?

一种主要在西班牙使用的绞死人的方法。

他们让我把这个词写在黑板上,并在笔记本上飞快而潦草地抄下来。我在脑子里记了一笔备忘:如果有一个班疲疲沓沓,我就会立刻求助于各种处决方法。

来自海地的薇薇安举起手。处死人是不对的,但是我认为对于另外一件事,就是关于孩子的事,噢,是的,堕胎,处死人就可以。他们应该被枪毙。

好的,薇薇安。为什么不在你的研究论文中写这件事呢?

我?写下我所说的?有谁在意我说些什么?我是无名小卒,教授。无名小卒。

他们的脸上一片空白。他们不理解。他们怎么会这样?故事的另一面会是什么样呢?没有人对他们说他们有权表达意见。

在课堂上发言,他们不害羞,但是白纸黑字写下来就是危险的一步,特别是如果你和西班牙人或者法国人一起长大。另外,他们没有时间做这件事。他们要养孩子,要工作,得给在海地和古巴的家人寄钱。教授布置这些作业很容易，但是，哥们儿，那儿还有另外一个世界，而上帝一天只给二十四个小时。

一个小时的课还剩下十分钟。我对全班同学说他们现在应该无拘无束地实地查看图书馆。没有人动。他们甚至不再低声说话。他们穿着冬天的外套坐在那儿。他们紧紧抓着书包，等着，一直到一小时课结束的那一秒。

我在楼道里将我在这班上遇到的问题告诉了我的朋友，老练的赫伯特·米勒教授。他说：他们整日整夜地工作。他们能来学校，能坐在那儿听课，已经尽了最大努力。招生办公室的那些人让他们入学，然后希望老师创造奇迹或者成为他们的心腹。我可不想成为行政部门的执行人员。研究？这些人连读该死的报纸都困难，又怎么能写研究论文？

班上的学生会同意米勒的观点。他们会点点头，说：是的，是的。他们认为自己是无名小卒。

这就是一直以来我就应该知道的事：我班上的学生，从十八岁到六十二岁的成年人，认为他们的观点无关紧要。他们拥有的任何观点都来自我们这个世界上的各种媒体。没有一个人对他们讲过他们有权独立思考。我告诉他们：你们有权独立思考。

教室里安静下来。我说：你们没有必要轻信我对你们说的话，或者别人对你们说的话。你们可以提问题。如果我不知道答案，我们可以在图书馆查到答案或者在这里讨论。

他们互相看了看。耶，这个人在讲笑话哪！说我们不必相信他。嘿，我们到这儿来是为了学英语，好通过考试。我们得毕业。

我想成为一个伟大的解放思想的老师，想让他们在办公室和工厂辛苦工作多日后站起来，想帮助他们冲破束缚，想带领他们到达顶峰，想让他们呼吸自由的空气。一旦他们的头脑中没有了言不由衷，他们就会将我视为救星。

对于这个班上的人来说，即使没有英语老师进行思想说教并用问题烦扰他们，他们的生活就已经够艰难了。

107

喂，我们只是想从这个地方毕业。

研究论文被证明是无法抑制的抄袭，从百科全书里摘取的关于弗朗索瓦·杜瓦利埃和菲德尔·卡斯特罗的文章。薇薇安用英语和海地法语洋洋洒洒写了十七页关于图森—路维杜尔的文章。看在她辛苦抄写和打字的分上，我给了这篇文章B+。我在扉页写上评语来挽回自己的影响。评语的大意是图森独立思考并因此而痛苦，我希望薇薇安能像他那样独立思考，但是不希望她因此而痛苦。

在发还文章时，我努力说了些赞扬的话，以鼓励作者更多地挖掘主题。

我对自己说，这是这一年的最后一节课。他们都在看表，没人理我。我垂头丧气地向地铁站走去，为自己没能和他们建立某种联系而生气。班上的四位妇女也在地铁月台上等车，她们笑着问我是不是住在曼哈顿。

不。我住布鲁克林，要坐两站地。

之后，我就不知道该说些什么。这个教授不同人闲聊，也不说笑话。

薇薇安说：迈考特先生，谢谢你给的分。这是我在英语课上得到的最高分。你知道，你是个很好的老师。

其他人点点头，笑了。我知道她们只是做出友好的样子。当列车进站时，她们说声再见，然后匆匆沿月台走掉。

我的大学执教生涯在一年后结束。系主任说即使我这份工作竞争激烈，即使拥有博士学位的人写来申请，他还是会放宽规定。但是如果我想继续待下去，我就得拿出证据说明我正在攻读博士学位。我告诉他我没有攻读任何学位。

对不起，主任说。

哦，没关系，我说，然后开始寻找另一份到高中任教的工作。

艾伯塔说我这一生将一无所成，我为她敏锐的观察而祝贺她。她说：别挖苦人了。我们已经结婚六年，你所做的就是从一所学校转到另一所。

如果你不定下心来做些什么，很快你就会四十岁，却还不知道人生该往哪儿走。她指了指我们周围的人：开心结婚的、多产的、生活安定的、心满意足的、有孩子的、建立成熟关系的、着眼未来的、好好休假的、参加俱乐部的、打高尔夫的、一起变老的、看亲戚的、做梦要孙子的、支持教会的和考虑退休的。

她的看法我同意但不接受。我给她作了一番关于人生和美国的说教。我告诉她人生就是冒险。也许我生不逢时，我原本应该生活在有科内斯托加宽轮大篷马车的岁月。那时，西部电影里的马车主人——约翰·韦恩、伦道夫·斯科特、乔尔·麦克雷——甩着响鞭，叫喊着：出发！室内交响乐团开始激情演奏，五十把小提琴洋溢着大草原的爱国主义。那是纯粹的马车—火车音乐，小提琴和班卓琴愉快地接受口琴的呜咽。坐在马车夫座位上的人喊着：驾，驾，驾。或者人们走着，赶着马群和牛群，他们的妻子手握缰绳坐在牛背和马背上。你可以看出有些妻子已经怀孕。你知道，因为你曾在那儿生活。她们会在凶残的阿帕奇人、苏人、沙伊安人的进攻中生孩子。他们会把马车围成一圈，打跑那些给正在分娩的善良的白人母亲带来威胁的大喊大叫的印第安武士。但是，那些头插羽毛、骑在马上的印第安人还是很了不起。你知道印第安人会遭到驱赶，因为每一个白人男子、妇女、儿童，甚至是分娩中的妇女都会用来复枪和左轮手枪连续射击，会抡擀面杖，会甩长柄平底锅。他们打败了讨厌的印第安人，因此马车队能够再次向前推进，因此白人征服了这块荒芜的大陆，因此美国的扩张不会遭到蝗虫、干旱、落基山脉或者大喊大叫的阿帕奇人的阻挡。

我说我喜欢这部分美国历史。她说：哦，科内斯托加宽轮大篷马车！一派胡言！去找工作吧！我用迪伦·托马斯的一句话顶了回去：没有尊严的工作是死的工作。她说：你会有尊严，但不会有我了。你看，这桩婚姻已失去了前途。

时装产业高级中学文科部的主任不喜欢我，但是他们缺老师。没有人愿意到职业高中教书,我是现成的而且还在麦基职高待过。他坐在办公桌后面,对我伸出的手视若不见,告诉我他管理着一个生气勃勃的部门。他像拳击手那样转动肩膀,以暗示他巨大的能量和决心。他说时装产业高级中学的孩子不是理论高手,而是学习裁剪、制鞋、制作家庭装饰用品这些有用手艺的正派孩子。该死的,这没有什么错,嗯?他们会成为有价值的社会成员。在职业高中,我绝不应该犯瞧不起孩子的错误。

我告诉他我刚刚在一所职业高中教了八年书,不会去想瞧不起任何人。

哦,是吗?哪所学校?

斯塔滕岛区的麦基职高。

他吸了吸鼻子。嗯,那所学校没有名气,对吧?

我需要这份工作,也不想冒犯他。我告诉他如果我对教学有所了解,那就是在麦基职高学到的。

他说:我们会知道的。

我想对他说,让他的工作见鬼去吧,但那将会葬送我的教学生涯。

很显然,我的未来不在这所学校。我不知道自己在学校系统中是否有未来。他说他的部门有四个老师正在读指导和管理的课程。如果有朝一日我见到他们位居这个城市各学校的高位,我不应该感到惊讶。

在这里我们可不是无所作为,他说,我们在向前、向上努力。你的长期计划是什么?

我不知道,我想我只是到这儿当一名老师,我说。

他摇摇头,对我没有抱负感到无法理解。我不够生气勃勃。因为他的缘故,那四个进修的老师正在向前、向上、向外行进。这就是他说的话。如果可以沿着权力走廊前进,为什么他们就应该将自己的一生花在教室里、花在孩子身上呢?

一时冲动之下,我问他:如果每个人都向前、向上、向外行进,那么谁来教育孩子?

他不理我，用没有嘴唇的嘴浅浅地笑了笑。

我在那儿待了一个学期，从九月到一月。之后，他强迫我离开。有可能是鞋带和卷成一团的杂志的缘故，或者是因为我缺乏活力和抱负。尽管如此，他还是在部门会议上表扬我上课用圆珠笔当直观教具来讲解句子成分。

这是一根装有油墨的塑料管。如果你把这个管子从圆珠笔中抽走，会发生什么事？

学生们看着我，好像他们无法相信我会问这么愚蠢的问题。嘿，你就不能写字了。

好的。现在我手里拿着的是什么？

又一个耐心的眼神。那是个弹簧，哥们儿。

如果我们把弹簧拿走，会发生什么？

当你把油墨芯往外推时，因为没有弹簧来推它，书写用的小笔尖就留在里面，笔就不能写了。这下你就有了大麻烦，因为你无法写作业。如果你对老师说弹簧和油墨芯丢了，他会觉得你疯了。

现在，看一下我在黑板上写的"弹簧让圆珠笔起作用"。这句话的主语是什么？换句话说，我们在这句话里谈论的是什么？

圆珠笔。

不，不，不。这儿有一个表示动作的词，那叫动词。哪个是动词？

哦，耶。弹簧。

不，不，不。弹簧是个物件。

耶，耶。弹簧是个物件。嘿，哥们儿。那是诗。

那么，弹簧做什么了？

让圆珠笔起作用。

很好。弹簧发出动作。我们在谈论弹簧，对不？

他们看上去很困惑。

假如我们说,"圆珠笔让弹簧起作用",那对吗?

不对。弹簧让圆珠笔起作用。任何人都能明白。

那么,哪个是动作词?

让。

对了。哪个词用这个动作词?

弹簧。

那么,你们就能明白圆珠笔跟句子很相似。它需要某些东西让它起作用。它需要动作,也就是一个动词。你们能明白吗?

他们说他们能明白。坐在教室后面的主任看上去很迷惑。在听完课后的会议上,他说他能够理解我在圆珠笔结构和句子结构之间建立的联系。但他没有把握我是否已成功地让孩子们明白这一点,不过那还是极富想象力和创新精神。哈哈,他确信如果他的高年级英语老师尝试这个方法,他们会加以完善,但不管怎么说,这还真是个相当俏皮的想法。

一天早上,我把鞋带拽断了。我说了声"呸"。

艾伯塔脸冲着枕头嘟囔:怎么回事?

我把鞋带弄断了。

你老是弄断鞋带。

不,我没有老是弄断鞋带。我已经好多年没弄断鞋带了。

你不拽它们,它们就不会断。

你到底在说什么?这鞋带已经两年了,经历过各种气候,已经不行了。为什么它就不会断?我只不过像你使劲打开卡着的梳妆台抽屉那样拽鞋带。

不,我没有使劲打开梳妆台抽屉。

你曾有过,你就是这么做的。你这个清教徒北方佬勃然大怒,好像那抽屉就是你的敌人。

至少我没把它们弄坏。

对，你没有。你只是那么用力地拉抽屉，以至于它们永远卡在那儿了。你不得不花大价钱请个木匠高手来把它们弄好。

如果我们没买那么便宜的家具，我就用不着和抽屉较劲了。上帝！我真应该听我朋友的建议。她们警告我不要和爱尔兰人结婚。

我从来没有在家庭争吵中赢过。她从不紧扣话题（在这个场合下，话题是鞋带和梳妆台抽屉），从不。她总是要将话题引向那句关于爱尔兰人的话，那句结束语，那句你在宣判被告绞刑前说的话。

我怒气冲冲地前往学校，根本没有心思上课或者哄孩子。哇呀，得了吧，斯坦，坐下；乔安娜，请把你的化妆品放到一旁。你们在听吗？打开你们手中的这本杂志《实用英语》，翻到第九页，词汇测验，填空，然后我们对一遍答案。

他们说：耶，耶，耶。让老师高兴吧。他们拿起杂志，好像每一页都有一吨重。他们慢吞吞的。翻到第九页是件大事。在行动之前，他们还有事要和前面、后面、旁边的朋友谈谈。他们可能得谈谈昨天晚上看的电视节目。上帝，真吓人呀！你知道米里亚姆，对，就是我们绘画课上的那个。她怀孕了，你知道吗？不，我不知道。哇！谁是孩子的父亲？你不会相信。你得发誓不对别人说。就是那个新来的社会研究老师。真的？我还以为他是个同性恋呢。不，那可是件大事。

你们可以将杂志翻到第九页吗？

走进教室十五分钟了，他们还在翻用铅做的书。赫克托，将杂志翻到第九页。

他有一头黑黑的直发，一张消瘦而苍白的脸。他直勾勾地盯着前面，好像没有听到我说话。

赫克托，翻开杂志。

他摇了摇头。

我手里拿着一本卷起来的《实用英语》杂志，向他走去。赫克托，杂志，翻开。

113

他又摇了摇头。

我用杂志扇了他一耳光。那张苍白的脸上出现了道红印子。

他跳起来,说:"去你的!"声音里含着泪。他向门口走去,我在后面叫他:"坐下,赫克托。"但是,他还是走了。我想追上他,跟他说句对不起,但是我让他走了。在他冷静些而我又头脑清醒时,我也许会和他谈谈。

我把杂志放在讲台上。在剩下的上课时间里,我坐在那儿,就像赫克托那样盯着前面看。全班同学没有假装翻到第九页。他们一言不发地看着我或者相互看着或者看着窗外。

我应该对他们说,应该告诉他们我多么难过吗?不,不。老师不能站在那儿承认错误,老师不能承认他们的无知。我们一直枯坐到下课铃响。当他们鱼贯而出时,坐在赫克托旁边的索菲娅说:你不应该那么做。你是个好人,但你不应该那么做。赫克托也是个好人。赫克托,他有很多麻烦。现在,你让事情变得更糟。

现在,班上的学生会看不起我,尤其是古巴人,也就是赫克托所在的那个团体。班上有十三个古巴人,是最大的种族团体。他们认为自己要比其他说西班牙语的团体优秀。每逢星期五,他们都统一着装——白衬衣、蓝领带、黑裤子,以表明他们有别于其他团体,特别是波多黎各人。

那是九月中旬。如果我不想办法赢回古巴人的信任,他们就会让我的生活变得无比痛苦,一直到一月份这个学期结束。

吃午饭时,一名辅导员端着盘子来到我的桌旁。嗨,你和赫克托之间发生了什么?

我对他讲了事情的原委。

他点点头。太糟了。我让他在你的班级是因为种族上的关系。

什么种族?他来自古巴,我可是爱尔兰人。

他只是半个古巴人。他母亲叫康西丁,但他为这个名字感到羞耻。

那么,你为什么把他放到我的班上?

我知道这听起来像首歌,但是他母亲是哈瓦那的一个高级妓女。他有一些关于爱尔兰的问题,我想这些问题可能会在你的班上得到解决。另外,他还有性别问题。

对我来说,他看上去像个男孩。

是的,但是……你知道,有个同性恋的问题。现在,他认为你痛恨同性恋。他说,好吧,他会痛恨所有爱尔兰人,而所有他的古巴朋友也都会痛恨爱尔兰人。不,那不对。他没有古巴朋友。他们都叫他"娘娘腔",而且不和他在一起。他的家人以他为耻。

噢,该死!他藐视我,不翻开杂志。我可不想卷入性别和种族的战争。

梅尔文叫我到辅导室见他和赫克托。

赫克托,迈考特先生想与你和解。

我可不管迈考特先生想要些什么。我不想和爱尔兰人在一个班。他们喝酒,没有理由就打人。

赫克托,我叫你翻开杂志,可你不听。

他用冰冷的黑眼睛盯着我。那么,你不翻开杂志,老师就扇你耳光吗?好了,你不是老师。我母亲才是老师。

你母亲是……我几乎说了出来,但他已经走了。第二次了,他当着我的面离开。梅尔文又摇头又耸肩,我知道我在时装产业高级中学的日子结束了。梅尔文说赫克托可以告我人身侵犯。如果他这么做,我"就悬了"。他想逗我乐。如果你想扇孩子耳光,那就到天主教学校找份工作吧。那些伟大的神甫和教友,甚至是嬷嬷,依然还在打孩子,同他们在一起,你也许会开心些。

当然,主任也听说了我与赫克托的事。他什么也没说。学期末,他在我的信箱里放了封信,说下学期没有我的职位了。他希望我好,而且很高兴给我一个令人满意的分数。我在门厅见到他时,他说考虑到要给我一个令人满意的分数,他可能会歪曲点事实,哈哈。但是,如果我能坚持干下去,作为老师,我可能会成功,因为他在听课过程中,注意到我偶尔会在

115

教学方法中挖到宝。他笑了笑,而你可以看出他喜欢这个小短语。他提到了我通过分解圆珠笔来解释句子结构的那节课。

是的,我曾在教学方法中挖到宝。

10

艾伯塔说她工作的那所位于下东区苏厄德公园的高中正在招老师。主楼过于拥挤,所以我被派到新增的教学区,位于东河边的一所废弃小学。我的少年们抱怨说,将他们正在发育中的身体硬塞进婴儿家具中很不舒服而且有伤尊严。

这是所不同种族混合的学校:犹太人、华人、波多黎各人、希腊人、多米尼加人、俄罗斯人和意大利人。对于把英语作为第二语言的教学,我没有准备也没有接受过这方面的培训。

孩子们都想扮酷,从来不遵从父母或者大人。他们想四处闲荡,说些街面上的话。他们想用流利的口才骂人。你可以诅咒,可以骂人。你是个人,哥们儿。

如果你四处闲荡,而这个狐媚的白人小姐又走在人行道上,你就得摆出很酷的样子,哥们儿。如果你不知道暗语或者带着点儿可笑的外国口音,她连看都不会看你一眼。哥们儿,你就回家手淫去吧。你会很恼火,因为英语就是个该死的没有意义的语言,你永远都学不会。哥们儿,可你在美国,你就得接受它。

所以,教书匠,忘掉你那妄自尊大的文学,讨论些实质性问题吧。回到最基础的对话上来吧,哥们儿。好好讲课吧。慢慢、慢慢地讲课吧。

铃声响了,我听到了巴别塔的声音。

对不起。

他们不理我,或者他们不理解我这温和的请求。

再一次。对不起。

一个红头发、大个子多米尼加男孩对上了我的目光。老师,你要我帮忙吗?

他爬上课桌,大家都欢呼起来,因为爬上课桌被当局严厉禁止,而雷德·奥斯卡就当着老师的面公然藐视当局。

唷!奥斯卡说,看吧。

学生们异口同声地说,看吧,看吧,看吧,看吧,看吧,直到奥斯卡举起手叫道:唷!住嘴!听老师讲话。

谢谢,奥斯卡,但是你能下来吗?

一只手举了起来。那么,先生,你叫什么名字?

我在黑板上写上"迈考特先生",接着读了一遍。

嗨,先生,你是犹太人吗?

不是。

这个学校所有的老师都是犹太人。你怎么会不是?

我不知道。

他们看上去很诧异,甚至可以说很震惊。这种表情传遍整个教室。这种表情说:米盖尔,你听到了吗?站在那边的老师,他不知道。

那是个富有刺激性的时刻。老师承认自己无知,全班学生被惊得鸦雀无声。摘下面具吧,教书匠,那真是个解脱。不再是无所不知先生。

几年前,我可能是他们中的一员,是杂居平民的一分子。那是我的移民舒适度。我通晓英语,但我的窘境和他们差不多,处于社会最底层。我可以摘下老师的面具,走下讲台,和他们坐在一起并询问他们的家庭,问他们在故国的生活怎么样。我可以对他们讲我的生活,那些坎坷的日子,告诉他们多年来我如何躲藏在面具后面。事实上,我现在依然如此。我可以告诉他们,我多么希望我们能关上那扇门,将世界关在门外,直到他们能够说让他们觉得很酷的英语,酷到他们可以和那个狐媚的白人小姐讲,他们已经准备好做些小动作了。

那不是很好吗?

我看着这群来自各个国家的孩子,这些颜色、形状各异的脸庞,这个上帝的多彩花园:头发比在欧洲见到的任何东西都更黑更亮的亚洲人;西班牙裔男孩和女孩那大大的褐色眼睛;有些人腼腆,有些人喧闹,男孩装模作样,女孩忸忸怩怩。

南希·朱问她是不是可以在这天最后一节课后和我谈谈。她坐在座位上,等着教室空下来。她提醒我她在我十年级第二学时那个班上。

我从中国来,到这儿已经三年了。

你的英语很好,南希。

谢谢!我跟弗雷德·阿斯泰尔学英语。

弗雷德·阿斯泰尔?

我知道他的电影里的所有歌曲。我最喜欢的是《高顶黑色大礼帽》。我一直在唱他的歌。我父母认为我疯了。朋友们也这么认为,他们只知道摇滚乐,而你无法从摇滚乐中学习英语。因为弗雷德·阿斯泰尔,我一直和父母有意见。

嗯,那不正常,南希。

另外,我还观察你讲课。

哦。

我不明白你为什么那么紧张不安。你懂英语,所以你应该很酷。孩子们都说如果他们懂得英语,他们会很酷。你有时候不紧张,孩子们喜欢那样。他们喜欢听你讲故事、唱歌。当我紧张不安时,我就唱《在黑暗中跳舞》这首歌。你应该学会这么做,迈考特先生,对着全班同学唱歌。你的嗓子并不差。

南希，我来是教英语，不是来表演歌舞。

你能告诉我，怎样才能成为一个不紧张的英语老师吗？

但是你的父母会怎么说？

他们认为我已经疯了。他们说他们后悔把我从中国带来，那儿没有弗雷德·阿斯泰尔。他们说我甚至已经不是个中国人了。他们说如果只是为了当老师、听弗雷德·阿斯泰尔的歌，从中国来到这儿又有什么用呢？那儿也有老师。你到这儿是为了挣钱，我的父母说。迈考特先生，你能告诉我怎样才能成为一个英语老师吗？

没问题，南希。

谢谢，迈考特先生。如果我在班上问问题，你会介意吗？

在班上，她说：来美国时就懂英语，你真是运气。你来美国时的感受如何？

困惑。你们知道困惑是什么意思吗？

这个单词在教室里游走。他们用各自的语言互相解释这个词，然后点点头：耶，耶。那边的那个人，那个老师曾经和他们一样感到困惑，而他通晓英语，并且无所不知。这让他们很吃惊。那么，我们有了共同之处——困惑。

我告诉他们，刚到纽约时，我在语言和食物名称方面遇到了麻烦。我不得不学会一些食物的单词：泡菜、酸卷心菜丝、热狗、抹了奶油干酪的硬面包圈。

然后我对他们讲了我的第一次教学经历。那次经历与学校无关。在当老师之前，我曾在一家旅店工作。比格·乔治，一个波多黎各厨师，说有五个厨房工人想学英语。如果我能每周一次在午饭时间教他们单词，他们愿意每人付五十美分，一小时就是两美元五十美分。到月底，我就有十二美元五十美分。那是我一生中一次性挣得最多的钱。他们想知道厨房物品的名称，因为如果你不知道物品的英语名称，你怎么能晋升呢？他们举起一样东西，我说出名称并拼写在纸上。当我说不出那个带把的扁平物品（我人生中的第一把刮刀）的名称时，他们笑了。比格·乔治笑得大肚子直颤。他告诉厨房工人那是刮刀。

他们想知道如果我来自英格兰之外的别的国家，我又怎么会说英语呢？我不得不解释爱尔兰如何被占领，英国人如何欺侮我们、折磨我们直到我们讲他们的语言。当我谈起爱尔兰时，会有一些他们不懂的单词，而我不清楚我是否应该为解释这些单词而向他们额外收钱，还是只收与厨房有关的单词的钱。不，在我谈论爱尔兰时，他们看上去很伤心。他们说是的，是的，是的，还拍拍我的肩膀，让我吃几口他们的三明治。就冲这个，我就不能向他们收费。他们理解，因为他们也被占领过，先是西班牙人，然后是美国人。他们被占领过那么多次，以至于他们不知道自己是谁，不知道自己究竟是黑人、白人、印第安人，或是三者合一。那很难向你的孩子解释，因为他们想成为一种人，一种人！而不是三种人。这就是他们在这个油腻腻的厨房里拖地板、洗锅、刷盘子的原因。比格·乔治说：这厨房油腻腻的，所以小心点。他们说：去你的！大家都笑了，甚至比格·乔治也笑了，因为像这样同纽约市个头最大的波多黎各人说话这个念头是如此疯狂。他自己也笑了，给每个人一大块楼上那些大英帝国的女儿们在盛大午餐中剩下的蛋糕。

上了四节课并拿到十美元后，厨房里已经剩不下什么可以让我教名称的东西，但这时，那个想晋升的埃德瓦多开始问有关食物和烹调的问题。炖肉怎么讲？他说，煸炒怎么讲？是的，还有腌泡。我从来没听说过这些词。我望了望比格·乔治，想看看他是不是会帮忙，但是他说只要我还在作为单词大专家赚大钱，他就不会对任何人说任何事。他知道我无法理解这些新单词，特别是当他们问我意大利面食和意大利调味饭之间的区别时。我提出到图书馆查查这些词的意思，但是他们说他们会自己去查。他们付给我钱又是为了什么呢？我本可以告诉他们：如果不能读英语，你们就无法到图书馆查任何东西。但是我没想起来可以这么说。我很紧张，以

121

至于可能失去这笔每周两美元五十美分的新收入。他们说如果我在刮刀这个单词上浪费时间，他们不会介意，还会付给我钱；但是，他们不会付给一个不知道意大利面食和意大利调味饭之间差别的外国人大价钱。有两个人说对不起，他们要退出。另外三个说他们会坚持下去，希望我能帮他们熟悉像炖肉和煸炒那样的单词。我努力为自己辩解，说这些是法语词。当然，他们不会指望我知道除英语之外的任何东西。那三个人当中的一个拍拍我的肩膀，希望我不要让他们失望，因为他们想在厨房这个世界里获得提升。他们有妻子，有孩子，还有女朋友。这些人都等着他们晋升，给家里带来更多的钱，所以我能明白有多少人指望着我和我的单词知识。

比格·乔治说话很粗鲁，以此来掩饰他实际上相当温柔的内心。当那五个波多黎各人不在厨房时，他就教我那些我从未听说过的蔬菜和水果的名称：洋蓟、芦笋、柑橘、柿、芜菁甘蓝。他冲我一个劲儿地大声叫喊这些名称，让我感到很紧张，但是我知道他是想让我明白。这是我对波多黎各人的感受。我想让他们知道那些单词。当他们能够背诵我教给他们的单词时，我几乎忘了钱的事。这让我觉得高人一等，我想这一定是老师的感受。

后来，在我们更换衣服、洗手洗脸的更衣室里，那两个退出者生出了事端。他们知道锁柜这个单词，但现在他们想知道我们坐的那个东西叫什么——板凳——还有锁柜里你们搁小件物品的那个平平的东西叫什么——架子。他们免费从我这儿得到这些单词的方法很聪明。他们会指着鞋上的带子，而我会告诉他们那是鞋带。他们会笑笑，说：谢谢，谢谢。他们不用付钱就学到单词，但我并不介意，直到三个付钱的波多黎各人中的一个说：你为什么告诉他们这些单词？他们不用付钱而我们却要，嗯？为什么？

我告诉他们，这些更衣室里的单词和厨房以及晋升没有关系，但是他们说我怎么说他们都不在乎。他们付我钱，不明白为什么退出者应该获得免费单词。这是那天他们在更衣室里用英语说的最后一句话。三个付钱的人用西班牙语冲两个退出者大喊大叫，而那两人也以怒吼相回应。锁柜门砰的一声响，五根中指刺向空中，直到比格·乔治咆哮着进来，用西班牙语冲他们叫喊，他们才停下来。我为更衣室里发生的这场激烈争吵而过意不去，想对那三个付钱的人作些补偿。我试图向他们泄露一些免费单词，例如地毯、电灯泡、簸箕和扫帚，但是他们说他们已经不在乎了，还说我应该拿着我的簸箕打自己的屁股。我说过我是从哪儿来的呢？

爱尔兰。

是的，是的。嗯，我要回波多黎各。不再喜欢英语了，太难，伤我的嗓子。

比格·乔治说：嗨，爱尔兰人，不是你的错，你是个好老师。你们这些家伙都到厨房吃块桃派。

但是我们没有吃到桃派，因为比格·乔治心脏病突发，瘫倒在炉火上。他们说你可以闻到他身体烧着的气味。

南希梦想着带她母亲去看弗雷德·阿斯泰尔的电影，因为她母亲从未出过门，而她是个很聪明的女人。她母亲能背诵中国诗歌，特别是李白的诗。你听说过李白吗，迈考特先生？

没有。

她对全班同学讲，她母亲喜欢李白是因为他以一种很美的方式死去。一个月光皎洁的夜晚，他喝了些米酒，泛舟江上。月亮倒映水面的美景打动了他，他靠到船边想去拥抱月亮，结果掉进水里淹死了。

南希的母亲说到这一段时总会脸上挂满泪珠。她的梦想就是在中国的情况好转后回去，到那个江上泛舟。南希说，母亲说如果她年纪很大或者得了很严重的病，她也会像她喜爱的李白那样，靠到船边去拥抱月亮。谈起这件事，南希也哭了。

下课铃响起时，他们没有从座位上跳起来，急急冲出教室，而是静静地拿起东西，鱼贯而出。我相信他们的脑海里有月亮和江水的模样。

123

一九六八年，我在苏厄德公园高中遇到了整个教学生涯中最严峻的挑战。和以往一样，我有五个班：三个英语作为第二语言的班和两个正常的九年级英语班。其中一个九年级班由二十九个来自预备学校的黑人女孩，和两个坐在角落里、只管自己的事情、从来不说一句话的波多黎各男孩组成。如果男孩们开口说话，女孩们就会立刻攻击他们：谁叫你们说啦？所有的困难因素都集中在这个班里：性别冲突、同代人冲突、文化冲突和种族冲突。

女孩们不理我这个站在那儿试图引起她们注意的白人男子。她们有事要谈。前一天晚上总是有一些奇遇。男孩，男孩，还是男孩。塞丽娜说她没有和男孩约会，而是和男人。她有着姜黄色头发和淡棕色皮肤，很瘦，紧身衣松松地搭在身上。她十五岁，是班级的核心、争议的仲裁者和作出决定的人。一天，她告诉全班同学：我不想当领导了。你想和我一起吗？好的，你可以和我一起。

一些女孩对她在班级的地位发起挑战，试图和她较量。嗨，塞丽娜，你怎么会和老男人约会？他们什么也干不了。

不，他们能。他们每次能给我五美元。

她们向我抱怨：在这个班，我们什么事也不做。其他班都有事情做。

我拿来一台录音机。显然，她们喜欢听到自己讲话的声音。塞丽娜拿起麦克风。

我姐姐昨天晚上被捕了。她是个好人，只不过从商店里偷了两块猪排。白人一直在偷猪排之类的，但是他们没有被捕。我看见过白种女人将牛排藏在衣服里面走出商店。现在我姐姐被关在监狱里，一直到上法庭。

她停下来，第一次看了看我，递回麦克风。我不知道为什么要跟你说这些。你只是个老师，你只是个白人。她转过身，走回座位。她一本正经地坐着，手搁在课桌上。她已经煞了我的气焰，全班都知道这一点。

教室里出现了那个学期以来的第一次安静场面。他们等着我采取下一步行动，但是我惊呆了，手拿麦克风站在那儿。磁带一圈一圈地走着，什么也没录上。

还有其他人吗？我说。

他们盯着我看，那是蔑视吗？

一只手举了起来。玛丽亚，那个穿着考究、笔记本整洁的聪明女孩有一个问题。

先生，为什么其他班级出去旅游而我们哪儿也不去？我们只是坐在这儿对着愚蠢的录音机说话。为什么？

是的，是的。全班同学说，为什么？

其他班级去看电影。为什么我们不能去看电影？

他们看着我，对我讲话，意识到我的存在，将我算进她们的世界里。如果你在那时走进教室，你也许会说：哦，有一个真正和班级打成一片的老师。看看这些聪明年轻的女孩，还有那两个男孩。他们正目不转睛地看着老师。这让你相信公立教育。

那么，我说，你们想看哪部电影？我感觉自己像个主管。

《戒烟奇谈》，玛丽亚说，我哥哥在时代广场附近的百老汇看过。

不，塞丽娜说，那电影讲的都是毒品。你彻底停止服用毒品，不去诊所也不去看医生。

第二天，她们带来了父母同意他们去看电影的纸条。有十二张是伪造的，用父母给老师写信时应该使用的庄重言辞写成。

两个波多黎各男孩没带纸条，女孩们不答应了。为什么他们不去看电影？我们带了纸条之类的，我们得去看电影，而他们可以休息一天。为什么？

为了平息女孩们的不满，我对男孩们说，他们得写一篇关于他们如何度过这一天的短报告。女孩们说对，对，而男孩们看上去很生气。

到地铁站六个街区的路程中，二十九个黑人女孩和一个白人老师的队伍引起了人们的注意。店主冲我叫喊，要我告诉这些孩子把她们该死的手

125

从该死的货品上拿开。你就不能控制一下这些该死的黑鬼吗?

她们跑到商店买糖果、热狗和瓶装的粉柠檬。她们说粉柠檬最棒了。为什么学校自助餐厅没有这种果汁,而只有那些个味道像洗涤剂或牛奶的果汁?

我们走下台阶,进入地铁站。女孩们把车费这码事抛在脑后,跳过旋转栅门,冲进大门。换零钱的货亭里的人叫道:嗨,嗨,你们买票!你们得买该死的票!我停了下来,不想让他知道我和这群野人是一伙的。

她们在地铁月台上跑来跑去。地铁在哪里?我看不见地铁。

她们作势要彼此把对方推到铁轨上。老师,老师,她想害死我,老师。你看见了吗?

等车的人向我怒目而视。一个男人说:她们为什么不回到属于她们的城外?她们不知道如何像人类那样行为举止。

我想成为一个勇敢、关切、负责任的老师,勇敢地面对他,为我那二十八个黑人女孩(玛丽亚这个谎言编造者除外)辩护,但是我离勇敢还很远。无论如何,我该怎么说呢?你试一下,愤怒的市民先生,你试着带领二十九个黑人女孩到地铁站。她们都十五岁,都因为一天不用上课而激动万分,饼干、糖果和粉柠檬里的糖分让她们兴奋不已。她们每天都像看一个快要融化的白雪人那样看你,你去试试在这种情况下教她们。

我什么也没说,为F列车的轰鸣声而祈祷。

上了车,她们大声尖叫,推搡,抢座。乘客们看上去很不友好。为什么这些小黑鬼不上学?怪不得她们那么无知。

在西第四街,一个很胖很胖的白人妇女一摇一摆地进了地铁,背朝关闭的车门站着。女孩们盯着她窃笑。她瞪了回去。你们这些小杂种看什么呢?

塞丽娜有一张聪明而善于惹麻烦的嘴。她说:我们以前从来没见过山坐地铁。

她的二十八个同学大笑起来,装出要倒下的样子,然后又笑了。塞丽娜满脸严肃地盯着那个胖女人,而那个胖女人说:过来,宝贝。我向你展示一下山怎么移动。

我是老师,我得显示自己的威风,但是该怎样做呢?那时,我有一种奇怪的感觉。我看了看其他乘客,他们紧皱眉头表示反感。我想还击,想保护我的二十九个学生。

我背对着站在那个胖女人面前,以阻止塞丽娜靠近。

她的同学们反复喊着:冲啊!塞丽娜,冲啊!

地铁开进第十四街车站,胖女人倒退着走出车门。你很运气,我得下车了,宝贝。要不然,我会把你当早饭吃了!

塞丽娜在她身后嗤笑:是的,胖子,你确实需要吃早饭。

她移动身子,好像要跟踪那个女人,但我挡在门口,把她拦在车内,直到我们到达第五十二街。她看我的那个样子让我既满足又困惑。如果能把她争取过来,我也就控制了整个班级。她们会说:那就是迈考特先生,那个阻止塞丽娜在地铁上和白种女人打架的老师。他在我们这一边。他不错。

一看到第五十二街两旁的色情和性用品商店时,就没人能再把她们聚集在一起。她们呵呵咯咯地笑着,摆出和商店橱窗里半裸模特一样的姿势。

迈考特先生,迈考特先生,我们能进去吗?

不,不能。你们没看见告示牌吗?你们得二十一岁才行。我们走吧。

一个警察站在我面前。

我是她们的老师。

那么,这些孩子大白天的在第五十二街做什么?

我脸红了,感到很尴尬。去看电影。

嗯,这就有意思了。去看电影!我们就为这个纳税。好了,老师先生,让这些女孩们走开。

好的,女孩们,我说,我们走吧,直奔时代广场。

玛丽亚走在我旁边。她说：你知道，我们以前从没来过时代广场。

我真想因为她和我说话而拥抱她，但是，我所能做的只是说一句：你应该晚上到这儿来看灯。

电影院到了，她们冲向售票处，互相将对方推到一旁。五个女孩在我身旁徘徊，斜着眼睛看我：怎么回事？你不去买票吗？

她们不断改变位置，眼睛看着别的地方，说她们没钱。我心想：嗯，那你们到底为什么来这儿呢？但我不想破坏与她们正在发展中的关系。明天，她们可能会让我当老师了。

我买了票，分给她们，希望她们能看我一眼或者说声谢谢。可什么也没有。她们拿了票，冲进大厅，揣着她们告诉我没有的钱，径直来到货摊前，然后抱着爆米花、糖果和几瓶可乐摇摇晃晃地上楼。

我跟着她们来到楼厅。她们在那儿推搡、抢座位，还滋扰其他观众。引座员向我抱怨：我们不允许这样。我对女孩们说：请坐下，安静！

她们不理我。她们是一个由二十九个黑人女孩组成的亲密团体，她们自由自在，不受约束；她们嗓门粗哑，目空一切；她们互相扔爆米花，冲着上面的放映室大喊：嗨，我们什么时候可以看电影啊？我们不想永远住在这儿。

放映员说：如果她们不安静下来，我就要叫管理员了。

我说：好的。管理员来的时候，我想在场。我想看管理员对付她们。

但是，灯光暗了下来，电影开始了，我那二十九个女孩安静下来。开始的一段镜头展示了一个完美的美国小镇：美丽的林荫大道，金发碧眼的白人孩子骑着小自行车沿街飞奔。欢快的背景音乐使我们相信在这个美国乐园里，一切都很美好。从第一排传来了我那二十九个女孩中的一个发出的一声痛苦的惨叫，嗨，迈考特先生，你怎么带我们来看这些白鬼子的电影？

电影放映的整个过程中，她们一直在抱怨。

引座员拿手电筒照她们，用管理员相威胁。

我恳求她们：女孩们，请安静。管理员来了。
她们将抱怨转变为单调而有节奏的喊叫：

　　管理员来了
　　管理员来了
　　嘿！嗬！爸爸啊！
　　管理员来了

她们说管理员会拍她们的马屁，这下惹恼了引座员。他说：好吧！就这话！就这话！这话！你们行为不检点。你们出去！出——去！
哦，姐们儿，他知道怎么拼写呢！好吧，我们安静。
当电影结束，灯光亮起来时，没有人起身。
好了，我说，我们走吧。电影结束了。
我们知道电影结束了。我们不是瞎子。
你们现在应该回家。
她们说她们还要待在电影院。她们还要再看一遍这个白鬼子的电影。
我告诉她们我要走了。
好吧，你走吧。
她们转过身，等着看第二遍《戒烟奇谈》，那个无聊的白鬼子电影。

接下来的那个星期，二十九个女孩说：这就是我们要做的吗？不再有外出活动了吗？就这么坐在这儿讨论名词吗？你就让我们写你抄在黑板上的那些东西吗？就这些吗？
我信箱里的一张纸条宣布，我们的学生要到长岛看一场由大学生表演的《哈姆雷特》。我把这个通告扔进废纸篓。二十九个可以坐两小时看《戒烟奇谈》的女孩，绝不会欣赏《哈姆雷特》。
第二天，更多的问题来了。

为什么别的班都去看话剧了？

嗯，那是莎士比亚写的一个话剧。

是吗？那又怎么啦？

我怎么能告诉她们事实？怎么能告诉她们我对她们的期望很低，认为她们绝对听不懂莎士比亚的话呢？我说那话剧很难懂，我认为她们不会喜欢。

哦，是吗？那么，它讲的是什么，这个话剧？

这个话剧名叫《哈姆雷特》，讲的是一个外出归来的王子惊讶地发现他的父亲死了，而母亲嫁给了他的叔叔。

我知道发生了什么，塞丽娜说。

全班都惊叫起来：发生了什么？发生了什么？

娶了母亲的兄弟想杀死王子，对不对？

是的，但那个后来才发生。

塞丽娜看了我一眼，表示她正在尽量保持耐心。这个当然是后来才发生。所有事情都后来才发生。如果所有事情在一开始都发生了，那么后来就没什么可发生的了。

唐娜说：你在说些什么呀？

不关你的事。跟老师讲有关王子的事。

一场争吵正在酝酿之中，我得制止它。我说：哈姆雷特对母亲和叔叔结婚很生气。

她们说：哇呀！

哈姆雷特认为叔叔杀害了父亲。

我不是早就那么说了吗？塞丽娜说。如果你也要这么说，我说又有什么用呢？我们还是想知道为什么我们不去看这个话剧？白人孩子去看这个话剧只是因为这个王子是白人。

好吧。我看一下我们能不能和其他班一起去。

她们排队上公共汽车。她们告诉过往的行人和开车的人，她们要到长岛看那个关于一个女人嫁给她死去丈夫的兄弟的话剧。波多黎各男孩们问他们是否可以坐在我旁边。他们不愿意和这些不停讨论性和其他事情的疯女孩们坐在一起。

汽车一开上街，女孩们就打开书包，分享午餐。她们悄声讨论：谁能用面包片击中司机，谁就可以得奖。她们每人出十美分，获胜者可以得两美元八十美分。但是司机正通过后视镜看着呢。他告诉她们：你们试试。来，试试！你们那黑色小屁股就会被扔到车外。女孩们用那种无畏而放肆的语调说：噢，耶！她们所能说的也就这些，因为司机是个黑人。她们认识他，她们不会得逞。

到了大学，一个手提电喇叭的人宣布：老师们要把自己班的学生集合在一起。

我那所学校的校长助理告诉我，他们指望我维持我班上的秩序。那个班名声不好，他说。

我领着她们走进礼堂。我站在过道上，而她们在座位上推搡争吵。波多黎各男孩们问他们是否可以坐在远处。当塞丽娜称他们为美籍西班牙人和西班牙人时，女孩们发出阵阵咯咯的笑声。直到哈姆雷特父亲的幽灵出现并把大家都吓坏了，她们才止住笑。那个幽灵踩着黑布包着的高跷出现在舞台上，女孩们发出"嗬"、"啊"的赞叹声。当聚光灯暗去、他消失在舞台两侧时，坐在我旁边的克劳迪娅叫道：啊，他是多么可爱啊！他上哪儿了？他还回来吗，老师？

是的，他会，我说。整个礼堂里严肃的人们发出的低低的嘘声让我很尴尬。

每次幽灵出现时，她都鼓掌；当他离开时，她就抽泣。我认为他太酷了，我想让他回来，她说。

话剧结束，演职员鞠躬致谢时，幽灵没有上场。她站起来，冲着舞台喊道：幽灵哪儿去了？我要幽灵。那个幽灵哪儿去了？

另外二十八个女孩也站起来，要求幽灵上场，直到一个演员离开舞台，幽灵马上又重现为止。二十九个女孩鼓掌欢呼，说她们想和他约会。

幽灵摘下他的黑色帽子和斗篷，以表明他只是个普通的大学生，并不值得大惊小怪。二十九个女孩倒吸一口气，抱怨这个话剧是场骗局，尤其是台上那个假幽灵。她们保证她们再也不会去看类似这样的假话剧了。即使她们不得不和那个迈考特先生一起坐在教室里，做他布置的拼写作业以及其他什么，她们也不会去看。即使全校其他班级都去看，她们也不会去。

回家的路上，她们都睡着了，坐在司机后面的塞丽娜除外。她问他是否有孩子，他说他不能边开车边讲话，那可违法。但是，有，他有孩子，他不希望他们中的任何一个当公交车司机。他工作，以便送他们上好学校。如果要他们做的事他们不做，他就会打烂他们的屁股。他说在这个国家，如果你是黑人，你就得更加努力地工作，但是最终，那会让你更坚强。当你不得不更加努力地挣钱向上爬时，你的实力得到了增长。到那时，就没有人能阻止你。

塞丽娜说她想成为一个美发师，但是公交车司机说：你可以干得比那更好。你愿意一辈子站在那儿给愚蠢的老女人理发？你很聪明，可以上大学。

是吗？你真的认为我能上大学？

为什么不能？你看上去相当聪明，谈吐很好。所以，为什么不能？

没人对我说过这个。

嗯，现在我告诉你了。不要低估你自己。

好的，塞丽娜说。

很好，公交车司机说。他从后视镜中冲她笑了笑。我猜她也冲他笑了笑，我看不见她的脸。

他是个公交车司机，一个黑人。她向他吐露秘密的方式让我想起了世界上被遗弃的人类。

第二天，克劳迪娅想知道，为什么每个人都和那个女孩过不去？

奥菲莉娅？

耶。每个人都和那可怜的姑娘过不去，而她其实压根儿不是黑人。怎么会这样？那个发表了所有演讲的家伙有一把剑能和人斗，所以没人能把他怎么样。

哈姆雷特？

耶，你知道些什么吗？

什么？

他对他妈妈很刻薄，而他是个王子或其他什么。为什么她就不能鼓起勇气扇他耳光？为什么？

那个聪明的塞丽娜像普通班里的普通孩子那样举起了手。我盯着她的手。我确信她会要求去上厕所。她说：哈姆雷特的母亲是王后，王后不会像其他人那样扇人耳光。你是王后，你得有尊严。

她用那种几乎是挑战的坦率方式看着我，眼睛睁得很大，很美，一眨也不眨，隐隐带着一丝微笑。这个瘦瘦的十五岁黑人女孩知道她的能量。我感觉自己脸红了，而那引起了又一轮的咯咯笑声。

接下来的星期一，塞丽娜没有来上课。女孩们说她再也不会回来了，她母亲因为毒品被捕，现在她不得不到佐治亚州和祖母住在一起。她们说在那儿，黑人被看成是黑鬼。她们说塞丽娜不会永远待在那儿，不久她就会因为和白人顶嘴而惹麻烦。那就是她说脏话的原因，迈考特先生。

塞丽娜走了，整个班也变了，成了一个没有头的躯体。玛丽亚举起手，问我为什么讲笑话。我结婚了吗？我有孩子吗？我喜欢哪一个，《哈姆雷特》还是《戒烟奇谈》？为什么我要当老师？

她们架了些我们可以走来走去的桥。我回答她们的问题，而且毫不在乎给她们太多信息。在我像这些女孩那么大时，我曾向多少个神甫忏悔过？我吸引了她们的注意力，那最重要。

塞丽娜走后一个月，出现了两个美好时刻。克劳迪娅举起手说：迈考特先生，你真不错。全班学生点点头：耶，耶。波多黎各男孩们坐在教室后面笑了。

然后玛丽亚举起手。迈考特先生，我收到了塞丽娜的信。她说这是她生平第一封信。她本不想写，是她的祖母叫她写的。她以前从没见过祖母，但是她爱她。因为她不会读也不会写，所以塞丽娜每天晚上给她念《圣经》。她说：这会让你不舒服，迈考特先生。她说她要学完高中课程，上大学，要教小孩子。不教像我们这么大的孩子（因为我们只是永久的痛），而是教不会顶嘴的小孩子。她说她为自己在班上的所作所为感到抱歉，让我告诉你这些。总有一天，她会给你写信。

我的脑海里绽放出烟花，比新年前夜和七月四日的烟花灿烂百倍。

11

教了十年书,我已经三十八岁了。如果要我自我评估,我会说:你已经尽了最大努力。有一些老师只是教书,压根儿不想听学生对他们的看法,教课最重要。这样的老师很强力。他们用个性控制班级,这种个性由超乎寻常的恐吓所支持——一支在成绩报告单上书写令人恐惧的"不及格"的红笔。他们给学生的信息就是:我是你们的老师,不是你们的辅导员,不是你们的知己,不是你们的父母。我教一门课,要么上这门课,要么离开。

我经常想,我应该成为一个遵守纪律、不妥协的老师,有条理且注意力集中,一个教育界的约翰·韦恩,又一个挥舞着大棒、皮带、答条的爱尔兰男老师。强硬不妥协的老师能在四十分钟内不负众望。理解这篇课文,孩子们,准备好在考试那天把它展示出来。

我有时候开玩笑:孩子,坐在座位上。安静,要不然我要打爆你那讨厌的脑袋。他们笑了,因为他们明白。耶!他不是很有意思吗?当我摆出一副强硬的样子时,他们会很有礼貌地聆听,直到这阵突发的情绪过去。他们明白。

我不把一个班级看成一个坐着听我说话的单位。他们的脸上表现出不同程度的兴趣和冷漠。正是那种冷漠给了我挑战。为什么那个小浑球在应该听我讲课的时候和她说话？对不起，詹姆斯，这儿正上着课呢。

噢，耶，耶。

有各种重要的时刻和表情。他们可能太害羞了，以至于没有告诉你那是门好课，但是，现在你可以从她们离开教室的方式和他们看你的方式知道，这节课获得了成功还是要被遗忘。在坐地铁回家的路上，他们满意的表情温暖了你的心。

无论教室里发生了什么，监管纽约各个高中的官员们制定了许多规章：

孩子们要压低说话的声音。他们不能在教室或楼道里走来走去。在喧闹的环境中无法学习。

教室不是操场，不能在教室里扔东西。如果孩子们想提问或回答，他们得举手。不允许大声喊叫。大声喊叫可能导致混乱，而这会给布鲁克林区地方教育委员会的官员或者从外地来访的教育工作者留下不良印象。

必须将厕所的使用降到最低程度。每个人都知道各种要求上厕所的手段。有时你能发现，被批准到二楼上厕所的男孩，正透过教室窗户偷看他最近爱上的女孩。那个女孩就坐在窗边，还在对着他做充满爱意的鬼脸。这不能容忍。一些男孩和女孩利用上厕所的机会到地下室或楼梯井见面，在那儿他们没干好事。警觉的校长助理发现了他们，上报情况，并给他们的父母打电话。另外一些人利用上厕所的机会到各种隐秘的地方抽烟。上厕所就是上厕所，不能用来做其他事情。学生出去上厕所不应超过五分钟。如果超过，老师应通知校长办公室，校长办公室会派一个主任去查看厕所和其他地方，以确保没有发生不恰当的行为。

校长们要的是秩序、惯例和纪律。他们在楼道里徘徊。他们透过教室门上的窗户偷看。他们想看到男孩和女孩们看书，写字，举着手，情绪激动、迫切地希望回答老师的问题。

好老师驾驭着牢固的船。他们维持纪律，这对时不时有流氓帮派来闹事的纽约职业高中来说极为关键。你得密切注意流氓帮派。他们可能会占领这个学校,而那就得和学习说再见了。

老师们也学习。在教室里多年面对上千个学生以后,他们对每一个走进教室的人都有那种第六感觉。他们明白那些斜视的含义。闻一闻新班级的空气,他们就能说出这个集体让人讨厌还是可以合作。他们知道哪些是需要鼓励才能开口说话的沉默的孩子,哪些是需要叫他们住嘴的叽里呱啦的孩子。他们可以通过一个男孩的坐姿来判断他可以合作还是极其让人讨厌。如果学生坐得笔直,把手放在课桌上,看着老师微笑,那就是个好兆头。如果他懒洋洋地向后靠着,把腿伸到过道上,盯着窗外、天花板和老师头顶上方,那就在传递糟糕的信号。提防麻烦吧!

每个班都有一个天生就是来考验你的害人精。他通常坐在最后一排,在那儿,他可以将椅子斜靠在墙上。你早就对全班同学讲过将椅子斜靠在墙上的危险:孩子们,椅子会滑下来,你们会受伤。接下来,老师就不得不写份报告,以防家长投诉或者威胁要起诉。

安德鲁知道将椅子斜靠在墙上会让你生气,至少会吸引你的注意力,然后他就能抛出那个吸引女孩眼球的小把戏。你会说:嘿,安德鲁。

他不慌不忙。哥们儿,这是摊牌的时候。女孩们都在看着呢。

什么?

你在字典里找不到这种青少年的发音。什么?家长经常听到这个声音。那意味着:你想要干什么?你为什么打扰我?

椅子,安德鲁。你能不能把它放下来?

我只是坐着管好我自己的事。

安德鲁,椅子有四条腿。用两条腿斜靠在墙上会发生事故。

教室里一片寂静,是摊牌的时候。这一次,你知道自己处在一个相当安全的境地。你觉得,这个班级不喜欢安德鲁,而他也知道自己不会得到同情。他是个脸色苍白的瘦子,一个不合群的人。但是,全班同学还在看着。他们可能不喜欢他,但如果你欺侮他,他们就会反对你。如果是男孩和老师对峙，他们会选择站在男孩一边，而所有这一切都是因为一把斜靠在墙上的椅子。

你可以置之不理，没人会注意。那么，教书匠，问题是什么？很简单。安德鲁从第一天起就表明他不喜欢你，而你不喜欢被人不喜欢，尤其是被这个全班其他同学都不喜欢的小浑蛋不喜欢。安德鲁知道你偏袒女孩。我当然偏袒女孩。给我五个大部分学生都是女孩的班级，我会乐上天。肤色、游戏、话剧——多么丰富多彩。

安德鲁在等，全班同学在等，椅子趾高气扬地斜靠在墙上。哦，真想抓住一条腿将他拖下来。他的脑袋会沿着墙滑下，每个人都会大笑起来。

我转身离开安德鲁。我不知道自己为什么转过身走向教室前面。回到讲台时，我当然不知道自己该做些或说些什么。我不想让他们认为我打退堂鼓了，我知道得采取行动。安德鲁的脑袋靠在墙上休息。他给我一个蔑视的微笑。

我不喜欢安德鲁那蓬乱的红发和清秀的相貌。我不喜欢他那矜持的傲慢。有时候我就一个话题作准备活动，全班同学都理解我的话。我滔滔不绝地讲着。正沾沾自喜时，我扭头看到了他冷冷的目光。我不知道是该把他争取过来还是将他彻底摧毁。

脑海里，有个声音告诉我：把它小题大做一番，把它变成一节观察课，假装你事先计划了整个事件。于是，我说：那么，这儿发生了什么？他们瞪大眼睛。他们很困惑。

想象一下，你是个报社记者。几分钟前，你走进这间教室。你看到了什么？你听到了什么？有什么故事？

迈克尔大声说：没有故事，只有安德鲁同往常一样是个可恶的家伙。

安德鲁脸上那蔑视的微笑消失了。我觉得自己让他动起来了，我用不着说什么。继续这个诱导性问题，让全班同学谴责他。我会将那微笑永远从他的脸上抹去。这个小浑蛋，他不会再把椅子斜靠在墙上了。

我扮演着通情达理而又客观的老师的角色。迈克尔，像那样的评论不会给读者很多信息。

是的,但是谁需要那样的信息?会有《每日新闻》的人到这儿来写关于安德鲁、椅子和生气的老师这个伟大故事吗?

他的女朋友举起了手。

哦,戴安娜?

她对着全班同学说:迈考特先生砍①我们——

戴安娜,是问你们。

她停了一会儿,不紧不慢地说:看见了吧,迈考特先生,这就是这个世界出问题的地方。人们试图帮助别人,接下来其他人就会纠正他们说的每一句话。那很无礼。我是说可以让安德鲁把椅子放下来,因为他可能会打破他那愚蠢的脑袋。但是纠正人们说话的方式是没有理由的。如果你那么做,我们就绝不会在这个班上开口说话。那么,你知道我要干什么了吧?我要告诉安德鲁把他的椅子放下来,别再当傻瓜了。

她十六岁,高个子,很酷,金黄色的头发沿后背垂下,那种练达的样子让我想起斯堪的纳维亚女演员。当她走向教室后排,站在安德鲁面前时,我很紧张。

安德鲁,看吧。你看见了这儿发生的一切。这是个大班,有三十多个人。那边的迈考特先生看见你斜靠着椅子坐着。他让你把椅子放下来,你却笑着坐在那儿。安德鲁,谁知道你在想些什么呀!你在浪费这个班里每个人的时间。你有什么毛病呀?付报酬给老师是让老师教课,而不是让他叫你把椅子放下来,好像你是一年级的小孩,对不对?对不对,安德鲁?

他还是斜靠着椅子坐着,但是他看着我,好像在说:这儿怎么啦?我应该怎么办?

他把椅子向前倾,直到放平。他站起来,面对戴安娜。看见了吗?你会永远记得我,戴安娜。你会忘了这个班,你会忘了这个老师,这个"叫

---

① 英文中的"砍"(ax)与"问"(ask)读音易混。

什么来着"先生,但是我把椅子斜靠在墙上,老师因此而生气。这个班里的每一个人都会永远记得我。对不对,迈考特先生?

我真想摘下"通情达理老师"的面具,把心里想的都说出来:听着,你这个小笨蛋,把椅子放下来,要不然我就把你扔出该死的窗外,让你成为鸽子的美餐。

你不能那么说。你会被上报给当局。你知道自己的角色:如果小坏蛋们时不时地让你生气,忍着,哥们儿,忍着。没有人强迫你从事这个工资过低、悲惨的职业。没有什么东西阻止你穿过那扇门,来到那个到处是有权势的男人、美丽的女人、城外鸡尾酒会和缎子床单的闪闪发光的世界。

是的,教书吧。在那个到处是有权势的男人等等的伟大世界里,你能做些什么?回到工作上来吧。对全班同学讲话,处理斜靠在墙上的椅子这个问题。事情还没完,他们正等着。

听着!你们在听吗?

他们笑了。他又来了,又是老一套的"听着!你们在听吗"。他们在楼道里冲彼此叫喊,模仿"听着!你们在听吗",那表明他们喜欢你。

我说:你们看到了发生在教室里的事。你们看见安德鲁把椅子斜靠在墙上,你们看见当我叫他把椅子放下来时,又发生了什么。那么,你们就有了写故事的素材,是不是?我们有过冲突,安德鲁与老师,安德鲁与全班同学,安德鲁与他自己。哦,对,安德鲁与他自己的冲突。你们都在心里做了笔记,对不对?要不然你们就会说:为什么老师要对安德鲁和他的椅子这样小题大做?或者为什么安德鲁那么让人讨厌?如果你们要就此事写份报告,就会有另外一个角度:安德鲁的动机。只有他知道为什么他要把那椅子斜靠在墙上,而你们有权推测。在这个班上,我们可以有三十多种猜测。

第二天,安德鲁下课后留了下来。迈考特先生,你上的是纽约大学,对不对?

对。

嗯,我母亲说她认识你。

真的?我很高兴有人记得我。

我是说,她是在课外认识你的。

又说了一次,真的?

她在去年死了。得了癌症。她叫琼。

噢,上帝!理解力迟钝都不足以合适地形容我,应该是发育迟缓。为什么我没猜到?为什么在他的眼睛里我见不到她的影子?

她过去常说要给你打电话,但是因为离婚,她过得很糟糕,后来又得了癌症。当我告诉她我在你班上时,她让我保证永远不告诉你有关她的事。她说不管怎样,你永远也不愿意和她说话了。

但是我真的愿意和她说话。我愿意永远和她说话。她嫁给谁了?你父亲是谁?

我不知道谁是我父亲。她嫁给了格斯·彼得森。我得去清空储物柜了。我爸爸要搬到芝加哥,我和他还有继母一起去。我有继父和继母,这是不是很可笑?不错吧?

我们握了握手。我看着他走向楼道的那一头。在走进储物柜区前,他转身挥了挥手。刹那间,我不知道自己是否应该就这么轻易地让往事流逝。

学校里有句名言:除非你能让时光倒流,否则不要威胁一个班级或者一个人,尤其不要傻到去威胁那个以拥有空手道黑带而名震这个学校的本尼·"风暴·风暴"·布兰特。

在"阿门"、"意大利面食"、"厨师长"、"豪华高级轿车"这些英语外来词,以及"女式贴身内衣"、"坐浴盆"、"胸罩"这些引起学生窃笑的单词正讲到一半的时候,缺课四天的他悠然自得地走进了教室。

我可以不理会风暴·风暴,继续讲课,并让他走到座位上去。但是我知道全班同学都在看，在想：为什么我们缺课时得交请假条，风暴·风暴就可以这样大模大样地走进来坐下？他们是对的，我理解他们。我得表明自己并不软弱。

对不起。我尽量用讥讽的语气说。

他在门口站住：有事吗？

我手里玩着一根粉笔，以显示我很酷。我不知道自己该问"你要去哪儿"还是"你以为你要去哪儿"。第一个问题可能听起来像一个简单的问题，有一点老师的权威。第二个问题中的"以为"一词暗示着挑战，而且可能会带来麻烦。不论是哪一个问题，关键是语气。我作了点让步。

对不起，你有出入证吗？缺课后，你得有办公室开具的出入证。

这是老师在讲话。他代表权力：大厅那一头为所有事情发放出入证的办公室、校长、地区教育主管、市长、总统和上帝。这不是我想要的角色。我到这儿是来教英语，而不是来索要出入证。

布兰特说：谁要阻拦我？他听上去几乎很友好，是发自内心的好奇，但全班同学发出的却是倒吸一口气。

噢，见鬼！拉尔夫·博伊斯说。

上级强烈要求高中老师禁止学生在教室里使用亵渎的语言。这些语言很无礼，可能会导致法律和秩序的崩溃。我想警告拉尔夫，但我不能，因为在我脑海里不停跳跃的话就是：噢，见鬼！

布兰特背对着已经在他身后砰的一声关上的门站着。他似乎很有耐心。

我突然对这个来自曼哈顿德兰西街、动作迟缓的未来的水暖工感到很亲切。这种突然迸发的热情源于何方？是他耐心等待的样子和几乎称得上温柔的表情？他似乎是那么通情达理，体贴周到。那么，我为什么不放下强硬老师的架子，告诉他：噢，没关系，坐下，布兰特。现在，忘了出入证吧，记得下次带来。但是我走得太远，已经无法回头。他的同学们是目击证人，必须发生点什么。

我把粉笔抛向空中，又接住了。布兰特看着。我向他走去。今天不是我死的日子，但是全班同学都在等着，是时候回答他的问题了：谁要阻拦我？

我抛了抛粉笔，也许是最后一次了。我告诉他：我。

他点点头，好像在说：那很合理。你是老师，哥们儿。

那种亲切的感觉又回来了。我有一种冲动，想拍拍他的肩膀，告诉他忘了整件事情，坐下吧，布兰特。

我又抛了一下粉笔，但没接住，它掉到地上。必须拿回来。我弯下腰去捡。在那儿，布兰特的脚伸出来邀请我。我抓住它，拽了一下。布兰特向后倒去，脑袋砰的一声撞到铜制的球形门拉手，然后他滑到了地上。他静静地坐着，好像在盘算下一步的行动。又一次，全班同学倒吸一口气：哇呀！

他揉了揉后脑勺。他已作好准备要发出一连串快速的击、劈、踢了吗？

呸！迈考特先生，我不知道你会空手道。

看上去我是胜利者，下一步该我行动了。好了，布兰特，你得坐下。

可以。

什么？

所有的老师都说：你可以坐下。风暴·风暴在纠正我的语法。我是在疯人院吗？

好的，你可以坐下。

那么，你不需要出入证或其他什么了？

不需要。那不要紧。

那么说，我们无缘无故就干了一仗？

在走向座位的途中，风暴·风暴踩在粉笔上，看了看我。那是故意的吗？我应该制造争端吗？不。脑海里有一个声音告诉我：继续上课吧。不要表现得像个十来岁的孩子。这个孩子可以把你撕成两半。教书匠，回到

143

英语外来词这节课上来吧。

布兰特表现得好像我们之间什么也没发生。我感到一阵羞愧，以至于我想对全班同学特别是布兰特道歉。我为自己做了这么一件不登大雅之堂的事而训斥自己。现在，他们羡慕的是他们认为我拥有的空手道手段。我张开嘴，开始唠叨起来。

想象一下，如果你们拿走法语词，英语语言会变成什么样？你们将不能再命令你们的司机将你们的豪华高级轿车开来。你们将不得不说内衣而不是女式贴身内衣。你们不能到餐馆去。不再有菜肴，不再有美食家，不再有调味汁、菜谱、厨师长和香水。你们将不得不为胸罩找一个新词。

他们低声交谈，低声交谈；咯咯笑，咯咯笑。嗬！迈考特先生，你都说了些什么呀？

就这样，我将他们的心思从刚才的事件中转移开来。我似乎获得全线胜利，直到我抬头看看布兰特。他的双眼似乎在说：很好，迈考特先生。我猜你需要看上去很好，所以我很好。

他很聪明，能够通过纽约州校务委员会的英语考试。他原本可以写出一篇合格而且能够及格的英语文章，但是他选择不及格。他不理会试卷上给出的标题列表，给他的文章加上"唧唧叫"这个标题，然后就开始写"唧唧叫，唧唧叫，唧唧叫，唧唧叫，唧唧叫，唧唧叫……"写了三百五十遍。

他毕业后，我们曾在德兰西街相遇。我问他：那些"唧唧叫"是什么意思？

我不知道。我疯了，我不在意发生了什么。我在那个教室里，所有的事似乎都那么愚蠢。监考老师警告我们不要看别人的卷子，一只鸟却在窗台上不停地唧唧叫。我说：好吧，呸！见鬼去吧！于是我记下了它说的话。我十四岁时，我爸爸送我去上武术课。日本人却只让我在门外的长凳上坐了一个小时。我说：唷！先生，课怎么办？他让我回家。回家？我是说我们付了他一个小时的钱。他说：回家！我说：下周我还要来吗？他什么也没说。下周，我又去了。他说：你想要什么？我再次告诉他我想学武术。

他让我去扫厕所。我不知道那和武术有什么关系，但我什么也没说。我照做了。他叫我坐在长凳上，脱下鞋袜，看自己的脚。他叫我一直盯着自己的脚。你看过你的脚吗？我的一只脚比另一只大。他走出来说：光脚穿上鞋子，回家。他叫我做的事渐渐变得容易。我不再生气了。有时候，我坐在那条长凳上什么也不做，然后回家，但照样付他钱。我告诉我爸爸，但他只是做个鬼脸。六周后，日本人把我带进屋上第一节课。他让我脸贴着墙站着，而他用一种剑向我攻击了将近十五分钟，还冲我大喊大叫。那节课结束时，他说我被他的学校录取了，只是在回家之前还要扫厕所，以免对自己还有什么了不起的想法。所以，那天你一拽我腿，我就知道发生了什么。我知道你得挽回面子。对我来说，那没什么，因为我不需要那个东西。你是个不错的老师，我不在乎班上那些孩子在想些什么。如果你不得不表现得像个做作的老师，你就应该回家扫厕所。

这就是美国公立学校的情形：你走得离教室越远，你的财务奖励和职业奖励就越多。拿个证书，教上两三年书，上一些行政、管理、指导方面的课，带着你的新证书，你就可以搬到有空调、私人卫生间、长沙发和秘书的办公室。你就不用再和一大群让人讨厌的孩子作斗争了。躲在你的办公室里，你甚至用不着见那些小坏蛋。

但现在我已经三十八岁了，缺少在学校系统里向上爬的抱负，在美国幻梦中漂流，面临中年危机，一个失败的高中英语老师，还受到上级、校长及其助手的阻碍，或者我这么认为。

我感到忧虑，但不知道是什么让我苦恼。艾伯塔说：你为什么不去读博士，然后获得晋升呢？

我说：我会。

纽约大学说，好，他们会接受我读博。但是我妻子说：你为什么不去伦敦或者都柏林呢？

你是想甩掉我？

145

她笑了。

十六岁那年，我和朋友趁着一次当天来回的短途旅行去了趟都柏林。我背对一堵灰色石墙观看游行。那堵灰墙属于圣三一学院，但我不知道那被看成是外国领土，属于英格兰和新教徒。在街的那一头，铁栏杆和一扇大门将像我这样的人拒之门外。大门外有埃德蒙·伯克和奥利弗·哥尔德斯密斯的雕像。噢！我说，他在那儿，就在那儿，那个写《荒村》的人。上学时，我不得不熟记这部作品。

我的朋友来自利默里克，他对世界的了解比我多。他说：好好看看奥利弗和周围的一切吧，因为你这类人永远不会踏入这些大门。大主教说过，任何走进圣三一学院的天主教徒将自动被开除教籍。

在那以后，不论什么时候来到都柏林，我都被吸引到圣三一学院。我站在大门外，羡慕地看着学生们优雅地将飘动着的圣三一学院的围巾甩到肩膀上。我羡慕他们说英语的口音。我偷看那个永远不会瞥我一眼的美丽的新教徒女孩。他们会和同类人、同阶级的人结婚，都是富有的新教徒。如果像我这样的人和他们中的一个结婚，就会被逐出天主教会，毫无救赎的希望。

衣着光鲜的美国游客悠闲地进出这个学院。我希望自己能有勇气走进去，但看门人可能会问我要干什么，而我不知该怎么回答。

六年后，我穿着自认为会带来尊重的美国陆军制服回到爱尔兰。那身制服确实带来了尊重，但我一开口说话就露馅了。我努力装出一口美国腔，以便和制服相符，但没能奏效。起先，女招待会跑过来给我领座，但我一说话，她们就说：啊，上帝！你根本不是美国佬，不是。你和其他人一样是爱尔兰人。你从哪儿来？我努力把自己说成是来自阿拉巴马州的美国大兵，但是格拉夫顿街上比利咖啡馆的一个女人说：如果你来自阿拉巴马州，那么我就是罗马尼亚王后。我结结巴巴地承认自己来自利默里克，她也放弃了对罗马尼亚王位的所有权。她说和顾客聊天违反比利咖啡馆的规定，但我看上去像那种可以一块喝一杯的人。我吹嘘自己如何在巴伐利亚喝啤酒和德国烈酒。她说如果那是真的，我可以到街那边的麦克戴德酒吧给她买杯雪利酒。

我认为她不漂亮，但是一个比利咖啡馆的女招待愿意和我喝一杯，这很让人高兴。

我到麦克戴德酒吧等她。因为我穿着美军制服，喝酒的人都盯着我看，还用胳膊肘互相轻推以传情达意。我感到不舒服。酒吧老板也盯着我看。当我要一杯啤酒时，他说：我们这儿来了位将军或者其他什么吗？

我不明白话中的讥讽。我说，不，我是个下士，酒吧里立刻爆发出一阵大笑。我觉得自己是世界上最大的傻瓜。

我很困惑。我生在美国，长在爱尔兰，后来回到美国。我穿着美军制服，但感觉自己是爱尔兰人。他们应该知道我是爱尔兰人。他们不应该嘲笑我。

当比利咖啡馆的女招待来和我一起靠墙坐着，要一杯雪利酒时，更多的人在瞪眼和轻推胳膊肘。酒吧老板眨了眨眼，说了些"又一个牺牲品"什么的。他从吧台后面走出，问我是不是想再要一杯啤酒。当然，我还想再要一杯啤酒。人们对我的关注让我的脸发烫。我知道照照那个大镜子，就会发现我的眼睛红得像消防车。

女招待说如果酒吧间老板再给我送来一杯啤酒，他不妨再给她来一杯雪利酒。在比利咖啡馆工作了一天，她累坏了。她告诉我她叫玛丽，还说如果我因为她只是个女招待而不把她放在眼里，我最好就此打住。毕竟，我只是个乡下来的土包子，穿着美国制服装腔作势。雪利酒似乎让她变得话多。她说的话越多，靠墙座位上传来的窃笑声就越多。她说她只是临时在比利咖啡馆工作。她正等着律师解决她祖母的遗嘱纠纷。遗嘱裁决以后，她要在格拉夫顿街开一家小商店，向较高阶层的人们推销精美的服装。

我对精美的服装一窍不通，但我对她在这样一个商店里工作感到好奇。她很胖，眼睛深埋在满脸褶子里。她下巴下垂，来回晃动，浑身上下胖鼓鼓的。我不想和她在一起，但不知该怎么办。我看得见人们在嘲笑我。绝望之中，我脱口而出：我得走了。

什么？她说。

我得……我得去看看圣三一学院，圣三一学院的里面。我得走进那扇大门。我的第三杯浓烈黑啤酒在说话。

那是新教徒的地方，她说。

我不在乎。我得走进那扇大门。

你们听到了吗？她对整个酒吧的人说，他想走进圣三一学院。

呀！上帝！一个男人说。另一个人说：圣母马利亚！

没关系，将军。酒吧间老板说，去吧，去圣三一学院，到里面去看看，但是星期六一定要去忏悔。

你听到了吗？玛丽说，星期六忏悔，但是别担心，亲爱的，我会随时听你忏悔。来吧，喝完这杯啤酒，我们去圣三一学院。

噢！上帝！她要和我一起去。胖得浑身发颤的玛丽要和穿着美国陆军制服的我一起走过格拉夫顿街。人们会说：瞧那个美国佬，都柏林有世界上最漂亮的女孩，而他却挑了那么个大猪油桶。这就是他尽到的最大努力吗？

我说不麻烦她了，但是她一再坚持。酒吧间老板说我又多了一个星期六忏悔的理由，因为"你不仁慈"。

为什么我就不能展示我的独立性呢？我就非得和这个挽着我胳膊、喋喋不休的胖女人一起，平生第一次走进圣三一学院的大门吗？

我还就这么做了。

沿着格拉夫顿街一路走来，她冲着那些只是看了我们一眼的人唠叨个不停：你们怎么回事？以前没见过美国佬吗？直到一个围披肩的妇女回敬她：我们见过美国佬，只是我们从来没见过一个美国佬堕落到如此地步，居然不得不和你这样的人走在一起。玛丽大叫道，如果不是有更重要的事要做,她就会把那个围披肩的眼睛给挖出来。

想到要走进圣三一学院的大门,我很紧张。穿制服的看门人一定会问我到那儿做什么,但是他理都不理我,甚至当玛丽说"亲爱的,夜色不错"的时候,他也不理我。

我终于站在鹅卵石铺成的路上,进入了大门。我不敢再迈一步。奥利弗·哥尔德斯密斯在这儿走过,乔纳森·斯威夫特在这儿走过,几个世纪以来所有有钱的新教徒都在这儿走过。现在,我来了,进入了大门。那就够了。

玛丽拽了拽我的胳膊。天黑了,你要在这儿站一晚上吗?快点,我要喝雪利酒了。然后,我们到我那小卧室兼客厅去。天知道会发生什么,天知道。她咯咯笑着,把我拉向她那庞大、柔软、上下抖动的身躯。我想告诉所有都柏林人:不!不!她不是我的。

我们沿纳索街前行,她停下来欣赏街角叶芝商店里的珠宝首饰。真漂亮,她说,真漂亮。哦!我把其中一枚戒指戴到手指上的那一天终会到来。

她松开我的胳膊,指着橱窗里的一枚戒指,我趁机跑了。我从纳索街跑开,几乎听不到她尖叫着说我是个肮脏的美国佬兼利默里克城里人。

第二天,我回到比利咖啡馆,对她说我很为自己的行为抱歉。她说:啊,没关系。你当然不会知道几杯雪利酒和啤酒下肚之后,你会做些什么。她说她六点钟下班。如果我愿意,我们可以出去吃鱼和薯条,然后到她的房间喝茶。喝完茶后,她说已经太晚了,我不能步行回格拉夫顿街外的旅店。如果我留下来并在第二天早上和她一起坐公交车,她一点也不会感到麻烦。她到走廊上厕所,而我脱得只剩内衣。她穿着宽松的灰睡衣回来,跪在床边,为自己祈祷,祈求上帝让她远离伤害。她告诉上帝她知道自己正经历诱惑,但是他,躺在床上的那个男孩一定不是个无辜的人。

她滚到床上,把我挤到墙角。我伸手向上拉她的睡衣,她一把拍开我的手,说她不想为我迷失灵魂而承担责任。如果我在入睡前念一段完美的痛悔祷告,她心里会好受些。在我念祷告时,她扭动身体脱下睡衣并将我拉到她身边。她低声说我必须在事后念完祷告，我说行。当我闯进她肥厚的庞大身体并结束忏悔行动时，我确实已经念完了祷告。

　　那年我二十二岁。现在，已经三十八岁的我向圣三一学院递交了申请。是的，如果我参加美国研究生入学考试（GRE），他们会考虑我的申请。我参加了考试，并且以一个很高的分数让自己和周围的人大吃一惊，那意味着我要到那儿和全国的聪明人在一起了。这让我很是振奋，便到布鲁克林区的盖奇和托尔那餐厅吃海鲈鱼配烤土豆，还喝了好多酒，喝得我都不记得是怎么回的家。艾伯塔对我很耐心，第二天一早没有责骂我，因为，毕竟，我要到都柏林上一所优等大学。接下来的两年里，她见我的机会不多。两年是圣三一学院给你写博士论文并答辩的时间。

　　在GRE考试的一部分，也就是数学部分，我想我得到了世界上最低的分数。

　　艾伯塔为我在"伊丽莎白女王"号轮船上订了一个铺位。这是这艘船在大西洋上倒数第二趟向东的航行。我们在船上举行了晚会，还喝了香槟，因为那是你应该做的。到了访客下船的时候，我吻了她，她也吻了我。我说我会想她，她说她会想我，但是我不知道我们俩谁在说真话。喝了香槟酒后，我有点神志不清。当船离开码头时，我挥了挥手，但不知道是在对谁挥手。我想，这就是我的生活——挥手却不知道是在对谁挥手。那似乎是一个值得仔细研究的深奥话题，但是那让我头痛，于是我把它抛在一旁。

　　轮船驶入哈得逊河，驶向纽约湾海峡。我提醒自己到甲板上向埃利斯岛挥手示意。每个人都冲自由女神像挥手，但是我特意向埃利斯岛，这个充满希望又让人心碎的地方挥手示意。

　　我想到了自己。三十四年前，不到四岁的小家伙挥着手驶向爱尔兰。现在，我又在挥着手。我在干什么？我要去哪儿？这一切又是怎么回事？

　　当你独自一人，喝了香槟酒，双脚还在打晃的时候，你就在船上闲逛，思考问题。我在驶向都柏林、驶向圣三一学院的"伊丽莎白女王"号轮船上,如果你不介意。你有没有想过,你这么来来回回,这么挥挥手,你是在加入敌人的阵线?圣三一学院,新教徒的大学,一直忠诚于这个国王和那个国王。圣三一学院对自由这项事业作出过什么贡献?但是,在你这个不停咻咻吸气的小小心灵的深处,你始终认为他们高人一等,是不是?那些说话带着"啦—嘀—嗒"口音、鼻孔朝天、富有的新教徒。

奥利弗·圣约翰·戈加蒂毕业于圣三一学院。虽然我写过关于他的论文,读过我能找到的他的每一本书,认为他的某些才能和风格会对我产生影响,但是一切都徒劳无功。我曾向麦基职高的一个老师斯坦利·加伯展示我的论文,并告诉他我的愿望。他摇摇头说:听着,迈考特,忘了戈加蒂吧。在你的大脑深处,你一直是那个来自利默里克小巷、蹩脚的笨小孩。弄清楚你到底是谁。爬上十字架,自己受罪吧。没有人会替你,朋友。

你怎么能那么说,斯坦利?那些关于十字架的话。你是个犹太人。

没错。看看我们,我们想适应非犹太人,我们想被同化,但是他们不让。然后发生了什么?摩擦,哥们儿,摩擦产生了像马克思、弗洛伊德、爱因斯坦和斯坦利·加伯这样的人。感谢上帝,你还没有被同化,迈考特,放弃戈加蒂吧。你不是戈加蒂,你是你自己。你明白吗?如果你在这一分钟突然倒下并死去,天空中的星星依然是天空中的星星,而你只是雷达屏幕上的光点一闪而过。走你自己的路吧,要不然,你的结局就是在斯塔滕岛的一间小屋里,和一个女人一同念祈祷词"万福马利亚"。

我不会想那些事,因为在这儿,从"伊丽莎白女王"号雄伟的中央主楼梯上走下来一个我认识的女人。她看见了我,说我们应该喝一杯。我记得她是一名纽约有钱人的私人护士,但不知道她的其他身份。她说对那位打乱她旅行计划的朋友很失望。现在,她这个护士住在有两张床的头等舱,前面还有五天孤独的旅程等着她。酒打开了我的话匣子,我告诉她我的孤单寂寞。在这次旅行中,我们可以互相为伴,尽管因为她在头等舱而我在吃水线以下,那可能会很难。

噢，那好极了，她说。她有一半爱尔兰血统，有时候说话像爱尔兰人。

如果头脑清醒，我可能会更理智些，但是我经不住诱惑，在船腹内想不起自己的铺位了。

开船后的第三天，我溜到餐厅吃早饭。这是我第一次造访餐厅。服务生说：有事吗，先生？我说我不知道该坐哪儿。我觉得自己很愚蠢。

先生，你以前没来过吗？

没有。

他是个服务生，所以没有问那个显而易见的问题。事务长也没有问，他说我已经被正式宣布不在船上，轮船主管认为我在一时激动之下和朋友一起上了岸。你可以看到他正在等我作出解释，但是我绝不能告诉他我和那位私人护士在头等舱的经历。他说，好吧，可以为我提供一个座位，欢迎来吃早餐。

吃水线下的那个船舱有两个铺位。我的室友双膝跪地，正在祈祷。看见我时，他似乎很震惊。他是个来自爱达荷州的循道宗信徒，要到海德堡学习神学，因此我不能对他吹嘘，我在头等舱和一名纽约私人护士一起度过了过去的三个晚上。我为打断了他的祈祷而道歉，但是他说你绝不会打断他的祈祷，因为他的整个生命就是一场祈祷。我认为那句话很了不起，并希望自己的整个生命也是一场祈祷。他的话震撼了我的良知，让我觉得自己一无是处而且作恶多端。他叫特德，看上去干净清秀而且很开心，有一口好看的牙齿，梳着海军陆战队员的发型。他的白衬衫很挺括，显然经过上浆和熨烫处理。他悠闲自得，与世无争。上帝在他的天堂，一个循道宗信徒的天堂，一切都是正确的。我觉得受到了威胁。如果他的人生是一场祈祷，那么我的人生是什么？一个长久的罪恶？如果这艘船撞上冰山，特德会在甲板上唱"上帝离你更近"，而我会在船上找一个神甫来聆听我最后的忏悔。

特德问我是否信教，是否上教堂，还说欢迎我在一小时后和他一起做循道宗礼拜。我嘟哝道：我偶尔参加弥撒。他说他理解。他怎么会理解？

152

一个循道宗信徒对天主教徒，特别是爱尔兰天主教徒的痛苦了解多少？（当然，我没有这么说。我不想伤他的感情，他那么真诚。）他问我是否愿意和他一起祈祷，我又嘟哝着说我不知道新教的祈祷词。另外，我得洗个澡，换身衣服。他给了我一个作家称之为锐利的眼神，我觉得他洞悉一切。他只有二十四岁，但是他已经有了信仰、看法和方向。他可能听说过罪恶，但是你可以看出他没有犯过罪，各方面都清清白白。

我对特德说：洗完澡，我会去寻找天主教堂，然后参加弥撒。他说：你不需要参加弥撒，你不需要神甫。你有信仰，有《圣经》，有两个膝盖和一块可以在上面祈祷的地板。

这让我变得很暴躁。人们为什么就不能不管其他人的事情？为什么人们觉得他们得改变像我这样的人的信仰？

不，我不想和这个循道宗信徒一起跪下祈祷。更糟糕的，是在我可以到甲板上走走、坐在椅子上看地平线起起落落的时候，我不想参加弥撒或做忏悔或别的什么。

噢！见鬼去吧！我说。我边洗澡边想着地平线。我认为地平线比人要好。它们不去打扰其他地平线。我洗完澡出来时，特德已经出去了，他的行李整齐地放在铺位上。

在甲板上，那个私人护士挽着一个胖子走了过来。那胖子灰头发，身材矮小，穿着海军蓝双排扣男式上装，喉结下还飘着一条粉色领巾式领带。她假装没看见我，但我死死地盯着她，迫使她不得不轻轻向我点了点头。她走了过去。我不知道她是否故意扭着屁股来折磨我。

继续扭吧，我不在乎。

但是，我在乎！我觉得被彻底打败了，还被扔在一边。在和我一起过了三天后，那个护士怎么能和那个至少六十岁的老男人一起入睡？坐在床上成瓶地喝白葡萄酒的那些时刻是怎么一回事？我在浴缸里为她擦背的那段时光又是怎么一回事？在轮船停靠爱尔兰之前的这两天里，我该怎么办？我不得不躺在上铺，伴着那个循道宗信徒在下铺的祈祷和叹息。那个

153

护士不在乎。她故意越过我在甲板上的散步路线，以让我痛苦。当我想到她和那个老男人时，他那上了年纪、满是皱纹的身体挨着她的身体这一念头让我很气愤。

接下来的两天，公海上一片漆黑。我坐在舷栏上，想到要跳进大西洋，跳到海底，和那些在战争中被击沉的所有船只——战舰、潜艇、驱逐舰和货船在一起。我不知道是否有航空母舰被击沉。我遐想着航空母舰，还有漂浮在水下并撞上舱壁的尸体。那让我暂时忘了痛苦，但痛苦还是回来了。你无所事事地在船上闲逛，却碰上了一个你曾经与之共度三天的护士，她却和那个穿着双排扣男式上装的老男人在一起。这时，你会很少想到或者根本就不会想到自己。如果我跳进大西洋，也许会让她想些事情，但这对我没有任何好处，因为我将永远不会知道。

我站在那舷栏上，轮船嗖嗖前行。我想起了我的人生，我是个十足的胆小鬼（这是我那个时候最喜欢的几个词之一，它很贴切）！胆小鬼。从我到达纽约的那天起一直到乘坐"伊丽莎白女王"号的今天，我所做的就是从一件事迂回曲折地行进到另一件事——移民，干一些没有前途的工作，在德国和纽约喝酒，追女人，在纽约大学浑浑噩噩地过了四年，从一个老师岗位漂到另一个，结婚但希望自己还是单身，又喝酒，在教学中钻进死胡同，带着生活会规范自己行为的愿望乘船前往爱尔兰。

我希望成为那些快乐游客中的一员。不论在陆地上还是在海上，他们都打乒乓球，玩打圆盘游戏，然后去喝一杯，天知道还会有其他什么。但我没有那种天赋。在我的脑海里，我练习并模拟着这么一幕：哦，喂，我会说，情况怎么样？他们会说：很好。顺便问一声，为什么你不和我一起喝一杯？我会说：为什么不呢？带着一种漫不经心（那是另外一个我在那时喜欢的词，因为那是我的目标所在，而且我喜欢这个词的发音）的神情。如果我喝了几杯，那种漫不经心的神情就可能会出现。凭着我那迷人的爱尔兰人的手段，我会成为宴会中最活跃的人，但是我不想离开那舷栏，不想抛下走完舷栏的那种享受。

我满脑子都是三十八岁乘船前往爱尔兰、日渐苍老、可还是个学生的老师。对于一个人来说，那是生活的方式吗？

我把自己硬塞进甲板躺椅，思考自己遇到的大西洋中部危机。我闭上眼睛，将大海和那个护士的景象关在外面，但不能阻拦她的高跟鞋发出的咔哒啪嗒声，和那个上了年纪的领巾式领带先生发出的美国式狂笑。

如果我有任何一种超越呼吸这个简单生存技能的智慧，我就会试图对自己的人生进行令人痛苦的重新评价。但是我没有反省的天赋。在利默里克经历了那些年的忏悔之后，我可以和那些最杰出的人物一起扪心自问。但这次不同，母教帮不了忙。在那个甲板躺椅上，我几乎回答不了《教理问答》中的问题。我开始明白自己其实并不明白，而探究自我和自己的痛苦让我头疼。一个三十八岁、生活一团糟却不知道该怎么应对的人。我就是那么无知。现在，我明白了，你是被怂恿着因为任何事而去责怪除你之外的任何事物：父母、悲惨的童年、教会和英语。

纽约的人们，特别是艾伯塔告诉我：你需要帮助。我知道他们是在说：你明显心理不正常，你应该看心理医生。

她一再坚持。她说没有办法和我一起生活，并替我预约了东第九十六街的一名心理分析师（现在是精神科医生了）。那人叫亨利。当我对他说他看上去像吉夫斯时，他显然措手不及。他说：谁是吉夫斯？在我讲了那个P.G.沃德豪斯小说里的人物后，他不是很高兴。他用吉夫斯式的方法扬了扬眉毛，我感觉像个傻瓜。另外，我不知道这一切是为了什么，我在那个办公室要干什么。从纽约大学的心理学课上，我了解到思维有各种不同部分：有意识的、无意识的、潜意识的、自我、本我和力比多，还有其他可能潜藏着恶魔的小角落。这就是我的全部知识，如果它是知识。还有，我不明白为什么我要付钱。我几乎承担不起仅仅坐在这个人面前所需的费用。他在抵到下巴的笔记本上涂写，偶尔停下来盯着我，好像我是个标本。

他难得说话，我觉得自己不得不说几句话，不然我们就会坐在那儿呆望着对方。他甚至从未像电影中他的同行那样问：你对此有何感受？当他合上笔记本时,我知道谈话结束,该付他钱了。一开始,他就告诉我不会收全价,我会获得穷教师的折扣。我想告诉他我不是个慈善案例,但最终还是选择了心口不一。

他的固定程序让我感到不舒服。他会走进等候室,站在那儿,那就是给我的信号:起立,走进咨询室。他从未主动和我握手,从未说几点了。我不知道打招呼或主动伸手是否是我的工作。如果我这么做了,他会怎样判断?他会说我这么做是出于强烈的自卑感吗?我不想给他那种他可以用来判断我与家族中某些祖先一样是个疯子的攻击性材料。我想用我很酷的行为、我的逻辑性和我风趣的话语(如果可能)来给他留下深刻印象。

第一次见面时,他看着我,我却在想自己该怎么办。这会和忏悔一样吗?扪心自问吗?我应该坐在那把高背椅上,还是应该像他们在电影里那样躺在长沙发上?如果我选择那把椅子,我就得和他面对面十五分钟。但是如果我舒展身子躺在长沙发上,我就可以看着天花板,避开他的视线。我坐在那椅子上,他坐在他的椅子上。看到他的脸上没有出现不赞成的神色,我感到释然。

见了几次面后,我想放弃,想去第三大道的酒吧享受午后啤酒的宁静。但我没有这个勇气,或者我还没有足够的愤怒。一个星期接着一个星期,我坐在椅子上喋喋不休,有时候一星期两次,因为他说我需要更频繁的关注。我想问他为什么,但是我开始明白他的方法就是让我自己找出问题所在。如果情况真是那样,我问自己:我为什么要付他钱?为什么我不能坐在中央公园,看着树和松鼠,让我的麻烦浮出水面?或者,为什么我不能坐在小酒馆,喝着啤酒,审视内心,扪心自问?那会节省几百美元。我想把这想法提出来,说:医生,我有什么毛病?为什么我会在这儿?我付给你那么多钱(即使你给我打了穷教师折扣),我想要份诊断书。如果你说出我得了什么病,我会查字典,找出治愈的方法。我不能一个星期接一个星期地到这儿来,对自己的生活乱说一通,却不知道我是在犯病初期、中期还是晚期。

我绝不可能这样同那个人说话，我没有接受过那样的教养。那不礼貌，他会生气。我希望自己看上去气色不错，不想让他为我难过。当然，他会看到我多么通情达理，多么精神正常，尽管我的婚姻有问题，生活没有目标。

他在笔记本上涂写。他从未向我展示过笔记本，但是我知道和我在一起他很开心。我对他讲述我在爱尔兰和在课堂上的事，尽量表现得精力充沛、幽默风趣，让他相信一切都很好。我不想用任何方式让他不高兴。但是，如果一切都很好，我在那儿又是干什么呢？我想让他有所反应——一个小小的微笑、一个小小的词语，以表示他对我努力的赞赏。但什么也没有。他赢了。他掌控着一天的进程。

然后，他把我吓了一跳。他说：啊哈！他把笔记本放到膝盖上，凝视着我。我不敢说话。我说什么了，导致他发出这声"啊哈"？

我认为你挖到宝了，他说。

哦，又一个挖到了宝的时刻。时装产业高级中学的主任曾经因为我讲解句子成分那节课而恭维我挖到了宝。

在那声"啊哈"之前，我说的话是：我与人交往时很腼腆，我那些高中学生除外。在人群中，我几乎不说话，除非喝了点酒。我不像我的妻子或兄弟，他们可以走到人们面前，加入欢快的谈话。那就是宝。

在那声"啊哈"之后，他说：嗯，你可能会从参与集体活动中获益。如果你和其他人相互影响，这可能是前进的一步。我们这儿有一个小团体，你会是第六号。

我不想成为第六号。我不知道相互影响是什么意思，不管它是什么，我不想这么做。我怎么才能告诉他我的感受，对他说这是浪费时间、浪费金钱呢？无论哪种情形，我都得有礼貌。在这张椅子上胡说了六个星期后，我觉得比以前更糟。什么时候我才能用艾伯塔、马拉奇那种轻松的方式走到人们跟前聊天呢？

我妻子说即使这个主意意味着我们每星期要花更多的钱，那也是个好主意。她说我缺乏某些社会技能，有点棱角粗糙，集体活动可能会带来重大突破。

这席话导致了一场持续几个小时的争吵。居然说我棱角粗糙，像一些刚下船、粗皮鞋上沾着泥巴的爱尔兰人！她是谁呀？我告诉她我不会和一帮纽约疯子待上几个小时，嘀嘀咕咕说他们的妻子并炫耀个人秘密。在哈欠连天的神甫面前小声说出自己的罪恶，我就这样度过了少年时代。因为担心冒犯可怜的耶稣基督，他已经因为我的罪恶而在十字架上受难，我发誓再也不犯罪了。这一切已经够糟糕了。可现在，她和那个精神病医生却要我再次泄露秘密。不！

她说她已经听腻了我讲自己悲惨的小天主教徒的童年生活。我没有责怪她，我也厌倦了自己悲惨的童年。它跟着我穿过大西洋，不停地向我唠叨，以便让众人知道。艾伯塔说如果不继续治疗，我就会陷入很深的麻烦。

治疗？你什么意思？

就是你正在接受的东西。如果你不坚持治疗，这场婚姻就结束了。

那很诱人。如果我再次单身，就可以随心所欲地在曼哈顿闲逛。我本可以说：好吧，婚姻结束了。但我还是让这机会溜掉了。即使我自由了，又有哪个头脑正常的女人会要我这个四处闲逛、棱角粗糙、对东第九十六街上一个像吉夫斯的人喋喋不休地讲述自己经历的老师呢？我想到了一句爱尔兰格言——"争吵好过孤独"，于是决定待在原地不动。

在那个团体中，他们谈论一些令人震惊的事。有的谈话是关于和父亲、母亲、兄弟、姐妹、来访的叔叔、一个拉比的妻子、一条爱尔兰蹲伏猎狗的性行为，和一罐鸡肝的性行为，和一个来修冰箱却因衣服掉在厨房地上而待了几天的男人的性行为。这些都是你只能向神甫坦白的事，但是这个团体的成员并不介意将他们的秘密讲给全世界。我对性行为有点了解。我读过《爱经》、《查泰莱夫人的情人》和萨德的《所多玛的120天》，但是我认为它们都只是书本，而且都是作者的想象。D.H.劳伦斯和萨德本人如果身处这个团体，也会大吃一惊。

我们围成半圆形坐下，亨利面对我们。他在笔记本上涂写，偶尔会点点头。有一天，一个男人讲到参加弥撒并将圣饼带回家以便用它手淫。在他讲完后，周围一片安静。他说那是他切断所有与罗马天主教会联系的方法，而他的所作所为是那么富有刺激性，以至于他经常只为了好玩就重复那个小动作。他知道在犯下如此恶劣行为之后，这个世界上不会有神甫愿意赦免他的罪孽。

这是我第四次参加这个团体的活动。之前，我一言不发，但听完这个男人的故事后，我想起身离开。我已经不再是天主教徒，但我绝不会想到用圣饼来获得性享受。为什么那个男人不脱离教会去忙他自己的事呢？

亨利知道我在想些什么。他停下笔，问我是否有什么话要对那个男人说。我觉得脸上火辣辣的。我摇摇头。一个红发女子说：哦，来吧！你到这儿已经四次了，可一句话都没说过。为什么我们就应该暴露自己，而你就可以每天沾沾自喜、一言不发地离开这里，然后在酒吧里将我们的秘密告诉你的朋友呢？

那个讲述圣餐故事的男子说：是啊，朋友，我在这儿将自己的事全盘托出。我们也想听听你的故事。你的计划是什么？你打算光这么坐着，让我们来做工作吗？

亨利问我左边那个年轻女子艾尔玛，她对我有什么看法。当她替我推拿肩膀并说她感受到了力量时，我吃了一惊。她说她愿意成为我班上的一名学生，还说我一定是个好老师。

你听到了吗，弗兰克？亨利说，力量。

我知道他们正等着我说些什么，我觉得自己应该作点贡献。我曾经在德国和一个妓女睡过觉，我说。

噢，很好，红发女子说，给他点奖励。他尝试了。

了不起呀，圣餐男子说。

给我们讲讲，艾尔玛说。

我跟她上床了。

接着呢？红发女子说。

就这些。我和她上了床，付给她四马克。

亨利救了我。时间到，下星期见。

我再没回去。我想他可能会打电话问我为什么退出，但艾伯塔说他们不会那么做。你得自己作出决定。如果你不回去，那意味着你病得比以前厉害。她说治疗专家只能做这么多。如果我想拿自己的心理健康碰运气，那么"你就有血光之灾"。

什么？

这是《圣经》里的一句话。

我正离开圣三一学院英语系主任沃尔顿教授的办公室。他确实对我的读博申请说"好"，也确实对我的博士论文题目"一八八九年至一九一一年的爱尔兰—美国文学关系"说"好"。为什么要起止日期呢？一八八九年，威廉·巴特勒·叶芝出版了他的第一本诗集，而在一九一一年的费城，都柏林阿贝剧院的演员们在演出《西部牛仔》后被人投掷了各种东西。沃尔顿教授说：有意思。他说我的博士论文指导老师将会是布伦丹·肯内利教授，一个来自凯里郡、不错的年轻诗人兼学者。我现在已经正式成为一名圣三一人，出没于大理石砌成的教学大楼里，我感觉很兴奋。我学着像一个已经习惯于走出学校前门的人那样走出那扇大门。我走得非常慢，以便美国游客能注意到我。回到明尼阿波利斯后，他们会告诉家人他们如何发现了一名温文有礼、真正的圣三一人。

当你被圣三一学院录取为博士生时，你不妨沿着格拉夫顿街走到很久以前你和比利咖啡馆的玛丽一起坐过的麦克戴德酒吧，以此来庆祝一番。坐在吧台旁的一个男子说：从美国来，我猜？他怎么知道？衣服。你总是可以通过衣服来认出美国佬，他说。我觉得他很友善，便对他讲圣三一学院的事，梦想成真的事。他变得面带敌意。上帝！你到都柏林上那个该死的学校的那一天，是个该死的、让人伤心的日子。他们在美国就没有许多那样的学校吗？或者这就是他们摆脱你的方法？你是个新教徒还是别的什么？

他在开玩笑吗？我得习惯都柏林人的说话方式。

我突然意识到我是个外地人、外国人、返乡的美国佬，但首要的是，我是一个利默里克人。我以为自己会以一个胜利英雄、有着学士和硕士学位的返乡美国佬、在纽约各个高中挺了将近十年的人这样一种形象回来。我错误地认为自己会适应都柏林小酒馆的温暖生活。我以为自己会步入一个如此显赫、风趣而富有文学性的圈子，以至于在它边缘徘徊的美国学者会将我的每一句妙语传回国内，而我会应邀到瓦萨大学和萨拉·劳伦斯大学，给那些富有魅力的女生发表有关爱尔兰文学的演讲。

绝不会那样。如果有那么个圈子，我也绝不会成为其中的一分子。我只在边缘徘徊。

我在都柏林待了两年。我的第一个公寓位于艾尔斯伯里路外的海景街。安东尼·特罗洛普作为邮政督察员骑马走遍爱尔兰并每天早上写三百个字时，曾在那儿住过，我的女房东说他的幽灵如今仍然在那里游走，她还相信他的一部重要小说的手稿就埋在那所老房子的墙里。我知道特罗洛普先生的幽灵还住在那里，因为当他在半夜巡视时，油脂会突然在我的煎鸡蛋和熏肉片的四周凝结。我勘查公寓，寻找那份手稿，直到邻居们抱怨我一天到晚不停地敲墙。我在都柏林挣扎，怀着最美好的意向开始每一天的生活。我早上在比利咖啡馆喝咖啡，在国家图书馆或者圣三一学院图书馆苦读。中午，我告诉自己我饿了，然后信步走出图书馆，到附近的小酒馆（尼亚里酒馆、麦克戴德酒吧或贝利酒馆）吃个三明治。三明治需要就着一杯啤酒吞下去，正如年轻人所言：鸟儿从不用一只翅膀飞行。再来一杯啤酒可能就会打开我的话匣子，帮我和其他的顾客聊天。很快，我就让自己相信我过得很快活。小酒馆因为午后圣时而关门时，我就再到比利咖啡馆喝咖啡。那就是拖延时间。几个星期过去了，我对爱尔兰—美国文学关系的研究毫无进展。我对自己说，我是个对美国文学一无所知、对爱尔

161

兰文学有点粗浅认识的笨蛋。我需要背景知识，而那意味着我得了解这两个国家的历史。阅读爱尔兰历史时，我在索引卡上填上任何提及美国的信息；阅读美国历史时，我在索引卡上填上任何提及爱尔兰的信息。

光读历史书还不够。现在，我得阅读重要作家的作品，以发现他们如何影响大西洋彼岸的对手，或者如何受到大西洋彼岸的对手的影响。当然，叶芝有美国关系和影响；当然，圣三一学院的埃德蒙·道登属于首批支持沃尔特·惠特曼的欧洲人。但我和这一切有什么关系？我要说什么？在我经历所有的困难后，会有人来听吗？

我还有其他发现。我走上了一条远离美国超验主义和爱尔兰文学复兴的道路，这儿有关于爱尔兰人在修建伊利运河、联合太平洋铁路时，以及在美国内战中劈山挖土、战斗歌唱的报道。爱尔兰人经常与自己的兄弟和表兄弟立场对立，彼此争斗。不论哪儿发生战争，交战双方似乎都有爱尔兰人。即使在爱尔兰，情况也是如此。在利默里克上学时，我们不断听到那个关于爱尔兰人在撒克逊人统治之下遭受苦难的令人伤心的漫长故事，但是几乎没有听到有关爱尔兰人在美国修路、战斗和歌唱的事。现在，我阅读关于美国的爱尔兰音乐、美国政界的爱尔兰实权人物和天才、"战斗六十九"的英勇事迹，以及为约翰·肯尼迪打开椭圆形办公室大门的爱尔兰民众的书籍。我阅读关于卑鄙的美国佬如何在新英格兰全境歧视爱尔兰人，以及爱尔兰人如何还击并成为市长、州长和党魁的故事。

我用单独的一摞索引卡记录爱尔兰人在美国的故事。这摞卡片越积越多，高度超过了关于文学关系的那摞。这足以让我在午饭时间远离小酒馆，足以让我无法从事本应从事的关于爱尔兰—美国文学关系的研究。

我能改换博士论文题目吗？圣三一学院会允许我描述爱尔兰人在美国某些方面，例如政治、音乐、军事和娱乐领域的表现吗？

沃尔顿教授说在英语系，那不可能。我似乎偏离原来的方向而倾向了历史，那需要得到历史系的批准，而他对获得批准的可能性持怀疑态度，因为我没有历史方面的教育背景。我在圣三一学院已经待了一年，只剩下一年时间让我完成关于爱尔兰—美国文学关系的博士论文。教授说一个人必须牢牢地掌握住自己的方向。

我怎么能告诉在纽约的妻子,我浪费了一年时间来探究爱尔兰—美国历史上的沟渠和铁路路基呢?我本应在这段时间里扩充文学知识。

我继续待在都柏林,做一些让论文成形的无用功。如果我到小酒馆吃午饭,用一杯啤酒让自己头脑清醒,那一定会有一种洞察力和灵光一现,一定会。我的钱都花在了酒吧。啤酒回来了,除此之外,什么也没有。

我坐在圣斯蒂芬公园的长椅上偷看都柏林的办公室女郎。她们会和我一起私奔到科尼岛、法罗克卫和长岛东端的汉普顿地区吗?

我看着池塘里的鸭子,心里很羡慕。它们在世上要做的就是嘎嘎叫着,在水里游泳,以及张开嘴巴吃东西。它们不用担心那要我命的博士论文。我如何陷入了这场困境?我为什么要陷入这场困境?上帝!我本可以感激自己的命运,在纽约每天上五个班的课,回家,喝杯啤酒,看场电影,读本书,对着妻子柔情细语,然后上床睡觉。

噢,但是不能这样。来自利默里克小巷的骄傲的小弗兰克要努力超越自己的地位,在社会阶梯上攀爬,和更高阶层的人们、圣三一学院的上流人士交往。

弗兰克,这就是你那微不足道的远大理想的下场。为什么你不跑到街上给自己买一条圣三一学院的围巾?看看那是否会振奋你的精神,帮助你撰写那部关于一八八九年至一九一一年的爱尔兰—美国文学关系的伟大的原创作品。

有一个叫"让自己振作起来"的活动。我试了一下,但是有什么需要振作的呢?

在都柏林的第二年慢慢溜走。我在那儿找不到一个合适的位置。我没有那种个性或者自信去挤进一个团体,成为年轻人的一员,买一整块三明治,说一些你在爱尔兰小酒馆里应该听到的风趣幽默的话。

我坐在图书馆里,给我那堆小山似的索引卡添加材料,喝酒让我的头脑更加糊涂。我沿着这座城市长时间地散步，从这条街上，从那条街下。我遇到了一个女人，一个新教徒。我们上了床。她爱上了我，而我不知道为什么。

我在都柏林的街道上游荡，寻找那扇门。我认为任何一座城市都有一个让外地人和旅行者进入的门。在纽约，对我来说，那就是学校、酒吧和友谊。但现在对我来说，都柏林没有门。最后，我不得不承认我想纽约了，就是这个让我浑身不舒服。起初，我抵制这种情绪。走开！别烦我！我爱都柏林。看看这历史，每一条街道都充满过去的痕迹。小时候在利默里克，我就梦想着都柏林。是的，但是，是的，但是是的，正如帕·基廷姨父所言：你都快四十了，所以，要么干完，要么就让别人去试。

在我离开圣三一学院之前，沃尔顿教授看了看我的索引卡，说：天哪，天哪！

一九七一年一月，我，一个不及格的博士生，回到了纽约。艾伯塔怀孕了。一年前的夏天，我们在楠塔基特岛过了两星期，她就是在那时怀上的。我告诉她我可以在纽约第四十二街图书馆继续我的研究。她对我那包索引卡印象深刻，想知道它们有什么用。

每个星期六，我都坐在第四十二街图书馆的南阅览室里。我本应坐在文学区的北阅览室，但是我在南阅览室发现了《圣徒的人生》系列丛书。它们是那么吸引人，以至于我无法置之不理。后来，我偶然读到关于修建横贯大陆的铁路的报道：爱尔兰人和华人如何从不同方向开工并最后修完铁路；爱尔兰人如何酗酒、如何损害健康，而华人如何吸鸦片、如何休息；爱尔兰人如何不在意吃什么，而华人如何用认识和喜爱的食物养活自己；华人如何工作时不唱歌，而爱尔兰人如何因歌唱给他们带来的好处而不停地唱歌。可怜而疯狂的爱尔兰人。

艾伯塔休了产假，我回到苏厄德代她上课。但是在我开始苏厄德公园高中的工作一个月后，校长死于心脏病。后来，我在电梯里遇到了新校长，那个将我从时装产业高级中学解雇的部门主任。我说：你在跟踪我？他双唇紧闭，我知道我的日子又不多了。

几个星期后，我的苏厄德之旅走到了尽头。当着其他老师的面，校长问：迈考特先生，你已经是一个父亲了吗？

不，还不是。

嗯，你想要男孩还是女孩？

噢，这对我都一样。

嗯，他说，只要不是看上去没有性别特征的人就好。

嗯，如果是那样，我就培养它长大当个校长。

很快，一封校长助理（代理）米切尔·舒里奇签字、宣布我被"解雇"了的信毫无悬念地到来。

我，一个做任何事都失败的人，寻找自己在世上的位置。我成了一名流动代课老师，在各所学校间漂流。高级中学叫我按日去代替生病的老师。当有些学校的老师得长期参加陪审团工作时，这些学校就需要我。我被指定教英语课或者其他任何需要老师的课程：生物、艺术、物理、数学。像我这样的代课老师漂浮在现实边缘的某个角落。我每天都被问到：你今天是谁？

卡茨夫人。

哦。

那就是你：卡茨夫人或戈登先生或纽曼夫人。你从来都不是你自己。你总是那个"哦"。

在教室里，我没有权威。校长助理有时候告诉我要教些什么，但学生一点都不专心，而我无所事事。那些来上课的人不理我。他们聊天，要出入证，趴在桌子上休息、打瞌睡，叠纸飞机玩，学习别的课程。

我学会了如何不让他们来上课。如果想让教室空无一人，你要做的就是站在教室门口皱眉。他们会因此断定你很凶，然后就会跑掉。只有华人来上课，他们一定受到了父母的警告。他们坐在后面学习，抵制住我让他们也消失的微妙暗示。看到我坐在一间几乎空无一人的教室的讲台旁看报纸或者读书，校长和他的助手们会不高兴。他们说我应该教课，雇我就是为了教课。我会很开心地教课，我说，但这是节物理课，我的执照是教英语。他们知道这是个愚蠢的问题，但是他们是督导员，因此不得不问：孩子们哪儿去了？每个学校的每一个人都知道这条规则：当你看见代课老师时，跑啊，宝贝，快跑！

第三篇
在二〇五教室复活

12

　　我从都柏林回来一年后，我们的老朋友艾琳·达尔伯格把我介绍给罗杰·古德曼，斯特伊弗桑特高中英语部主任。他问我是否对在乔·柯伦先生养病的一两个月期间接替他的班级感兴趣。斯特伊弗桑特据说是这座城市的顶级高中，高中里的哈佛，众多诺贝尔奖获得者的母校，詹姆斯·卡格尼的母校。孩子们一旦被这所学校录取，全国最好的大学就会向他们敞开大门。每年有三万名学生参加斯特伊弗桑特的入学考试，而学校只录取前七百名。

　　现在，我在一所自己绝不可能成为七百人之一的学校教课。

　　几个月后乔·柯伦归来，但罗杰·古德曼给了我一个永久职位。他说孩子们喜欢我，说我是位充满活力、可爱的老师，我的加入对英语部很重要。这些赞扬让我很尴尬，但是我说：好的，谢谢你。我向自己保证我只待两年。这座城市所有的老师都争着到斯特伊弗桑特高中工作，我却想离开教学岗位。在学校上完一天课后，你带着满脑子青春期孩子的噪音、他们的担忧和他们的梦想离开学校。这些东西会跟着你吃饭，跟着你看电影，跟着你洗澡，跟着你睡觉。

　　你努力将它们驱赶出去。走开！走开！我要看书，改作业。那是厄运临头的预兆。走开!

我想做一些属于成年人的事,一些有重要意义的事,比如:参加会议,对秘书发号施令,和富有魅力的人一起坐在红木大会议桌旁,坐飞机出席大会,在时髦酒吧里放松休息,和性感女人一起悄悄上床,在上床前和上床后用风趣幽默的枕边风逗她们开心,乘车到康涅狄格。

一九七一年我的女儿出生了,我的幻想在她甜蜜的现实面前渐渐消退。我开始觉得自己在这世上很舒适自在。每天早上,我喂玛吉喝奶,给她换尿布,在厨房水池里用温暖的肥皂水沾沾她的小屁股,抵制晨报(因为看报会消耗时间),在高峰期和上班族一起站在从布鲁克林开往曼哈顿的地铁上,沿着第十五街走到斯特伊弗桑特,从等待开门的学生中间挤到学校前门,推门进去,对门卫说声"早上好",在计时钟前打卡上班,从信箱里拿出一摞作业,和打卡上班的老师说声"早上好",打开空荡荡的教室(二〇五教室),用长杆推开窗户,坐下并俯视空空的课桌,在第一个班的学生进来之前放松几分钟,想着那天早上在厨房水池里咯咯笑的女儿,看着灰尘在透进教室的那缕阳光中跳舞,从抽屉里拿出考勤本摊在讲台上,擦掉黑板上昨晚成人夜校法语课的语法笔记,打开教室的门,对着一拥而入的第一个班的学生说"嗨"。

罗杰·古德曼说教图解法很重要,他喜爱图解法的结构和欧几里得式的美感。我说:噢!因为我对图解法一窍不通。在学校旁边街角的加斯·豪斯酒吧餐厅里吃午饭时,他告诉我这些事。

罗杰是个秃顶的小个子,秃头在那黑中带灰的浓眉衬托下更加显眼。他留着短胡须,这给了他一种顽皮的神情。

他和老师们一起吃午饭,这使得他有别于其他校长助理,他们让我想起《卡伯特们和洛奇们》这首歌。

  在波士顿这个大豆和鳕鱼的故乡,
  卡伯特们只和洛奇们说话,

而洛奇们只和上帝说话。

有些下午，罗杰来到加斯·豪斯酒吧和我们一起喝酒。他不装模作样，总是很开心，总是鼓励人，是一个容易相处的上司。他不摆架子，不假装聪明，还嘲弄官样文章。我认为他不会在不咯咯笑的情况下说"制订教学战略"。

他信任我，似乎认为我可以教高中四个年级中任何一个年级的课：九年级、十年级、十一年级和十二年级。他甚至问我喜欢教什么课，还把我带到按年级摆放书籍的屋子。这些书被摆在顶到二十英尺高天花板的架子上，并被堆在推车上以便运往教室。这一幕让人看了赞叹不已。那儿有英国文学、美国文学和世界文学选集，成堆的《红字》、《麦田里的守望者》、《上了漆的鸟》、《白鲸记》、《阿罗史密斯》、《坟墓的闯入者》、《躺在黑暗中》和X.F.肯尼迪的《诗歌概论》，有字典、诗集、短篇小说、话剧、新闻和语法的教科书。

想要什么就拿什么吧，罗杰说，如果还有什么你喜欢的，我们可以去订购。不着急，今晚好好想想。我们去加斯·豪斯酒吧吃午饭吧。

学校、书和午饭对于罗杰来说是一件事，一成不变。结束一天的工作，老师们排队打卡回家时，他会动动眉毛，邀请你到街角去喝一杯饯行酒。一个人要走完从学校到位于布鲁克林区另一头的公寓那段遥远的路程，需要营养。有时候，他会开车送我回家。在喝了三杯马提尼酒的日子里，那些驾车旅行总是又慢又谨慎。坐在垫高了他矮小身躯的座椅上，他抓着方向盘，就像在指挥拖船一样。第二天，他会说他不大记得那趟驾车旅行了。

在我的教学生涯中，这是我第一次在教室里感到自由自在，我可以教任何喜欢的东西。如果外面的人将脑袋贴在门上，那也没关系。在罗杰难得地来听课时，他都会写些热情洋溢、正面积极的报告。他打破了我对任何地位高我一两级的人的抵触情绪。我对他讲我在班里的所作作为，得到的都是鼓励。有时，他会信口插进一两句关于有必要教教图解法的话，而保证会试一下。但过了一段时间，那成了句玩笑。

我试了，但失败了。我在黑板上画了各种线条：垂直的、水平的、斜的，然后站在那儿茫然不知所措，直到一个华人学生主动接替老师的工作，教老师老师应该知道的东西。

学生们都很耐心，但是我可以从他们交换眼神、来回传递笔记的动作中知道自己身处语法的荒野。在斯特伊弗桑特，他们得了解西班牙语、法语、德语、希伯来语、意大利语和拉丁语的语法。

罗杰很理解。他说：也许图解法不是你的强项。他说有些人就是没有这本事。艾琳·达尔伯格有。乔·柯伦当然也有，毕竟，他是波士顿拉丁语学校的毕业生。这所学校比斯特伊弗桑特早两个半世纪成立，而且据他说，声望更高。对他来说，在斯特伊弗桑特教书是降了一级。他可以用图解法教授希腊语和拉丁语，或许还有法语和德语，那是你在波士顿拉丁语学校接受的训练。杰西·洛温塔尔也有这本事，他当然会有。他是部里最年长的老师，穿着优雅的三件套西服，金表链缠绕在马甲前，戴着金边眼镜，一副欧洲派头，学识渊博。杰西不想退休，但是计划在退休后将时间花在研究希腊语上，还打算嘴里念着荷马走向来生。知道自己的部门里有一个由众多精通图解法的老师（在重要时刻，可以依赖他们来教授图解法）组成的牢固核心，这让罗杰很开心。

罗杰说乔·柯伦有这么个酗酒的毛病，真是让人伤心。要不然，他就可以回忆荷马的长途吟游，以此来逗杰西开心。如果杰西想取胜，他就用维吉尔、贺拉斯，以及乔在极度愤怒时才喜欢的尤维纳利斯来还击。

在教师自助餐厅，乔对我说：读读尤维纳利斯吧，你就会明白这个悲惨而该死的国家里发生了什么。

罗杰说关于杰西，有件伤心事。在人生的暮年，他知道自己还有几年书可教。对于一天五个班的工作量，他已经力不从心。他要求将工作量减到四个班，但是校长说"不"，教育局长说"不"，各级教育系统都说"不"，所以杰西说"再见"。嗨，荷马。嗨，伊萨卡。嗨，特洛伊。这就是杰西。

我们就要失去一个伟大的老师。好家伙！他会图解法！他讲解句子和用粉笔的样子会让你震惊，美极了。

如果你让斯特伊弗桑特高中的孩子们写一篇三百五十字、题材不限的文章，他们会交来五百字。他们有话要倾诉。

如果你让五个班的学生每人写三百五十字，那么在夜晚和周末，你就会有三百五十乘以一百七十五，也就是六万一千二百五十个字要读、要改、要评、要打分。如果你很明智，每星期只给他们布置一篇作文，结果就是这样。你得改正拼写和语法错误，修改糟糕的结构和过渡，还有凌乱的构思。你得就内容提出建议，写个总评解释一下分数。你提醒过他们，沾有番茄酱、蛋黄酱、咖啡、可乐、泪水、油渍和头皮屑的作业不会额外给分。你强烈建议他们，在桌子上而不是在地铁、公交车、电梯上或者在街角的乔氏原味比萨店里写作业。

即便每份作业你只用五分钟，也要花十四小时三十五分钟在这些作业上。工作量超过两个教学日，周末也就报销了。

你对布置书评很犹豫。它们更长，而且许多是抄袭的。

每天，我都用一个棕色的假皮革袋子拎着书和作业回家。我的意图就是坐在舒适的椅子上看作业，但是在和五个班一百七十五个少年度过一天之后，我不想用他们的作业来延长这一天。它可以等等，该死的。我应该喝杯酒或者茶，我可以在晚些时候改作业。是的，喝杯好茶再看作业，或者在附近散散步，或者和小女儿玩几分钟，听她讲学校的事、她和朋友克莱尔一起做的事。我还应该浏览一下报纸，以便跟上时代。英语老师应该知道世上正在发生什么，你永远不会知道什么时候你的学生会提及对外政策或者百老汇戏剧，你不想陷入站在教室前面、嘴巴在动却什么也没说出来的困境。

这就是高中英语老师的生活。

那个袋子坐在厨房一角的地上,没有离开我的视线和头脑,就像一个动物,一条等待主人注意的狗。它的目光追随着我。我不想把它藏进壁橱,因为害怕可能会彻底忘记还有作业要看、要改。

想在晚饭前看作业没有意义。我会等到晚些时候,等到帮着洗完碗、把女儿抱上床后才开始工作。拿那个袋子吧,哥们儿。坐在可以舒展四肢的长沙发上,留声机上放点音乐,或者打开收音机。没有让人分心的东西。来些听觉享受,听着音乐改作业,在长沙发上安顿下来。

在把第一份作业《我的继父,那个古怪的人》摊在膝盖上改之前,让头脑休息一分钟。更多的十来岁孩子的忧虑。闭会儿眼睛。啊……漂吧,老师,漂吧……你在漂浮。一声轻微的鼾声惊醒了你,作业掉到了地上。继续工作。浏览一下作业,写得不错,观点集中,条理清楚,但是让人难以接受,啊,这个女孩关于继父的一些话。他对她有点太亲近了。在她母亲加班时请她看电影、吃晚饭,还有,他看她的眼神。母亲说,哦,那不错啊,但是她的眼睛里有些什么东西,然后就沉默不语。作者不知道她该怎么办。她是在问我这个老师吗?我应该做些什么?我要有所反应,帮助她摆脱两难境地吗?如果有两难境地的话。应插手不该自己管的家庭事务吗?她可能是在编故事。如果我说些什么,而这些话又传到继父或母亲那儿,会发生什么?我可以客观地阅读并评价这篇文章,就清晰的主题和详尽的阐述向作者表示祝贺。这就是我的工作,对不对?我不应该卷入每一个细小的家庭争吵,特别是在斯特伊弗桑特高中这个他们喜欢"袖手旁观"的地方。老师们告诉我,有一半孩子在接受治疗,另外一半应该加入治疗。我不是社会工作者,也不是治疗专家。这是一声求救,还是又一个少年的幻想?不,不,这些班有太多问题。其他学校的孩子从来不这样,他们不会把班级变成治疗团。斯特伊弗桑特就不同。我可以将这篇文章交给辅导员。嗨,山姆,你来处理这个。如果我不这么做,但后来发生了继父伤害女孩的事,全世界就都知道是我忽略了,学校系统的重要人物(校长助理、校长、教育局长)就会把我叫到他们的办公室。他们想得到解释,你这个经验丰富的老师怎么会让这件事发生？我的名字就可能会被醒目地登在通俗小报的第三版上。用红笔写几句评语。给她九十八分。文章写得很棒，但是有些拼写错误。祝贺她写了这么一篇诚实而成熟的文章，告诉她：贾妮丝，你前途远大。我希望在接下来的几个星期里能看到更多你的作品。

我想消除一些他们在老师的私生活方面的认识。我告诉他们：从你们的脑子里选出一个老师，不要告诉任何人这个老师的名字，也不要写下来。现在，猜测一下，当那个老师每天离开学校，他或她会做什么？会去哪里？

你们知道，老师们在放学后直接回家，拎着一个袋子，装满需要阅读和批改的作业。也许会和配偶喝杯茶。哦，不，老师绝不会喝酒，那不是老师的生活方式。他们不出去，也许会在周末看场电影。他们吃晚饭，他们抱孩子上床。在安顿下来准备花整个晚上阅读那些作业之前，他们会看看新闻。十一点，再喝一杯茶或一杯热牛奶以帮助睡眠。然后，他们会穿上睡衣，亲吻一下配偶，倒头睡去。

老师的睡衣总是棉的，穿着丝织睡衣的老师会做什么呢？不，他们从不光着身子睡觉。如果你暗示裸体，学生们会很震惊。喂，你能想象这所学校的一些老师光着身子吗？那会招来一阵哄堂大笑，而我不知道他们是否坐在那儿想象我光着身子的样子。

老师睡觉前想的最后一件事是什么？

在所有老师穿着温暖舒适的棉睡衣入睡之前，他们只会想着明天他们要教什么。老师们出色、正确、专业、负责。他们从来不在床上交叉双腿。在衣服扣子下，老师一动不动。

一九七四年，在斯特伊弗桑特高中任教的第三年，我应邀成为创造性写作课程的新老师。罗杰·古德曼说：你没问题。

我对写作或者教写作一窍不通。罗杰说别担心，这个国家有上百个教写作的老师和教授，他们中大多数从来没有发表过一个字。

而看看你，比尔·英斯——罗杰的继任者说，你有几篇文章在这儿那儿发表。我对他说：几篇发表在《村声》、《新闻日报》，以及都柏林一本已经停刊的杂志上的文章，并没有使我有资格担任教写作的工作。很快，我一点都不懂写作教学将成为大家的共识。但是我记得我母亲的一句话：上帝帮助我们，可是有时候你不得不做一些冒险的事。

我无法让自己认同我在教创造性写作或诗歌或文学，因为我本人一直在学习。相反，我说我上一门课，或者管理一个班级。

和往常一样，我每天教五个班：三个班的"常规"英语和两个班的创造性写作。我有一个可容纳三十七个学生的年级教室，需要承担办事员的工作。每个学期我都会得到不同的楼层管理任务：巡视楼道和楼梯井，检查男生厕所里是否有人抽烟，代替缺课的老师，小心提防毒品交易，监管学校大厅以确保每一个出入者都有正式通行证。三千个聪明的少年聚集在一个屋檐下，你再小心都不过分。他们总要惹点事，那是他们的工作。

当我宣布我们要阅读《双城记》时，他们发出阵阵呻吟。为什么他们不能读诸如《指环王》、《沙丘》之类的幻想小说？为什么不能……

够了。我对他们大声讲述法国大革命，讲述受尽暴政和贫穷折磨的人们的绝望。我是那个理解饱受蹂躏的法国人、带着义愤过得很开心的人。冲向路障，我的孩子。

他们看看我，那表情分明在说：又来了，又一个胡说八道的老师。

你们不关心那个，我嘲笑道。即使是现在，还有几十亿人不能每天早上从温暖的白色床单上起来，到温暖的白色浴室里放松自己，还有几十亿人不知道冷热自来水、香皂、洗发香波、护发素和绒毛像脑袋一样厚的奢华大毛巾。

他们的表情在说：啊，让这个人说吧。老师那样时，你无法取胜。对此，你无能为力。你要是顶嘴，他会拿出那支旧红笔，做一个可以降低你分数的小红记号。然后，你爸爸就会说：这是什么？你就得说老师胡说一些关于穷人之类的事。你爸爸不相信你说的话,你会被罚站一百万年。所以,最好闭上你的嘴巴。对付家长和老师,闭上嘴巴就会平安无事。就听他讲吧。

今天,你们要回到你们那个舒适的公寓和家里,走向冰箱,打开门开始检查,可是发现没有什么让你们高兴的东西。你们问妈妈是不是可以叫比萨外卖,即便一小时后你们就要吃晚饭了。她说:当然可以,宝贝,因为你们每天上学,忍受那些要你们读狄更斯作品的老师,日子过得很艰苦。为什么你们就不该得点小奖励呢?

即使在我大声讲课的过程中,我知道他们认为我一定又是个耍两面派、让人极为讨厌的家伙。他们知道我作为煽动家老师很享受吗?如果他们出身中产阶级、生活舒适,那不能怪他们。我不是在继续爱尔兰人好忌妒的旧传统吧?那么,打住吧,迈克。

在教室前排,就在我的眼皮底下,西尔维亚举起了手。她是个黑人,身材娇小,时髦漂亮。

迈考特先生。

嗯。

迈考特先生。

什么?

你情绪失控了,迈考特先生。冷静,放松。那种老式的爱尔兰人的大笑哪儿去了?

我刚要厉声说,引发革命的爱尔兰穷人的苦难并不让人喜气洋洋,可是全班同学的笑声和对西尔维亚的鼓掌欢呼声淹没了我。

耶!西尔维亚。加油,女孩!

她笑着抬头看我。啊,那双棕色的大眼睛。我觉得自己很虚弱、很愚蠢。我滑落到椅子上,听任他们在剩下的时间里讲些如何弥补过失的笑话。他们可以和查尔斯·狄更斯相提并论。他们会从不吃下午的比萨开始。他们会把节省下的钱寄给法国大革命中穷人的后代,或者送给第一大道上无家可归的人，特别是那个给他少于五美元就会觉得受到了侮辱的人。

下课以后，本·陈在教室里徘徊。迈考特先生，我能和你谈谈吗？

他明白我讲的关于贫穷的事。这个班上的孩子什么都不懂，但是，那不是他们的错。我不应该生气。四年前来到这个国家时，他只有十二岁，也不懂英语。但他努力学习，学到了足够的英语和数学知识，还通过了斯特伊弗桑特高中的入学考试。他很高兴能到这儿学习，他的家人都为他而骄傲，远在中国的家人也以他为荣。他和一万四千个孩子竞争上这所学校的机会。他父亲在唐人街的一家中餐馆每星期工作六天，每天工作十二小时。他母亲在市中心的一家血汗工厂工作。每天晚上，她为全家人（五个孩子、丈夫和她自己）准备晚饭，然后帮助他们准备好第二天要穿的衣服。每个月，她都要让小一点的孩子试穿大孩子的衣服，看看是否合身。她说如果孩子们都长大了，这些衣服都不合身了，她会把它们留着给另一些从中国来的家庭，或者寄回中国的贫穷人家。美国人绝不会理解中国人在收到从美国寄回的东西时的兴奋心情。他的母亲确保孩子能坐在厨房餐桌旁写作业。他绝不会用诸如"妈妈"或"爸爸"这些不合情理的话称呼他的父母，那很不礼貌。他的父母每天学习英语单词，以便他们可以和老师交谈，跟上孩子的步调。本说他的家人彼此尊重，从来不嘲笑谈论法国穷人的老师，因为那讲的可能就是中国，或者甚至就是纽约的唐人街。

我对他说他们家的故事很感人，让人印象深刻。如果他可以把它写出来并对全班朗读，那不就是对他母亲的赞颂吗？

啊，不，他绝不能那么做。绝不。

为什么不？这个班的孩子们一定会学到些东西，学会感激他们所拥有的一切。

他说，不，他绝不能写家里人的事，也不能对任何人讲他们家的事，否则他的父亲和母亲会感到非常羞愧。

本，你对我讲你们家的事，我感到很荣幸。

啊，我只是想告诉你一些我不愿对这个班上其他人讲的事，以免你在这节课后感到很伤心。

谢谢，本。

谢谢你，迈考特先生。不要担心西尔维亚，她真的很喜欢你。

第二天，西尔维亚在课后留了下来。迈考特先生，关于昨天，我不是有意刻薄。

我知道，西尔维亚。你想帮我。

全班同学也不是有意刻薄，他们只是一直听大人和老师冲他们嚷嚷。但是我明白你讲的话。每天我走在布鲁克林街道上时，我都不得不经历各种各样的事。

什么事？

嗯，和这件事一样。我住在贝德福德—斯特伊弗桑特。你知道那里吗？

知道。黑人社区。

所以，我所在的那个街区没有一个人要上大学。哦！

怎么啦？

我说"要"。如果我妈妈听到我说"要"这个词，她会让我写一百遍"打算"，然后再让我说一百遍"打算"。好了，我想说的是，在我回家的路上，外面会有一些孩子嘲笑我。啊，她来了，那个白鬼来了。嘿，医生，你把自己刮干净了吗？你得到那白鬼子的皮肤了吗？他们叫我医生，因为我要，哦，想当个医生。当然，我替可怜的法国穷人感到难过，但是在贝德福德—斯特伊弗桑特，我们有自己的问题。

你想成为哪种医生？

儿科医生或精神病医生。我想先对孩子们施加影响，在街区居民对他们产生影响、对他们说他们将一事无成之前。因为我见过我周围的孩子们害怕让人知道他们是多么聪明，接下来他们就会在空地上和被烧毁的楼房里做些傻事。你知道，在穷社区有好多好多聪明的孩子。

迈考特先生，明天你能对我讲些爱尔兰人的故事吗？

179

对于你，西尔维亚医生，我要背首史诗，它像一块岩石那样永远无法让我忘怀。十四岁那年，我在爱尔兰做一份送电报的工作。一天，我送一份电报到一个叫古德·谢泼德女修道院的地方，一个由编织蕾丝花边和经营洗衣店的嬷嬷及非神职妇女组成的社区。利默里克有一些关于洗衣店的非神职妇女就是勾引男人走向邪路的坏女人的流言。送电报的男孩不允许使用前门，所以我走到一个边门。我送的电报要求回电，所以开门的嬷嬷让我进去。就那么远，不能再远了，然后等着。她把一块正在编织的蕾丝花边放到椅子上。当她消失在楼道尽头时，我仔细地看了看花边的设计图案，那是一个在三叶草上飞翔的蕾丝小天使。我不知道哪儿来的勇气，但是当她回来后，我告诉她：嬷嬷，那条蕾丝花边很漂亮。

不错，孩子。记住这句话：制作这条蕾丝花边的手从来没碰过男人的身体。

嬷嬷怒视着我，好像她恨我。神甫们在星期天总是宣讲仁爱，但是这个嬷嬷也许错过了布道。我告诉自己如果再有古德·谢泼德女修道院的电报要送，我就会把它塞进门缝，然后跑开。

西尔维亚说：那个嬷嬷，她为什么那么刻薄？她有什么问题？碰男人的身体有什么错？耶稣基督也是个男人。她就像詹姆斯·乔伊斯小说里那个要下地狱的刻薄的神甫。你相信那些事吗，迈考特先生？

我不知道自己相信什么，只是，我不是为了当一个天主教徒或爱尔兰人或素食主义者或不管什么，才来到这个世上。这就是我所知道的，西尔维亚。

当我和我的学生讨论《一个青年艺术家的画像》时，我发现他们对七大罪一无所知。满教室充满茫然的表情。我在黑板上写下：骄傲、贪婪、淫邪、愤怒、贪食、忌妒、懒惰。如果你们不知道这些，你们怎么能过得快活呢？

那么，比方说，迈考特先生，这和创造性写作有什么关系？

任何事情都有关系。你们没有必要为了悲惨而成为穷人、天主教徒或爱尔兰人，但是这给了你们写作的素材和喝酒的借口。等等，我收回那句话，删掉关于喝酒的那段。

当我婚姻破裂时，我四十九岁，玛吉八岁。我一个子儿也没有，借朋友们在布鲁克林和曼哈顿的各个公寓过夜。教书迫使我忘掉痛苦。我可以在加斯·豪斯酒吧或狮头酒吧对着啤酒哭泣，但是在教室里，我得继续工作。

有一段时间，我从老师养老基金处借钱租套公寓并配备家具，后来，扬克·克林邀请我住进他在大西洋大道旁的希克斯街上租的公寓。

扬克是个六十多岁的艺术家兼修复专家，来自布朗克斯区，他父亲是那里的一位政治激进的医生。克林医生欢迎任何一位经过纽约的革命者或无政府主义者到他家吃住。扬克参加了第二次世界大战，在墓穴登记处工作。一场战役过后，他在战场上寻找尸体和尸体残片。他告诉我他从来都不想参加战斗，但是这份工作更糟。他经常想申请调到步兵团，在那里你只要射击前进即可，不用拨弄死者的身份识别牌，或翻看他们钱包里妻子和孩子的照片。

扬克依然做噩梦，他对此的最佳治疗或防御方法，就是大口大口灌白兰地。他总是在卧室里放着白兰地，我可以从瓶子里酒的多少来判定噩梦出现的频率。

他在他的房间里绘画。他把画架从床上移到椅子上，每样东西都是另一样东西的组成部分。他醒来时，会躺在床上，抽根烟，研究前一个晚上画过的帆布。他把一大杯咖啡从厨房拿到卧室，在那儿他坐在椅子上，继续看那幅帆布。他会时不时轻点帆布，修改或涂掉什么东西。他从来都没有喝完咖啡，整个公寓里到处都是装着半杯咖啡的咖啡杯。咖啡冷了就会凝结，在杯壁上一半的位置形成一个圆环。

他一遍又一遍地在各种尺寸的帆布上画同一幅景象：一群戴着色彩明亮柔和的头巾、穿着裙摆飞扬的长丝裙的妇女站在沙滩上眺望大海。我问他是有人溺水了还是她们在等什么，他摇摇头。他不知道，他怎么会知道呢？他只是把那些妇女画出来，而不想妨碍她们。这就是他不喜欢某些艺术家和作家的地方。他们妨碍你，对你指出所有的事，好像你自己不能看不能读似的。梵高不在此列。看看梵高的作品，那儿有桥梁、向日葵、房间、脸和鞋子。得出你自己的结论吧，梵高才不会告诉你呢。

他还有另外两个主题：赛马和跳舞的哈西德派教徒。他描绘跑过弯道的赛马。那是马匹身体最流畅的时候，他说。任何人都可以画冲出闸门或冲刺的马，那只是一匹从鼻孔到尾巴都笔直的马。但是，当马匹跑过弯道时，啊！它们倾斜着身体，肌肉紧张，沿着弯道边擦过，调整身体以适应弯道，寻找舒展四肢的位置。

哈西德派教徒很狂野，六个全身黑色打扮的男子——黑色帽子和黑色长外套，头发和胡子迎风飘扬。你几乎可以听到黑管强烈的悲鸣声，以及小提琴啾啾的低音与高音。

扬克说他毫不在乎宗教，不管是犹太教还是其他什么。但是如果你能以自己的方式像他画中的男子那样向上帝跳舞，那么他就能完全理解他们。

在阿奎达克特赛马场，我观察他审视马匹的神情。他似乎是赛马场上唯一对那些他称之为迟缓的赛马、那些没精打采地走在赛场最后的马感兴趣的人。他不理睬那些被牵往获胜者围场的马匹，赢了就是赢了，但是输了让你懂得更多。在我认识扬克之前，我只看到成群的马匹被指定在一个方向，拼命奔跑直到其中一匹获胜。透过他的眼睛，我看到了一个不同的阿奎达克特赛马场。我对艺术或者艺术家的心灵一无所知，但是我知道他会将赛马和骑手的形象带回家。

黄昏时分，他会邀请我到他的街头小屋喝白兰地。在那儿，我们俯瞰大西洋大道，一直看到码头区。卡车沿着大道呼噜呼噜地向前，它们在红灯亮时换挡，发出呼哧呼哧和嘶嘶的声音，而长岛大学医院的救护车没日没夜地尖叫。我们可以看见蒙特罗酒吧不停闪烁的红色霓虹招牌，那里聚满了从货轮和集装箱船上下来的海员,和在布鲁克林大受欢迎的夜女郎。

派拉尔·蒙特罗和她丈夫乔拥有位于大西洋大道的这家酒吧和这栋建筑。酒吧的楼上有一套公寓空着,我可以用每月二百五十美元租下。她能为我提供一张床,一些桌子和椅子。我知道你会很高兴住在那儿,弗兰克。她说她喜欢我,因为有一次我提到我喜欢西班牙风笛胜过喜欢爱尔兰风笛。我不像那些想要打架打架再打架、只想着打架的其他爱尔兰人。

那套公寓面向大西洋大道。窗外,"蒙特罗酒吧"这个霓虹招牌时亮时灭,将前面的屋子从深红色变成黑色再变成深红色,楼下的自动点唱机里传出村民乐队演奏的《基督教青年会》。

我从没告诉班上的学生,我如何生活在布鲁克林区最后一批码头酒吧中的一个,每天晚上如何努力忍受粗暴而好争吵的水手发出的喧闹,如何在耳朵里塞棉花团来抵挡那些提供陆地爱情的女人们的尖叫和大笑,楼下酒吧里自动点唱机发出的击打声和村民乐队演唱《基督教青年会》的歌声如何在深夜将我从床上震醒。

13

每个学期开始时,我都给新学生讲创造性写作,我们一起上这门课。我对你们不了解,但是我认真对待这门课,而且有件事我很有把握,那就是在学期末,这个屋子里将有一个人会有所收获。而那个人,我的小朋友们,将会是我。

我认为那样做很聪明:我将自己表现为最渴望学习的人,将自己提升到普通大众(那些懒人、机会主义者和冷漠的人)之上。

英语是门必修课,而创造性写作是门选修课,这门课你可以上也可以不上。他们上了这门课。他们簇拥到我的班级。教室满了,他们就坐在窗台上。一个名叫帕姆·谢尔登的老师说:他们为什么不让他到扬基体育馆上课呢?那足以说明我是多么受欢迎。

这股对"创造性写作"的热情源自何方?难道男孩和女孩们突然想表达自己的想法了吗?是因为我精湛的教学、我的个人魅力、我的爱尔兰人魅力吗?是古老的信念和上帝的因素吗?

或者,难道是有传言说,这个迈考特只是毫无目的地讲课,然后就很轻易地给高分吗?

我不想作为一个轻易给分者而出名。我必须让我的形象强硬起来,变得硬起来，条理清晰，讲课内容集中。学生们以敬畏和害怕的口吻说起其他的老师。菲尔·费希尔在五楼教数学，吓坏了站在他面前的所有人。有关他的故事从楼上传了下来：如果你在这门课上有困难或者表现得兴趣不大，他就会咆哮"每一次你开口说话，你就增加了人类愚昧的总数"，或者"每一次你开口说话，你就减少了人类智慧的总数"。他不会明白任何一个人学习高级微积分或者三角学都会遇到困难，他搞不懂为什么这些愚蠢的小浑蛋就是不能领会这门优雅而又单纯的课程。

学期末，他的愚蠢的小浑蛋们炫耀着从他那儿获得的及格分，吹嘘着他们的成就。你不能不在乎菲尔·费希尔。

埃德·马坎特尼奥是数学部主任，就在我对面的教室上课。他和菲尔·费希尔教的课程相同，但是他的课是推理和严肃目标的绿洲。他会提出一个问题，然后在四十分钟内引导或敦促学生得出一个精确的解决办法。下课铃响后，他的学生们会飘飘然地走在楼道里，心满意足，神情安详。如果他们通过了埃德的考试，他们知道这个分数是自己挣来的。

青春期的孩子不会总是愿意被放在遐想和无常的海洋里漂流，知道地拉那是阿尔巴尼亚的首都会让他们心满意足。他们不喜欢迈考特先生说，为什么哈姆雷特对他的母亲很刻薄，或者为什么在有机会杀死国王时他却没那么做。在那节课剩下的时间里围绕着这个问题讨论是可以的，但是你想在该死的铃声响起前知道答案。不要上迈考特的课，哥们儿。他会问问题，抛出各种建议，把你搞糊涂。你知道警报铃就要响了，你心里有这种感觉：快点，快点，答案是什么？而他继续说：你是怎么想的？你是怎么想的？铃声响了，你走出教室，来到楼道，什么也不知道。你看着其他班的孩子指着他们的脑袋，不明白你这家伙是从哪儿来的。你看见马坎特尼奥那个班的学生带着那种祥和的表情在大厅里航行。那表情分明在说：我们得到了答案，我们得到了解决问题的方法。你希望迈考特先生能有一次，只要一次就行，给出某个问题的答案来，但是没有，他把所有东西扔还给你。在爱尔兰，他们也许就这么做，但是应该有人告诉他这是美国。

在这儿，我们喜欢答案。或者，也许他也没有答案。这就是他要把所有东西都扔还给全班同学的原因。

我想带着费希尔的激情和马坎特尼奥的娴熟技能去上课。知道上百个学生想到我的班里来，这真让人欢喜，但是我对他们选我的原因很好奇。我不想被认为这理所当然。啊，迈考特先生的课就是胡说八道。我们要做的就是说话，喋喋不休地说老一套的话。如果他的课你不能得A，你就是个十足的傻瓜。

扬克·克林在蒙特罗酒吧喝午后白兰地。他告诉我，我看上去像个傻瓜。

谢谢，扬克。

喝杯白兰地吧。

我不能，我有一百万篇作文要改。我来杯里奥哈，派拉尔。

对你有好处，弗兰克。你喜欢西班牙风笛；你喜欢西班牙里奥哈葡萄酒；你找到一个不错的西班牙姑娘，让你整个周末都待在床上。

我坐在酒吧的高脚凳上，对扬克讲我的故事。我认为我太随和了，随和的老师不会得到敬意。有一个斯特伊弗桑特的老师就被称为"什么也不是的东西"。我想让他们去挣分数，想要他们的尊重。成百上千的学生报名上我的班，想到那些孩子可能认为我很随和，这让我很烦。一位母亲来到学校，求我让她的女儿上我的课。那个妈妈离婚了，提出愿意和我一起到我挑选的旅游胜地去过周末。我说：不行。

扬克摇了摇头，说我有时候不太聪明，我性格中有种强硬的因素。如果我不能毫无顾忌地讲话，我就会滑向悲惨的中年。噢，上帝！你可以传播快乐。和那个母亲过个周末，给她的小女儿一个美好的写作未来。你怎么了？

那没有任何敬意。

啊，让敬意见鬼去吧！再来一杯里奥哈。不。派拉尔，给他来些那个西班牙白兰地，算我账上。

好吧，但我得悠着点，扬克。所有这些文章。一百七十篇。运气好的话，每篇三百五十字。运气不好的话，每篇五百字。我被文章掩埋了。

他说我应该喝两杯白兰地，他不知道我怎么能批改这么多文章。他说：你们这些老师，我不知道你们是怎么做的。如果我当老师，我要对那些小浑蛋说一件事：闭嘴！就是闭嘴。告诉我，你让那个小女孩到你班上了吗？

对。

那母亲的提议依然有效？

我想是的。

你坐在这儿喝西班牙白兰地，而其实这时你本可以抛开老师的正直，去你选择的旅游胜地，是吗？

在四所不同的高中——麦基职高、时装产业高中、苏厄德公园高中、斯特伊弗桑特高中——和布鲁克林的一所学院教了十五年书后，我正在形成狗的本能。九月和一月，新生刚一入学，我就能嗅出他们的化学成分。我观察他们的眼神，他们也观察我的。我能分辨出各种类型的学生：急切乐意型、扮酷型、炫耀型、冷漠型、敌对型，这里有机会主义者，因为他们听说我是个随和的评分员，而情人们到这儿来只是为了接近心上人。

在这所学校，你得吸引他们的注意力，得挑战他们。他们一排接一排地坐在那儿，抬起光洁伶俐的脸儿望着我，充满期待，准备着让我证明自己。在斯特伊弗桑特之前，我是个监工而不是老师。我在维持日常程序和纪律中浪费全班的时间：告诉他们坐下，打开笔记本，巧妙地对付要上厕所的请求，应付他们的抱怨。现在，不再有粗暴的行为。

没有督促和被督促的抱怨。没有飞舞的三明治。没有不教课的借口。

如果你不教课，你就会失去他们的尊重。为打发时间使学生不致空闲而布置作业对学生是一种侮辱，他们知道什么时候你在胡说八道或者浪费

187

时间。

百老汇的观众会在半场时用礼貌和掌声来迎接演员。他们花高价买票，成群结队地围在舞台门口，要求得到亲笔签名。公立高中的老师每天表演五场。他们的观众在铃声响后就消失了，只在毕业时请他们在毕业班年刊上签名。

你可以在某些时候糊弄一些孩子，但是他们知道你什么时候戴着面具，你也清楚他们知道。他们迫使你讲真话。如果你自相矛盾，他们就会叫：嗨，你上星期不是这么说的。你面对着多年的经验和他们的集体真理。如果你坚持躲在老师面具的后面，那么你就会失去他们。即使他们对自己和全世界撒谎，他们仍在老师这儿寻求诚实。

在斯特伊弗桑特，我决定在自己不知道答案时承认事实。我就是不知道，朋友们。不，我从没读过这个德高望重的比德的书。我不清楚超验主义。约翰·多恩和杰勒德·曼利·霍普金斯不好教。我对路易斯安那购物节缺乏了解。我瞥过一眼叔本华，在看康德时睡着了。数学提都不要提。我曾经知道 condign 这个词的意思，但现在它跑了。我精通使用收益权。对不起，我讲不完《仙后》，等哪天我弄清楚形而上学再去试吧。

我不会将无知作为借口，也不会将自己所受教育的不足当成避难所。我会制订一个自我完善计划，让自己成为一个更好的老师：训练有素、很传统、学问精深、足智多谋、总也难不倒。我会精研历史、艺术、哲学和考古学。我会横扫英语文学那盛大华丽的场面：从盎格鲁人、撒克逊人和朱特人到诺曼人、伊丽莎白女王一世时代的作家、新古典主义者、浪漫主义者、维多利亚时代的作家、爱德华七世时代的作家、战争诗人、结构主义者、现代主义者和后现代主义者。我会接受一个观点并追寻其历史根源：从法国的一个山洞，到费城那间富兰克林以及其他人共同推敲出美国宪法的屋子。我想我会稍稍炫耀一下，也许会招来嘲笑。但是谁又会小气到不舍得给低收入的老师一点点时间，来证明学识浅薄是很危险的呢？

学生们从来没有停止过将我的注意力从传统英语转移开的努力，但是我知道他们的鬼把戏。我仍然讲故事,但是我学着把它们和巴斯妇、汤姆·索耶、霍尔登·考尔菲尔德、罗密欧及其在《西区故事》中的转世化身联系在一起。英语老师总是被告知:你要讲与课堂内容有关的东西。

我找到了自己的声音和教学风格。我学会在教室里心平气和。和罗杰·古德曼一样,我的新主任比尔·英斯从不限制我尝试各种写作观点和文学观点。我得以形成自己的课堂氛围,在没有行政干涉的情况下做任何我喜欢做的事情。我的学生很成熟、很宽容,能够允许我在没有面具或红笔的帮助下找到自己的教学方式。

吸引美国少年的注意力有两个基本方法:性和食物。你得小心对待性这个话题。如果家长知道了,你就会被叫到办公室,为允许你的写作课学生阅读有关性的故事作出解释。你指出那个故事很有品位,本着浪漫精神而非生物学的态度写成。但那还不够。

肯尼·迪法尔科在教室后排大声问我是否喜欢杏仁蛋白软糖。他高举着一个白色的东西,说那是他自己做的。我用一个循规蹈矩的老师口吻告诉他在教室里吃喝违反规定,不过,什么是杏仁蛋白软糖?尝尝吧,他说,味道好极了。学生们异口同声地要杏仁蛋白软糖,但肯尼说他已经吃完了。明天他会再带三十六颗,当然,也是他自己做的。接着,汤米·埃斯波西托说他会从他父亲的餐馆里带各种七零八碎的东西来。那可能是些残羹剩菜,但他会确保它们味道不错而且是热的。七嘴八舌的提议跟着都来了。一个韩国女孩说她会带些她母亲做的朝鲜泡菜,一种能把你的舌头辣掉的辣白菜。肯尼说如果这些食物都能带来,我们明天就不应该再上课,而是到隔壁的斯特伊弗桑特广场集合,在草地上野餐。他还说我们应该记得带些塑料餐具和餐巾纸。汤米说不,他绝不会用塑料餐具吃他父亲做的肉丸。他愿意带三十六把叉子,如果我们用它们吃其他东西,他一点儿也不介意。他还建议迈考特先生可以不用带任何东西。在不用喂孩子吃饭的情况下,教他们已经够困难了。

第二天，在公园散步的人们纷纷停下来看我们在做些什么。贝思以色列医院的一个医生说他从没见过这么一大堆食物。我们让他尝了尝。他转转眼睛，发出满意的哼哼声。他又尝了点朝鲜泡菜，然后就不得不要一杯冷饮来镇镇他那被灼伤的上腭。

饭菜不光被摆在草地上，也排在公园的长凳上，包括犹太菜肴（三角肉包、无酵饼、鱼丸冻），意大利菜肴（卤汁面条、汤米的肉丸、意式小方饺、意大利调味饭），中餐，韩餐，以及一个用牛肉、小牛肉、土豆和洋葱做成的巨大的三十六人份肉饼。一辆巡逻警车缓缓驶来。警察们想知道发生了什么，未经市政府允许，你们不能在公园里举办展览。我解释说这是堂词汇课，看看学生们正在学的。警察们说他们从来没有在天主教学校上过这样的词汇课，每样东西看上去都很好吃。我说他们应该下车来尝尝。当那个贝思以色列医院的医生警告他们留神朝鲜泡菜时，他们说，拿来！没有他们没尝过的越南和泰国辣菜。他们用勺子吃了一口就大叫出来，要求喝点凉的。在开车离开之前，他们还问我们计划多长时间上一次这样的词汇课。

几个无家可归的人拖着脚走了过来，侧身挤入人群。我们给了他们一些吃剩下的。其中一个吐出了杏仁蛋白软糖，说：这是什么狗屎东西？我可能是无家可归，但你们不能侮辱我。

我站在公园的一条长凳上宣布自己的新想法。我不得不和学生们喋喋不休的聊天声、无家可归者的嘟哝声和抱怨声、公众好奇的评论声，以及第二大道来往车辆的喇叭声比赛谁的嗓门高。

听着！你们在听吗？我想让你们明天带本烹饪书来。是的，烹饪书。什么？你们没有烹饪书？那么，好吧，我计划拜访那个没有烹饪书的家庭。我们会为你们收集这些书。不要忘了，明天带烹饪书来。

迈考特先生，为什么我们得带烹饪书？

我还不知道，也许我明天会知道。我脑子里有个模糊的想法。

迈考特先生，别疯了，有的时候你很古怪。

他们带来了烹饪书。他们说：这和如何写作有什么关系呢？

你们会明白的。把你们的书翻到随便哪一页。如果你们已经看过那些书，并且有一个自己喜欢的菜谱，就把书翻到那一页。戴维，读读你的。

什么？

读读你的菜谱。

大声读吗？就在这儿，在班上？

对，来吧，戴维，那不是色情作品。我们时间不多，得读几十个呢！

但是，迈考特先生，我这辈子从没看过菜谱，我这辈子从没看过烹饪书。我甚至从没煎过鸡蛋。

很好，戴维。今天，你的味觉苏醒了；今天，你的词汇量扩大了；今天，你成了一名美食家。

一只手举了起来。什么是美食家？

又一只手举了起来。美食家就是一辈子品尝美食、美酒和精致食物的人。

众口一词的"啊"声传遍了整个教室。大家都笑了，用羡慕的眼光看着詹姆斯，你从没指望他除了热狗和炸薯条之外还知道点别的。

戴维读了酒焖子鸡的菜谱。他的声音单调而犹豫，但是读着读着，他的兴趣似乎越来越浓。他发现了以前从没听说过的菜料。

戴维，我想让你和全班同学记住这个日子，这个时刻，以及你在斯特伊弗桑特高中二〇五教室向你的伙伴吟诵你平生第一个菜谱这一事实。只有上帝知道这会将你带向何方。我要你们所有人都记住，这可能是历史上第一次创造性写作课或英语课的学生坐在一起朗诵烹饪书里的菜谱。戴维，你会注意到缺少雷鸣般的掌声，好像你朗读的不是菜谱，而是一页纽约电话号码簿。但是不要灰心，你刚才正身处未开垦的处女地。当我们回头让你再次朗读时，我相信你会明白那份菜谱的全部明暗关系。还有谁愿意试试？

争相举起的手宛如森林。我叫了布莱恩。我知道这是个错误，知道负面评论就要来了。他是又一个像把椅子斜靠在墙上的安德鲁那样的小讨厌鬼,但是,如今的我已成为一名经历过风波、变得成熟并已准备好把自我抛到一边的老师。

好,布莱恩。

他看了看坐在他旁边的彭妮。他是个男同性恋,她是个女同性恋。他们没有隐瞒事实,从不辨认厕所间。他又矮又胖,她又高又瘦。她昂着头,好像在说:你想利用这个制造争端吗?我不想利用这个制造争端。为什么他们联合起来反对我?我知道他们不喜欢我,为什么我就不能接受这个简单的事实呢?你每年遇到上百个孩子,不可能每一个孩子都喜欢你。有些老师根本就不在乎是否被学生喜欢,比如菲尔·费希尔。他会说:我教的是微积分,你们这些毫无希望的傻瓜。如果你们不集中注意力,如果你们不学习,你们就会不及格。如果你们不及格,你们的下场就是给精神分裂症患者教算术。如果班上所有的学生都瞧不起菲尔,他会反过来瞧不起他们,并将高级微积分灌入他们的脑子里,直到他们可以在睡梦中背诵为止。

喂,布莱恩?

啊,他很酷,这个布莱恩,对着彭妮又是轻轻一笑。他打算把我变成烤肉串。他不着急。

我不知道,迈考特呀先生,我怎么回家呀告诉父母我们坐在斯特伊弗桑特高中十一年级的教室里朗读呀烹饪书里的菜谱。别的班读呀美国文学,我们却得坐在这儿读菜谱,好像我们是呀些弱智。

我被惹火了,我要用尖刻的话摧毁布莱恩,但是,解释美食家词义的詹姆斯接管了这件事。我能说两句吗?他看着布莱恩。你所做的就是坐在那儿批评。告诉我,你被粘在座位上了吗?

我当然没有被粘在座位上。

你知道课程办公室在哪儿吗?

知道。

那么，如果你不喜欢我们在这儿的所作所为，为什么你不站起来到课程办公室调一下班呢？没有人留你在这儿。对吗，迈考特先生？换班。詹姆斯说，从这儿滚出去。去读《白鲸记》吧，如果你足够坚强。

苏珊·吉尔曼从来不举手。事情太紧急了。告诉她大声喧哗违反规定是没有用的，她对那个规定置之不理。谁会在乎？她想让你知道她发现了你的游戏。我知道你为什么让我们这么大声地朗读这些菜谱。

你知道？

因为它们在书上看上去像诗歌，有些读起来像诗歌。我是说它们甚至比诗歌还好，因为你可以品尝它们。哇！这些意大利菜谱是十足的音乐作品。

莫林·麦克谢里插嘴道：我喜欢菜谱的另一个方面就是你可以按照它们原来的样子朗读，没有讨厌的英语老师来挖掘深层含义。

好了，莫林。那件事我们回头再谈。

什么？

挖掘深层含义的讨厌的英语老师。

迈克尔·卡尔说他带了长笛。如果有人想朗诵或吟唱菜谱，他会给他们伴奏。布莱恩看上去很怀疑。他说：你在开玩笑吧？用长笛给菜谱伴奏？在这个班上我们是不是都疯了？苏珊告诉他那可以，并提出朗读卤汁面条的菜谱，由迈克尔给她伴奏。当她朗读瑞典肉丸的菜谱时，他演奏《大家一起来欢乐》，一支与瑞典肉丸无关的旋律。全班同学最初咯咯轻笑，渐渐认真倾听，最后鼓掌对他们表示祝贺。詹姆斯说他们应该上街表演，称自己为肉丸乐队或者菜谱乐队，并提出要当他们的经纪人，因为他正在学会计学。当莫林朗读爱尔兰奶油苏打面包的菜谱时，迈克尔和着教室里噼噼啪啪的拍子演奏《爱尔兰女洗衣工》。

全班同学个个生气勃勃。他们互相说这个想法很狂野，这个阅读菜谱、朗诵菜谱、吟唱菜谱，而迈克尔调整他的长笛以演奏适合法国、英国、西班牙、犹太、爱尔兰、中国菜谱的曲子的想法。如果有人走进来怎么办？就是那些进来后站在教室后面，观察老师讲课的日本教育工作者。校长会怎么解释苏珊、迈克尔还有肉丸协奏曲呢？

布莱恩让这一切变得令人扫兴。他问他是否可以要一张到课程办公室的出入证，去看看他是否可以转班，因为他在这个班上什么也学不到。我是说，如果纳税人听到我们反复吟唱菜谱，浪费我们的高中时光，你就会失业，迈考特先生。这不是什么私人恩怨，他说。

他转向彭妮，想寻求她的支持，但是她正看着另一个学生的烹饪书练习平锅菜饭的菜谱。她向布莱恩摇了摇头。当她练习完菜谱后，她对他说如果他离开这个班，他就是疯了。疯了。她的母亲有一个已经失传的炖羔羊肉的菜谱。明天彭妮会将它带来，她希望迈克尔能准备好长笛。啊，要是她能把母亲带到班上来就好了！她母亲总是唱着歌在厨房里做那道炖羔羊肉。如果彭妮朗读那个菜谱，她母亲唱歌，迈克尔演奏那美妙的长笛，那不是很有意思吗？那一定会很有意思！

布莱恩脸红了。他说他会吹双簧管，愿意在彭妮明天朗诵炖羔羊肉菜谱时和迈克尔一起演奏。她把手放在他胳膊上，说：耶！我们明天就这么做。

坐A列车回布鲁克林的路上，我为这个班目前的发展形势感到很不安，特别是在其他几个班的学生问"为什么我们不能带着各种食物到公园去"，还有"为什么我们不能和着音乐吟诵菜谱"以后。这一切又该如何对密切关注课程的当局解释呢？

迈考特先生，这个教室里到底发生了什么？看在上帝的分上，你让这些孩子们看烹饪书，还吟唱菜谱？你在和我们开玩笑哪？你能解释一下这与英语教学有什么关系吗？你的文学课，英国文学或美国文学之类的课在哪儿呢？这些孩子，你知道得很清楚，是在为全国最好的大学作准备。你想就这样让他们步入社会吗？朗读菜谱？反复吟咏菜谱？吟唱菜谱？为洋葱土豆煨牛肉或者经典的西式煎蛋饼设计舞蹈动作，当然还配上合适的音乐。这该怎么说呢？为什么不把英语和为大学作准备统统忘掉，把教室变成厨房来上烹饪演示课呢？为什么我们不创建一个斯特伊弗桑特高中菜谱合唱团，到各地各国举办音乐会，让这些因在你的班上浪费了时间而不能升入大学，现在只能在比萨店里抛面团，或者在城外二流的法国夜总会里刷盘子的孩子们有所收益呢，迈考特先生？这就是事情的发展前景。这些孩子可能会吟唱某种肉酱或其他什么菜谱，但是他们绝不会坐在常春藤联盟的大学教室里。

太迟了。我不能在明天走进教室时，告诉他们一切都结束了。忘掉烹饪书吧，没有菜谱了。把你的长笛收起来，迈克尔。让你的母亲静下来，彭妮。至于双簧管，我很抱歉，布莱恩。

除了布莱恩那短暂的反抗外，我们三天来没有全体参与课堂活动吗？最重要的是，教书匠，你过得不开心吗？

或者你是个令人讨厌的傻瓜呀？再次让十一年级学生把你的注意力从马克·吐温和F.S.菲茨杰拉德那儿转移开，让十二年级学生把你的注意力从华兹华斯和柯尔律治那儿转移开。难道你不应该坚持让他们每天带课本，这样他们就可以挖掘并探索深层含义了吗？

是的，是的，但是不是现在，不是现在。

这些孩子了解你的意图吗？用菜谱和音乐与你周旋？这是我有罪的时刻。你到底是不是个骗子呀？用他们与你周旋的方式和他们周旋？你可以想象他们正在老师休息室里说些什么：那个爱尔兰人完全被他班上的学生愚弄了。他们所做的就是——噢，你不会相信的——他们所做的就是看烹饪书。是的，忘了弥尔顿、斯威夫特、霍桑和梅尔维尔。看在上帝的分上，他们在看《烹饪的乐趣》，看范妮·法默和贝蒂·克罗克的书，还吟唱菜谱。上帝！大厅里充斥着从他那该死的教室里传来的双簧管和长笛还有被反复吟唱的菜谱的嘈杂声，你都听不见自己在说什么。他以为他是在愚弄谁呢？

也许，你可以找到一个让自己不那么开心的方法。你在让自己痛苦这方面一直很有办法，而你不想失去这种联系。也许，你可以试着再教图解法或者努力寻找深层含义。你可以将《贝奥武甫》和《历代志》强加给自己苦难的青春期。你那自我完善的雄伟计划怎么样了，博学者先生？看看你的校外生活吧。你不属于任何地方，是个边缘人。你没有妻子，有一个你很少见面的孩子。没有幻想，没有计划，没有目标。只是缓步走向教堂的地下室，哥们儿。你日渐衰老，没有什么遗产，只有一个将教室变成操场、说唱音乐会和集体治疗研讨会的人的回忆。

为什么不呢？这有什么关系。学校为的是什么？我问你：为大型军工企业提供炮灰是教师的任务吗？我们是在为企业的装配线制作包装袋吗？

啊，我们不会是太严肃了吧？我把我的肥皂盒放哪儿了？

看看我：四处游荡、开窍晚的人，处境艰难的老家伙，四十多岁才发现学生们在十几岁就知道的东西。让那儿没有抱怨声吧。不要为我唱悲伤的歌曲，不要在酒吧里哭泣。

我被传唤到法庭上，被指控过双重生活：在教室里，我过得很快活，不让学生接受合适的教育，而我每天晚上在单身汉的行军床上辗转反侧，想知道，上帝帮助我们，这是为什么。

我必须祝贺自己，在过去的岁月里没有丧失扪心自问的能力，没有失去发现自己不足和缺陷的天赋。如果你自己就是第一个走出批评大门的人，你为什么要害怕别人的批评？如果自我贬低是一场竞赛，那么我就是获胜者。即使在发令枪响之前，我就已经获胜了。收赌金吧。

害怕？就是它了，弗兰克。这个贫民窟的小男孩仍然害怕失业，害怕被扔到外面的黑暗世界里，害怕被抽泣声、恸哭声和磨牙声震聋。勇敢、富有想象力的老师鼓励青少年吟唱菜谱，但不知道斧子什么时候会掉下，日本访客什么时候会摇摇头并把情况汇报给华盛顿。日本访客会在我的教室里不断发现美国衰退的迹象，却搞不明白他们怎么就输掉了二战。

如果斧子掉下，那该怎么办？

让斧子见鬼去！

星期五的日程排得很满。在教室里，四个吉他手弹拨琴弦，乐意合作、面目一新的布莱恩练习双簧管，迈克尔练习长笛，查克用双膝间的那个小手鼓拍打出烹饪主题，两个男孩吹口琴。苏珊·吉尔曼站着，作好了用菜谱控制上课时间的准备。那个菜谱分好几栏，需要四十七个不同的步骤和一些普通美国家庭没有见过的原料。她说那简直就是首诗。迈克尔很兴奋，他准备谱写一支由管乐器、弦乐器和小手鼓合奏的适合苏珊唱的曲子。帕姆打算用粤语唱一个北京烤鸭的菜谱，她那来自另一个班的弟弟正在弹奏这个班上以前没人见过的、外形奇怪的乐器。

我努力加进一些教学内容。我说：如果你们是善于观察的作家，你们就会意识到这件事的重大意义。中式菜谱将历史上第一次在背景音乐的伴奏下被人朗诵。你们得留心一些历史时刻。作家总是说：这儿出什么事了？总这么说。你们可以用自己最后的十美分打赌，你不会在历史（无论是中国历史还是其他国家的历史）上任何一个地方发现类似的时刻。

我留神看着这个具有重大历史意义的事件，在黑板上写下节目内容：我们将从帕姆和她的鸭子开始，然后是莱斯利和英国酒浸果酱布丁，拉里和火腿蛋吐司，维基和带馅猪排。

吉他、双簧管、长笛、口琴和小手鼓在作准备练习，朗诵者静静地排练着菜谱。

羞涩的帕姆冲她弟弟点点头，北京烤鸭的朗诵会开始了。这菜谱很长，帕姆用高音调吟唱，她弟弟拨弄乐器的琴弦。这个菜谱太长了，以至于其他音乐家开始一个一个地加入伴奏的队伍。临近结尾时，所有乐器进行大合奏，逼得帕姆得适应那么高的八度音和那么急迫的节奏，以至于校长助理默里·卡恩因为担心发生什么最糟糕的事情而从办公室里冲了出来。当透过窗户看到正在进行的这场演出时，他禁不住走了进来。他的眼睛越睁越大，直到帕姆的声音变得越来越温柔、音乐家们退场、烤鸭做好为止。

最后，班上的评论家们建议帕姆应该最后一个演出。他们说她的烤鸭菜谱和中国音乐太富有戏剧性，以至于其他的演出听上去毫无生气。他们还说词和音乐通常不协调，用小手鼓给酒浸果酱布丁伴奏是个大错误，你需要小提琴或者拨弦古钢琴的那种细腻和敏感。有人竟会将小手鼓和酒浸果酱布丁联系在一起，这真让他们疑惑不解。说到小提琴，迈克尔给火腿蛋吐司的朗诵作了完美的伴奏。他们真喜欢为带馅猪排所作的小手鼓和口琴的合奏，需要口琴伴奏的猪排还真是不简单。你是怎么想到一种食物还有与之相配的乐器的？这到现在还是件令人吃惊的事情。啊呀，这种经验需要一种新的思维方式。他们说其他班的孩子们也希望能朗读菜谱，而不是艾尔弗雷德·洛德·坦尼森和托马斯·卡莱尔的作品。其他英语老师教一些固定的东西：分析诗歌，布置研究论文，上正确使用脚注和参考书目的课。

一想到其他的英语老师和固定的东西，我就再次感到不安。他们照着课程走，为孩子接受高等教育和以后的伟大世界作准备。我们不是到这儿来寻开心的，教书匠。

这是斯特伊弗桑特高中，这颗纽约教育制度王冠上的宝石。这些孩子是聪明人中最出类拔萃的，一年以后，他们将成为全国最好的大学里杰出教授的门徒。他们将做笔记，记下需要查字典的单词，不再胡乱摆弄烹饪书，不再到公园参观。那儿将会有指导，有重点，有严肃的学问。不论那个在斯特伊弗桑特教过我们的老师遇到什么事，你都认识这个人。

14

星期一，我要发表这份声明。教室里会出现哼哼声和低低的嘘声，以及对我母亲的小声评论，但是，我必须像其他所有尽心尽责的老师那样回到正道上来。

我要提醒学生，这所学校的使命就是帮助他们进入最好的学院和大学，这样有朝一日他们才能毕业，并为这个国家的福祉和进步作出实实在在的贡献，因为如果这个国家动摇并失败了，世界上的其他国家又能有什么希望呢？你们在前进的过程中担负着重大责任。作为老师，我如果用朗诵菜谱来浪费你们的青春年华——尽管你们是如此喜欢这项活动——我就是在犯罪。

我知道我们在和着背景音乐朗诵菜谱时都很开心，但这不是我们来到地球上的目的。我们得继续前进。这就是美国方式。

迈考特先生，为什么我们不应该朗诵菜谱？做肉饼的菜谱和那些没人能懂的诗歌难道不是一样重要吗？你的生活可以没有诗歌，但不能没有食物。

我试图对沃尔特·惠特曼和罗伯特·弗罗斯特以及肉饼和菜谱进行一个总体比较，但是讲着讲着，我的话越来越含糊。

199

当我宣布要背诵一首我喜欢的诗时,他们又哼哼了。那让我很恼火。我对他们说:你们把我惹毛了。他们都讶异得说不出话来——老师说话这么不讲究。不要紧,背诗吧。

> 小鲍·皮普的绵羊丢了
> 不知道到哪儿才能找到它们
> 不要管它们,它们会回家
> 摇着尾巴回家

嘿,发生什么事了?这不是诗。这里是高中。他在给我们讲鹅妈妈吗?他在同我们开玩笑吗?在和我们玩小游戏吗?

我又背了一遍,并鼓励他们抓紧时间挖掘更深层的含义。

喂,得了。这是个玩笑吧?嘿,这里是高中!

这首诗或者说是儿歌表面上看起来很简单,一个小女孩丢绵羊的简单故事,但是,你们在听吗?这很重要。她学会了不去管它们。鲍·皮普很酷,她相信她的绵羊。当它们在牧场、峡谷、溪谷和山坡吃草时,她不去打扰它们。它们需要草,需要粗饲料,还需要偶尔到潺潺的山溪里喝口水。另外,小羊羔在和伙伴们嬉闹一整天后需要时间来和母亲黏在一起,它们不需要别人闯进来破坏它们的心情。它们可能是绵羊,可能是羊羔,可能是母羊,可能是公羊,但是在它们被转变成我们吃的羊肉和穿的羊毛之前,它们有权享有这小小的、同样的快乐。

呀,上帝!迈考特先生,你非得这样结尾吗?为什么你就不能让它们,绵羊和羊羔,留在那儿,相亲相爱、快快乐乐的呢?我们吃它们,我们穿它们。这不对。

班上有些素食主义者,还有严格的素食主义者。他们在那儿感谢上帝,现在,他们和利用这些可怜的动物毫无关系。我们可以回到鲍·皮普上来吗?他们想知道我是不是想说明某个重要道理。

不，我不想说明某个重要道理，只是想说我就是因为这首诗的简单寓意而喜欢它。

什么寓意？

就是人们应该停止彼此打扰。小鲍·皮普没去打扰它们。她会整晚不睡，守在门边等候、抽泣，但她很明白。她相信她的绵羊。她没去管它们，而它们回家了。你能想象那欢乐的重聚场面。羊儿们开心地咩咩叫着，嬉闹着，公羊们表现出深深的满足感。今晚，它们可以安顿下来，而鲍·皮普在篝火旁编织。她很高兴地认识到，在她每日照看绵羊及其后代的过程中，她没有打扰任何人。

在斯特伊弗桑特高中我的英语课上，学生们一致认为，在暴力和恐怖方面，电视节目和好莱坞电影比不上格林童话中汉塞尔和格雷特尔的故事。乔纳森·格林伯格说：我们怎么能让孩子们看关于一个受制于新妻子，以至于愿意将孩子扔在树林里饿死的笨蛋父亲的故事呢？我们怎么能告诉孩子们，那个想把汉塞尔和格雷特尔养胖然后吃掉的女巫，是如何将他们关起来的呢？还有比他们将她推入火中这个场景更恐怖的吗？她是个卑鄙的食人老女巫，罪有应得，但是难道这一切不会让孩子们做噩梦吗？

莉萨·伯格说这些故事存在了上百年，它们陪伴着我们长大。我们喜欢它们，而且活了下来，所以没有什么大不了的。

罗斯·凯恩同意乔纳森的观点。她小时候就因为汉塞尔和格雷特尔的故事而做噩梦，这也许是因为她的继母就是个坐在轮子上的女巫，一个想都不想就会将她和妹妹丢在中央公园，或者纽约地铁某个偏远车站的真正女巫。在听一年级老师讲了汉塞尔和格雷特尔的故事后，她拒绝和继母去任何地方，除非父亲同她们一起去。这让她父亲很生气，以至于他威胁要给她各种惩罚。罗斯，你和你继母一起去，否则，你就会被永远罚站。而这恰恰证明他完全受制于继母。和所有童话故事里的继母一样，罗斯继母的下巴上有个长着细毛的红斑。她不得不经常拔这些细毛。

班上每个人对汉塞尔和格雷特尔的故事似乎都有看法,但主要的问题是:你会给你的孩子讲这个故事吗?我建议赞成者和反对派分开,站在教室两边。结果很明显,全班分成了势均力敌的两派。我还建议这场讨论应该有个仲裁人,但是他们的情绪越来越激动。在这个问题上,没有人中立,因此我不得不自己担任这个角色。

我花了好几分钟才让教室里的吵闹声停了下来。反对汉塞尔和格雷特尔故事的那一方说他们的孩子会受到严重伤害,那会导致精神治疗上的巨大开支。哦,胡说,支持者说,别胡扯。没有人因为听了童话故事而接受治疗,美国和欧洲的每个孩子都是伴随着这些故事长大的。

反对者提到了《小红帽》中的暴力:大灰狼甚至没有嚼一嚼祖母就把她吞下去了,还有《灰姑娘》中继母的卑劣行为。你很纳闷,听了或读了类似故事的孩子怎样才能活下来。

莉萨·伯格说了些非同一般的话,教室里突然安静下来。她说孩子们的头脑里有一些我们无法理解的黑暗而深刻的东西。

哇呀!有人说。

他们知道莉萨说到点子上了。他们自己的童年刚刚过去,尽管他们不愿意听到你这么说。在那阵沉默中,你可以感觉到他们回到了童年的梦幻世界。

第二天,我们唱从我小时候就流行的童谣。这项活动没有目的,没有更深的含义,也没有考试来影响我们的吟唱。我感到阵阵内疚,但又很开心。从他们(这些犹太孩子、韩裔孩子、华裔孩子和美国孩子)吟唱的方式上看,他们也很开心。他们知道基本的童谣。现在,他们知道了这些童谣的旋律。

  哈伯德老妈妈
  来到壁橱前
  给她的小狗拿骨头

当她来到壁橱前
壁橱里空空的
可怜的小狗什么也没到手

如果我是地方教育委员会（地址：纽约市布鲁克林区利文斯顿街110号，邮编：11201）的教学助理副主管，我就会这么写听课报告：

亲爱的迈考特先生：

　　三月二日，我走进你的教室时，你的学生正在唱童谣集成曲。我得说，他们唱得声音很大，而且相当令人不安。你让他们一首接一首地唱，中间没有停下来作解释、研究、辩护和分析。实际上，这项活动似乎根本没有内容，也没有目的。

　　像你这样经验丰富的老师想必已注意到，穿着外套的学生人数和懒洋洋地倚在座位上、双脚伸到过道里的学生人数。似乎没有一个人有笔记本，你也没有提到要用笔记本。你清楚笔记本是任何一个高中生学英语的基本工具，而忽视这个工具的老师就是对他们的学习不负责任。

　　令人遗憾的，是黑板上的板书没有提到这节课的性质。这或许说明了为什么笔记本会躺在学生的书包里、没有被用过。

　　在作为教学助理副主管的职权范围内，我在课后询问了一些学生，问他们那天学到了什么可以带回去的东西。他们挠挠头，含糊其辞，完全无法领会这个吟唱活动的目的。有一个学生说他过得很愉快。那是个恰当可取的意见，但肯定不是高中教育的目的。

　　恐怕我得将听课报告交给教学副主管，她一定会亲自向教学主管汇报。你也许会被传唤到地方教育委员会出席听证会。如果这样，你得由工会代表和／或律师陪同。

蒙塔古·威尔金森三世

好了,铃声响了。你们又是我的了。翻开书,翻到西奥多·罗特克写的《爸爸的华尔兹》这首诗。如果你没带书,抬头看看别人的书,这个班上没有人会吝啬到不让你抬头看一眼。斯坦利,你能朗读一下这首诗吗?谢谢。

爸爸的华尔兹

你呼吸中的威士忌
足以令小男孩昏迷
但我拼命抓着不放
这华尔兹跳得真不易

我们轻快地跳着
直到锅盘从橱架上滑落
母亲紧绷着的脸
始终不能舒展

握着我手腕的手
有个关节被撞伤
你每走错一步
我的右耳就会擦到纽扣

你用糊着泥块的手掌
在我的头上打拍子
然后跳到我床边
依旧紧握着你的衬衣

再次谢谢你，斯坦利。花几分钟时间再看一遍这首诗，理解它。好了，你们在读这首诗的时候，有什么事发生？

有什么事发生？你这是什么意思？

你们读了这首诗。有些事发生了，有些东西在你们的头脑中、身体内和午餐盒里移动，或者什么也没发生。你们不需要对宇宙中的每一个刺激作出反应，你们不是风向标。

迈考特先生，你在说些什么呀？

我说你们不需要对老师或任何一个坐在你面前的人作出反应。

他们看上去很疑惑。哦，好了。把那句话告诉这儿的老师。他们事事当真。

迈考特先生，你想让我们谈谈这首诗的含义吗？

围绕这首诗，我想让你们谈谈你们的任何观点。如果你们愿意，那观点甚至可以关于你们的祖母。不要担心这首诗的"真正"含义，即便是诗人也不知道这首诗的"真正"含义。你们阅读时，有些事发生了，或者什么也没发生。如果什么也没发生，你们能举一下手吗？好，没人举手。那么说，在你们的头脑中或心里或思维深处，有些事发生了。你们都是作家。你们听音乐时，有什么事发生？室内乐？摇滚乐？你们看见一对夫妻在大街上争吵，你们看到一个孩子反抗他的母亲，你们看见一个无家可归的人在乞讨，你们看见一个政客在发表演讲，你们邀请人与你们约会。你们观察对方的反应。因为你们是作家，你们总是不停地问自己：宝贝，发生什么事了？

嗯，比方说，这首诗讲的是一个父亲和他的孩子一起跳舞，但那并不令人愉快，因为父亲喝醉了，感觉迟钝。

布拉德？

如果那并不令人愉快，为什么他拼命抓住不放？

莫妮卡？

这儿发生了很多事。这个孩子被拽着在厨房转圈,他可能是所有爸爸喜欢的那种布娃娃。

布拉德?

这儿泄露了天机——"轻快地跳"。这显得很快乐,对吧?我是说他本可以用"跳舞"或者其他一些普通的词,但是他用了"轻快地跳"。正如你经常对我们讲的那样,一个词可以改变一个句子或者一个段落的气氛。所以,"轻快地跳"营造了一种快乐的气氛。

乔纳森?

迈考特先生,你可以说我脑子坏了,但是,你父亲和你在厨房跳过舞吗?

他从来没和我们在厨房跳过舞,但是他会在深夜把我们从床上叫起来,让我们唱爱尔兰爱国歌曲,让我们发誓为爱尔兰献身。

耶,我猜这首诗和你的童年有关。

猜对了一部分,但是,我让你们读这首诗是因为它抓住了一个瞬间、一种心情。也许,对不起,也许有更深层的含义——你们当中有些人希望为教育而纳的税能有所回报。那母亲怎么办呢?希拉?

这首诗的内容很简单。这个家伙工作很辛苦,是个煤矿工人什么的,带着被撞伤的指关节和糊满泥块的手回家。妻子坐在那儿,很生气,但是她对此已经习惯了。她知道在他拿到工钱后,这种事就会每周发生一次。就像你爸爸,对吧,迈考特先生?这个孩子爱他的父亲,因为你总会被疯子吸引。母亲操持家务没什么大不了,孩子认为那理所当然。因此当爸爸回家时,哦,他一喝酒就像充了电似的,让孩子感到很兴奋。

这首诗的结尾部分发生了什么?戴维?

爸爸和他一起跳到床边。妈妈把锅盘放回到厨房的架子上。第二天是星期天,爸爸起床后,感觉很不舒服。妈妈做了早饭,但是不想和任何人说话。孩子夹在他们中间。他大概只有九岁,因为他的个子只够让耳朵擦到纽扣。母亲想离家出走,想离婚,因为她厌倦了丈夫酗酒和糟糕的生活。

但是她不能，因为她被困在西弗吉尼亚中部地区。没有钱，你哪儿也去不了。

乔纳森？

我喜欢这首诗在于它有一个简单的故事。或者，不，等等。它不是那么简单，发生了很多事，有前因和后果。如果你想将这首诗改编成一部电影，拍起来将很难。在母亲和孩子等候父亲的开机镜头中，你会让孩子出场吗？或者你只是展现孩子闻到威士忌后皱眉这个开机台词？你怎样让孩子抓住不放？向上伸出手紧紧抓住衬衫？你怎样让母亲紧绷着脸而不让她看上去很丑？你得决定这个爸爸在清醒时是个什么样的人，因为如果他一直这样醉醺醺的，你就绝不会想拍一部有关他的电影。我不喜欢他用脏手在孩子头上打拍子。当然，那只脏手是他努力工作的证据。

安？

我不知道。你讲过之后，这儿就有很多事情了。为什么我们不能不去管它呢？只是接受这个故事就好了，为孩子和紧绷着脸的母亲感到难过，也许还包括爸爸。但是不要把它分析到死。

戴维？

我们不是在分析。我们只是作出反应。如果你去看电影，看完后你会谈论它，是不是？

有时候是这样，但这是诗歌。你们知道英语老师会怎样对待诗歌——分析，分析，再分析，挖掘更深层含义。就是这个让我对诗歌很反感。应该有人挖个坟，将更深层含义埋了。

我问你们，你们读这首诗时，发生了什么？如果什么也没发生，那不是罪过。当我听到重金属音乐，我的眼睛就变得呆滞无神。你们中的一些人可能会给我解释一下，而我也想努力听懂点那种音乐。我只是不在意。你们没有必要对每一个刺激都作出反应。如果《爸爸的华尔兹》让你感到扫兴，那么它就是让你感到扫兴。

迈考特先生，那是一码事，但我们得认真点。如果你对任何事说了些

207

负面的意见，英语老师会当真，会生气。我姐姐就因为解读莎士比亚一首十四行诗的方式，而招惹了康奈尔大学的一个英语教授。他说她完全跑题了，可她说十四行诗可以有一百种不同的解读方式，要不然，你为什么会在图书馆书架上看到一千本关于莎士比亚的评论书籍？他很恼火，让她到办公室见他。这一次，他对她很好，而她也放弃了原先的观点，说也许他是对的，还和他一起到伊萨卡吃饭。对她那么样就屈服了，我感到很恼火。现在，我们的关系只限于彼此打打招呼而已。

为什么你不把它写下来呢，安？这故事很不寻常——你和你姐姐因为莎士比亚的十四行诗而互相不说话。

我可以把它写下来，但那样我就得了解十四行诗这件事的来龙去脉：他说了些什么，她又说了些什么。因为我讨厌了解更深层含义，而姐姐也不再和我说话，所以我不知道整个故事。

戴维？

编个故事。有三个人物：安、她姐姐和教授，还有那首引来所有麻烦的十四行诗。你可以花很多时间在那首十四行诗上。你可以变换名字，脱离十四行诗，就说这是一场关于《爸爸的华尔兹》的争论。接下来，你就有了一个他们愿意改编成电影的故事。

乔纳森？

我不是想冒犯安，但我想不出什么会比一个大学生和教授争论十四行诗的故事更无聊了。我是说，上帝——对不起，我用词不当——这个世界正在四分五裂，人们处在饥饿之中，等等等等。这些人却除了争论一首诗外没有其他事情可做。我绝不会买那本故事书。即使他们让我带着全家人免费看这个电影，我也不会去。

迈考特先生。

嗯，安？

告诉乔纳森他得巴结我。

对不起，安，这句话得你自己去说。下课了，但是记住，你们没有必要对每一个刺激都作出反应。

每当课程变得乏味、学生的思想开起小差、太多的人要求得到出入证时，我就会借助"晚餐讯问"这个游戏。政府官员或者有关长官也许会问：这是有效的教学活动吗？
先生们、女士们，是的，因为这是节写作课。每件事对我们都有用处。
另外，这种讯问让我觉得自己像个戏弄目击证人的检察官。如果班上学生被逗乐，那么我就有功了。我站在舞台中央，扮演老教师、讯问者、木偶操纵者和指挥的角色。
詹姆斯，你昨天晚饭吃了什么？
他看上去很吃惊。什么？
晚饭，詹姆斯。你昨天晚饭吃了什么？
他似乎在搜索记忆。
詹姆斯，还没过二十四小时呢。
哦，耶。鸡肉。
它从哪儿来？
你什么意思？
詹姆斯，是买的还是它飞到窗户上的？
我母亲买的。
那么，你母亲买东西？
嗯，对。只是有时候牛奶之类的用完了，她就派我妹妹到商店去买。我妹妹总是抱怨。
你母亲工作吗？
工作，她是法律秘书。
你妹妹几岁？
十四。
你呢？

十六。

那么,你母亲工作、买东西。你妹妹比你小两岁,还得跑到商店买东西。你从来没被派到商店买东西吗?

没有。

那么,谁做的鸡肉?

我母亲。

你妹妹跑到商店买东西、你母亲在厨房累得要命时,你在干什么?

我好像在自己的房间。

做什么?

赶家庭作业,或者听音乐。你知道。

你母亲做鸡肉时,你父亲在干什么?

好像在客厅看电视新闻。他得跟上潮流,因为他是个经纪人。

谁在厨房帮你母亲?

有时候,我妹妹会帮忙。

不是你,也不是你父亲吗?

我们不知道怎么做饭。

可是得有人摆桌子。

我妹妹。

你从没摆过桌子吗?

嗯,我妹妹到医院治阑尾时,我摆过一次,但摆得不好,因为我不知道该把东西放哪儿。我妈妈很生气,让我滚出厨房。

好吧。谁把食物端上桌子?

迈考特先生,我不知道你为什么问我这些问题,而你知道我要说些什么。我妈妈把食物端上桌子。

除了鸡肉,你们昨晚还吃了什么?

好像还吃了沙拉,你知道。

别的呢?

我们——我和爸爸——吃了烤土豆。我妈妈和妹妹没吃，因为她们正在减肥。土豆是杀手。

就餐环境怎么样？你们有桌布吗？

你在开玩笑吗？我们有草编的餐位垫和餐具垫。

吃晚饭时，发生了什么？

你什么意思？

你们说话吗？有好的佐餐音乐吗？

我爸爸一直在听电视，我妈妈对此很生气。因为她费了老大的劲做饭，可他却不专心吃。

哦，晚餐桌上的冲突。你们没有说说一天中发生的事吗？你们没有说说学校的事吗？

没有。然后妈妈开始收拾桌子，因为我爸爸接着看电视去了。我妈妈又生气了，因为我妹妹说她不想吃鸡肉，她说鸡肉会让她长胖。迈考特先生，为什么我们要做这个？为什么你问这些问题？这太无聊了。

回到课上来。你们在想什么？这是节写作课。你们从詹姆斯和他的家人中学到了什么？有没有故事？杰西卡？

我妈妈绝不会容忍那个废物。詹姆斯和他爸爸得到了国王般的待遇。妈妈和妹妹干所有的活，他们只是混日子，吃饭还要人伺候。我想知道谁打扫卫生谁洗碗。不，不用问就知道：妈妈和妹妹。

所有女孩子的手都在挥舞，我看得出她们想揍詹姆斯。等等，等等，女士们。在你们向詹姆斯发起集体进攻之前，我想知道是否你们每个人都是这间屋子里的道德典范，总是乐于助人，总是体贴周到。在我们继续讨论之前，告诉我，你们当中有多少人在昨天晚上吃完饭后感谢你们的母亲、亲吻她并赞扬她做的晚饭？希拉？

那很虚伪。母亲们知道我们感谢她们所做的一切。

一个持不同意见的声音响起：不，她们不知道。如果詹姆斯对他母亲道谢，她会晕过去。

我对着这群人表演,直到丹尼尔打乱了我的计划。

丹尼尔,你昨天晚饭吃了什么?

用白葡萄酒酱浇汁的小牛肉圆薄片。

还有什么?

芦笋和一小份用醋油沙司拌的沙拉。

有开胃小吃吗?

没有,只是晚饭。我母亲认为开胃小吃会破坏胃口。

那么,你母亲做的小牛肉圆薄片?

不,保姆。

哦,保姆。你母亲在做什么?

她和我父亲在一起。

那么,保姆做的饭。我猜饭桌也是她摆的吧?

不错。

你一个人吃饭吗?

对。

我想是在擦得锃亮的红木大餐桌上吧?

不错。

在枝形水晶吊灯下吗?

对。

真的?

嗯。

有背景音乐吗?

有。

我猜是莫扎特吧?与餐桌和枝形水晶吊灯相配。

不。泰勒曼。

然后呢?

我听了二十分钟泰勒曼,他是我父亲喜欢的作曲家之一。一曲结束后，我给我父亲打了电话。

他在哪儿，如果你不介意我问？

他得了肺癌，住在斯隆—凯特林医院。我母亲一直陪着他，因为他要死了。

哦，丹尼尔，对不起。你应该事先告诉我，而不是让我逼得你做完这个晚餐讯问。

没关系。不管怎么说，他快要死了。

教室里安静下来。现在，我该对丹尼尔说些什么？我已经玩过小游戏了——聪明而风趣的老师兼讯问者。丹尼尔也很耐心，教室里到处都是他那优雅而孤独的晚餐细节。他的父亲就在这儿。我们和丹尼尔的母亲一起在床前等候。我们会永远记得小牛肉圆薄片、保姆、枝形吊灯，还有擦得锃亮的红木餐桌旁孤独的丹尼尔，而他的父亲去世了。

我告诉全班同学，他们应该在星期一把《纽约时报》带来，这样，我们就可以读米米·谢拉顿写的酒店评论。

他们互相看了看，用纽约的方式耸了耸肩膀：竖起双眉，举起双手，掌心向外，胳膊肘抵着肋骨。这表示耐心、顺从和疑惑。

为什么你让我们读酒店评论？

你们也许会喜欢它们。当然，这会扩大加深你们的词汇量——那就是你要对从日本和其他地方来的重要访客说的话。

喂，噢，喂，下次你会让我们带讣告了。

这是个好主意，迈伦。你会通过阅读讣告学到很多东西。比起米米·谢拉顿，你是不是更喜欢讣告？你可以带一些生动有趣的讣告过来。

迈考特先生，还是让我们紧扣菜谱和酒店评论吧。

好，迈伦。

我们研究了一篇米米·谢拉顿写的评论的结构。她给我们介绍了酒店的氛围和服务的质量，或者服务质量的欠缺。她汇报了一顿饭的每一个步骤：开胃小吃、主菜、甜食、咖啡和葡萄酒。在最后的总结性段落中，她为自己授予或不授予酒店星级称号进行辩护。这就是结构。哦，芭芭拉？

我认为这篇评论是我读过的最让人讨厌的东西之一。我似乎看到鲜血从她打印机的纸上或者任何她所用的写作工具上流下来。

如果你要在这么一家酒店花大价钱吃饭，难道你就不愿意让米米·谢拉顿这样的人来警告你吗？

我试图将注意力集中到评论上来，关注语言的使用和细节。但是他们想知道她是否每天晚上都在外面吃饭，她是如何做到的？

他们说你得为拥有那么一份工作的人感到难过。你不能只是待在家里，吃块汉堡包或者一碗拌着香蕉的谷类食物。她或许会在晚上回到家，告诉她的丈夫她这辈子再也不想见到鸡肉或者猪排了。她丈夫本人从来不能有幸准备点小吃，以便让她在一个漫长的工作日后振作起来，因为她或许已经吃了足够让她生存一星期的食物。想象一下所有这些美食评论家的丈夫或妻子所处的两难境地。丈夫从来不能邀请妻子外出吃饭，只是因为无论到哪儿吃饭，你都会让食物滑过味蕾，判断用了哪些调味料，或者那个酱里有些什么东西。谁愿意和一个对美酒佳肴了如指掌的女人一起吃饭？你会等着看她在吃了第一口后会做出什么样的鬼脸。不，她也许拥有这么一份酬劳丰厚、令人向往的工作，但是你会对这种不得不吃最好的美食、一成不变的老套路感到厌倦。你能想象它对你的内脏会产生什么样的影响吗？

接着，我生平第一次用了那个词。我说，即便如此，然后重复了一遍。即便如此，我打算让你们都成为米米·谢拉顿。

我让他们就学校自助餐厅或者附近地区的餐馆写篇评论。没有一个人正面评论学校自助餐厅。有三个人在文章结尾处用了同一句话：它令人讨厌。有人赞扬本地比萨店和在第五大街卖热狗和椒盐卷饼的小贩。一个比萨店老板对学生们说他想见我，感谢我让人们关注他的生意并给他的工作带来荣誉。想到这个有着爱尔兰名字的老师鼓励他的学生欣赏生命中较为美好的事物，这真是好极了。无论什么时候，只要我想吃比萨（不是一片而是一整个），大门总是向我敞开。我可以在比萨上添加任何我想吃的东西，即便他不得不派人到熟食店购买他可能没有的额外饼料。

我对他们在评论学校自助餐厅时表现出的煞有介事和刻薄尖酸提出质疑。我说：不错，氛围是有些凄凉。米米会同意你们的观点——自助餐厅可能会被误认为是地铁车站或者军队食堂。你们抱怨服务态度：端饭端菜的女人们态度粗鲁，她们笑得不到位。哇呀，哎呀！那伤害了你们的感情。不管是什么食物，他们都只是简单地倒在盘子上。好了，你们想要什么？让你们自己干些没有前途的工作，我们就会看见你们是否笑得出来。

我对自己说：停！不要说教。几年前，你没完没了地讲法国大革命时就曾经这样。如果他们想说"它令人讨厌"，就让他们说去吧。难道这不是个自由的国度吗？

我问他们，当他们说自助餐厅的食物令人讨厌时，他们想表达什么意思？你们是写作者。提升一下你们的词汇怎么样？米米会怎么说？

哇呀，上帝！迈考特先生，每次我们写关于食物的文章都必须提到米米、米米吗？

好吧。你们想通过"它令人讨厌"表达什么意思？

你知道的。你知道的。

什么？

比方说，那东西，你无法下咽。

为什么？

味道就像垃圾或者根本没味。

你们怎么知道垃圾的味道是什么样？

你知道，迈考特先生，你是个好人，但你会把人气得要命。

杰克，你知道本·琼森说过些什么吗？

不，迈考特先生。我不知道本·琼森说过些什么。

他说：语言揭示一个人。从你的言语中，我可以了解你的为人。

哦,那是本·琼森说的?

对。

很聪明,迈考特先生。他应该和米米共进晚餐。

15

校园开放日那天,孩子们中午就放学了,而家长们从下午一点到三点蜂拥而至,晚上七点到九点再来一拨。一天结束时,你会在计时钟前遇到打卡下班的老师。和上百个家长谈完话,他们都筋疲力尽。这所学校有三千个学生,那就意味着有六千个家长。但这里是纽约,一个以离婚为主要运动的城市。孩子们得弄清楚谁是谁、什么是什么,还有什么时候会离婚。三千个学生可以有一万个父母和继父继母。他们相信自己的儿子和女儿是聪明人中最聪明的。这就是斯特伊弗桑特高中,一所极少数学生能就学的学校,进了这所学校就等于打开了通向全国一流大学和学院的大门。如果你失败了,那就是你自己犯了该死的错误。如果爸爸妈妈没有陷入担心、焦虑、绝望、不定和怀疑的情绪,他们都很酷,自信而开心。他们对孩子有很高的期望,只有成功才能让他们满意。他们的人数如此之多,以至于每个老师都需要一个班长来安排见面顺序。他们急于知道孩子在班上的排名。我会说斯坦利中等偏上吗?因为他们认为他变懒了,和坏人混在一起。他们听说了关于斯特伊弗桑特广场和毒品的事。你知道,这足以让你睡不着觉。他在做作业吗?你注意到他行为和态度上有什么变化吗?

斯坦利的父母正经历着一场痛苦的离婚,难怪他神经紧张。母亲在上西区拥有标准的六居室公寓,父亲则生活在布朗克斯区底层某个简陋的小屋里。他们同意将斯坦利一分为二,每星期和父亲母亲各生活三天半。斯坦利数学很好,但即便是他本人也不知道如何那样分割自己。对此,他很幽默。他将自己的两难处境转化成某种代数等式:如果 a=3,b=3,那么什么是斯坦利?他的数学老师威诺克先生因为他沿着这个思路思考问题而给了他一百分。与此同时,我的校园开放日学生班长莫琳·麦克谢里告诉我,正在经历离婚大战的斯坦利的父亲和母亲在教室里等着见我。莫琳还说在我谈论他们的小宝贝时,一定会有六对正在经历离婚大战、不坐在一起的夫妇在一旁等着。

莫琳给他们发了类似你在面包店里拿的那种号。我的心沉了下去,因为等着进入教室的家长队伍似乎没有尽头。你刚结束和一个家长的谈话,另一个就到了。他们挤满了教室的座位:三个人像孩子那样坐在后面的窗台上,说着悄悄话;六个人沿着后面的墙站着。我真希望自己能叫莫琳暂停一下,但是在像斯特伊弗桑特这样家长们清楚自己的权利而且从来都振振有词的学校,你不能这么做。莫琳悄声说:注意!斯坦利的母亲朗达来了,她会一直和你谈到吃早饭。

朗达一身浓烈的烟味。她坐下来,靠近我,叫我别相信那个畜生,也就是斯坦利的父亲说的话。她甚至连那个坏蛋的名字都不愿提。可怜的斯坦利有这样一个无赖父亲,她真为他感到难过。斯坦利到底表现得怎么样?

哦,很好。他是个很好的作家,很受其他孩子欢迎。

嗯,想到他和他那穿着顺手捡到的裙子四处游荡的傻瓜爸爸经历的一切,那真是桩奇事。和斯坦利在一起时,我都是倾尽全力,但是一想到接下来的三天半要在布朗克斯区那个棚屋里度过,他在跟我在一起的那三天半就心神不宁。结果就是他开始在其他孩子家过夜。他是那么跟我说的,但是在偶然发现他交了个父母完全放任不管的女朋友后,我就产生了怀疑。

对此，我恐怕一无所知。我只是他的老师，我不可能介入每学期一百七十五个孩子的私人生活。

朗达的声音传得很远，正在等待见面的家长们在座位上挪挪身子，转转眼珠，很是焦躁不安。莫琳告诉我，我得看着表，给每个家长的时间不能超过两分钟，即使对要求得到与朗达同样长时间的斯坦利的父亲也是如此。他说：嘿，我叫本，斯坦利的爸爸。看，我听到了她说的话，那个治疗专家。我一条狗都不会给她。他笑着摇了摇头。但是我们不谈那个。我现在和斯坦利有个问题。在接受了这些教育后，在我攒了这么多年钱准备供他上大学后，他却想把事情搞得一团糟。你知道他想干什么吗？到新英格兰的某个音乐学院学习古典吉他。告诉我，弹古典吉他能有什么钱？我告诉他……但是好了，我不耽误你的时间了，迈科德先生。

是迈考特。

好的，我不耽误你的时间了。但是我告诉他，除非从我的尸体上踏过去。从一开始，我们就一致同意他当个会计。那没有什么可怀疑的。我是说你知道我干什么工作吗？我是个执业会计师。如果你有什么小问题，我很乐意帮忙。不，先生，不是古典吉他。我对他说：去拿个会计学学位，在空闲时间弹吉他。他崩溃了，哭了。他威胁要和他母亲住在一起，而我不希望那样。所以，我想你是否可以和他谈谈？我知道他喜欢你的课，喜欢表演菜谱，喜欢你在这儿干的任何事情。

我很愿意帮忙，但我不是辅导员。我是个英语老师。

哦，是吗？从斯坦利对我说的这个班的情况来看，你在这儿做的最后一件事才是教英语。不是有意冒犯，但是我不知道做饭和英语有什么关系。无论如何，还是要谢谢你。他的表现怎样？

他表现得很好。

铃声响了，落落大方的莫琳宣布时间到了，但是如果有家长愿意在上课时间来参加一个十五分钟的会议，她会很乐意记下他们的名字和电话号码。她把一张纸传了一圈，上面还是一片空白。他们想在此时此刻得到我的关注。上帝！他们等了半个晚上，而其他那些疯子喋喋不休地唠叨他们陷入困境的孩子。难怪这些孩子会身处困境，他们的父母就是这样。那些失望的父母在楼道里一路跟着我，问我：亚当表现怎样？瑟奇呢？胡安呢？内奥米呢？你不能得到老师一分钟的关注，这是所什么学校？我纳税又是为了什么？

九点钟，在计时钟前打卡下班的老师们商量着到加斯·豪斯酒吧喝一杯。我们坐在后面的一张桌子旁，要了几罐啤酒。长时间讲话后，我们都口干舌燥。上帝！多么累的一个晚上！我告诉艾琳·达尔伯格、康妮·科利尔和比尔·图海，我在斯特伊弗桑特任教的这么多年中，只有一位家长、一位母亲问我她的儿子是否喜欢学校，我说是的，他似乎过得很快活。她笑了，站起来说声谢谢，然后就离开了。这么多年，只有一位家长这么做。

康妮说，他们只关心成功，还有钱、钱、钱。他们对孩子有很高的期望。我们就像装配线上的工人，在这儿装个零件，在那个装个零件，直到最后制造出为父母和公司干活的成品。

一群家长信步走进加斯·豪斯酒吧，其中一个走到我跟前。好极了，她说，你有时间灌啤酒，却不肯为等了半小时想见你一面的家长抽出一分钟。

我对她说，对不起。

她说，好了，然后到另一张桌子那儿加入她的伙伴。那个晚上的家长让我心情异常沉重，结果我喝多了，第二天躺了一个上午。为什么我就不会让那个母亲来巴结我这个高贵的爱尔兰人呢？

在我的班上，鲍勃·斯坦从来不坐在课桌旁。这也许是因为他身材肥胖，但我却认为他觉得坐在教室后面的大窗台上很舒服。一坐下来，他就笑着挥挥手：早上好，迈考特先生。今天是个好天，对吧？

整个学年从头到尾，他都穿着一件敞着领口的白衬衫，白色的领子压在双排纽扣夹克的灰色领子上。他对班上同学说这件夹克原先属于奥森·

韦尔斯；如果他见到韦尔斯，他们就有话可谈了。如果没有这件夹克，他就不知道该和奥森·韦尔斯说些什么，因为他和那个演员的兴趣完全不同。

他穿着一条将长裤在膝盖处剪开而改成的短裤。不，这条短裤和那件夹克不相称，因此和奥森·韦尔斯也没有什么关系。

他穿着灰色的袜子。袜子太厚了，以至于在黄建筑靴上堆起了羊毛垛。

他不带书包、书、笔记本和钢笔。他开玩笑说，这有一部分是我的错，因为我曾经很兴奋地谈论梭罗，曾经讲到你们应该如何精简精简再精简，还有扔掉财物。

当进行课堂写作或考试时，他会问我他是不是可以借支钢笔和一些纸。

鲍勃，这是写作课。你要带些东西。

他向我保证一切都会好的，还建议我别担心。他坐在窗台上告诉我，我的头上已经长白发了，我应该好好享受剩下的日子。

不，不，他对全班说，不要笑。

但是他们已经歇斯底里了。他们笑得那么厉害，以至于我不得不等着听他再说一遍。他说，一年后我会回顾这一时刻，一定会搞不懂自己为什么在他没带钢笔和纸这件事上浪费时间和感情。

我不得不扮演严厉老师的角色。鲍勃，如果你不参与，这门课你就不及格了。

迈考特先生，我无法相信你会这么和我说话。你们这些人经历过悲惨的童年，经历过所有事，迈考特先生。但是，没关系。如果你不让我及格，我会重修这门课程。没什么大不了的。这样那样一两年又有什么关系呢？对你来说，这也许是件大事。但是，我只有十七岁。如果你不让我及格，我还拥有这世上所有的时间，迈考特先生。

他问班上同学是否有人愿意借他钢笔和纸。十个人愿意帮忙，他选择

221

了离他最近的那个，这样他就不用从窗台上爬下来了。他说：看到了吧，迈考特先生？看看这些人有多好！只要他们带着大书包，你和我就绝不用担心文具的问题。

好吧，好吧，鲍勃，但是下星期我们就《吉尔迦美什》进行大测验时，别人又能怎么帮你呢？

那是什么，迈考特先生？

它在《世界文学》那本书上，鲍勃。

哦，是的，我记得那本书，那本大书。我把它放家里了。我爸爸在读其中的《圣经》部分，你知道，我爸爸是个拉比。他很高兴你给我们这本附有问题和所有材料的书。他说你一定是个好老师，他要在校园开放夜来见你。我对他说，你是个好老师，除了这件钢笔和纸的事以外。

停！鲍勃。你根本没看那本书。

他再次让我别担心，因为他的父亲，那个拉比，经常谈论那本书，而他，鲍勃，一定会找到有关吉尔迦美什的一切资料，以及其他让老师高兴的东西。

全班再次爆发出笑声。他们互相拥抱，举手击掌。

我也想大笑，但我得保持老师的尊严。

环顾教室，在一片咯咯傻笑声、喘气声和大笑声中，我喊道：鲍勃，鲍勃。如果你能亲自阅读《世界文学》这本书，让你可怜的父亲享受安宁，那将会让我很开心。

他说他愿意从头到尾看一遍那本书，但这和他的计划不符。

那么，你的计划是什么，鲍勃？

我打算当一名农民。

他微笑着挥了挥乔纳森·格林伯格慷慨捐献的钢笔和纸，说很抱歉，他打断了上课。也许我们在这节课一开始就应该写我让他们写的东西，时间很快就过去了。他，鲍勃，已经准备好了，并且建议大家安静下来，以便迈考特先生可以继续他的工作。他告诉他们教书是世界上最难的工作，而他知道这个道理，因为有一次在夏令营中，他试着教一群小孩子认识一些生长在地里的东西，但是他们不听他的，只顾到处捉昆虫。他气极了，说要踢他们的屁股，而那就是他教学生涯的尽头。因此他有点担心迈考特先生。但是，在我们回归正题之前，他要说明自己并不反对世界文学，只是现在他只读农业部的出版物以及和农业有关的杂志。他说农业可比看上去要复杂，但那是另外一个话题，而他看得出我想继续上我的课。迈考特先生，那是什么课来着？

我该拿这个窗台上的大块头男孩、美国未来的犹太农民怎么办呢？乔纳森·格林伯格举起手问：关于农业，什么是从外表看不到的？

鲍勃情绪低落了一会儿，说：那是我爸爸，他为玉米和猪而苦恼。他说犹太人不吃带芯的玉米。他说在威廉斯堡和克朗高地，你可以在晚饭时间沿着各条街道来回走。透过犹太人住宅的窗户，你绝不会看到有一个人在嚼带芯的玉米。那就不是犹太人会做的事情。玉米粒都粘到胡子上了。让我见识一个吃带芯玉米的犹太人，我就让你见识一个失掉信仰的犹太人。这是我爸爸说的。但是最后一根稻草却是猪。我对爸爸说我喜欢它们，我不打算吃它们或者怎么样，但是我想饲养它们并把它们卖给异族人。那有什么错？它们是真正快乐的小动物，它们很温柔亲切。我对我爸说我会结婚生子，而他们也会喜欢小猪崽。他几乎要发疯了，而我妈妈也气得不得不躺在床上休息。也许我不应该告诉他们，但是他们教育我要说真话，而且不管怎样，最后他们都会知道。

铃声响了，鲍勃从窗台上爬下来，将钢笔和纸还给乔纳森。他说他当拉比的父亲会在下个星期的校园开放夜来见我，并为自己打断教学而道歉。

那个拉比坐在我的讲台旁，举起双手说：哎唷。我想他是在开玩笑，但是他张着嘴、目瞪口呆和摇头的样子告诉我，这不是一个快乐的拉比。他说：鲍勃，他的表现怎样？他带有德国口音。

很好，我说。

他让我们心碎，都活不了了。他对你说了吗？他想当个农民。

那是一种有益健康的生活，斯坦先生。

那是个丑闻。我们不会供他上大学却只为了养猪种玉米。我们那条街的人会对我们指指点点，那会要了我妻子的命。我们告诉他如果他想走那条路，那么他得自己交学费。就这样。他说别担心，大的政府项目会为立志当农民的孩子提供奖学金。他对那些事了如指掌，他的房间里堆满了来自华盛顿和俄亥俄州某所大学的书和东西。我们正在失去他，迈考特先生。我们的儿子死了。我们不能拥有一个整天和猪一起生活的儿子。

我很难过，斯坦先生。

六年后，我在下百老汇遇到了鲍勃。那是一月的一天，但是他的穿着还是和以往一样——短裤和奥森·韦尔斯的夹克。他说：嗨，迈考特先生。天气很好，不是吗？

鲍勃，天很冷。

哦，没关系。

他告诉我他已经在给俄亥俄州的一个农民打工了，但是他无法将猪这件事进行到底，那会毁了他的父母。我对他说那是个富有爱心的正确决定。

他停下来，看着我。迈考特先生，你从来就没有喜欢过我，是不是？

从来就没有喜欢过你吗，鲍勃？你在开玩笑吧？有你在我的班上是件快乐的事，乔纳森说你把沮丧的情绪从教室中赶跑了。

告诉他，迈考特，告诉他事实。告诉他：他是如何给你的生活添色，你是如何与朋友谈论他，他是多么富有创造性，你多么欣赏他的风格、他的幽默、他的诚实和他的勇气，你多么希望自己有个像他一样的儿子。告诉他：不论是过去还是现在，他在每一方面都很出色，而且不论是过去还是现在，你都是那么爱他。告诉他。

我这么做了，他一时说不出话来。当下百老汇的人们见到我们俩（这个高中老师和这个大块头的美国未来的犹太农民）长时间热烈拥抱在一起时，我才不管他们在想些什么。

肯是个仇恨父亲的韩裔男孩。他对班上同学讲述他如何上钢琴课——即使他们没有钢琴。他父亲让他在厨房桌子上练习音阶，直到他们买得起钢琴。如果他父亲怀疑他练习不正确，就会用刮刀狠狠地打他的手指。他六岁的妹妹也会挨打。他们得到一架真正的钢琴后，在她弹"筷子曲调"时，他父亲一把将她拽离钢琴凳，拖到她的房间，把她抽屉里的一堆衣服撕烂，把它们塞进枕套，再把她拖下走廊，以便她可以看到他将她的衣服扔进垃圾焚化炉。

那样可以教会她正确练习弹琴。

肯上小学时不得不加入童子军，他得到的荣誉奖章比队伍里的其他人都多。上高中时，父亲坚持要他加入最高级童子军，因为在肯申请上哈佛时，那会显得很好看。肯不想把时间花在当一名最高级童子军上，但是他没有其他选择。哈佛已经有点眉目了。另外，他父亲要求他修习跆拳道，一级一级往上升，直到拿到黑带。

他每件事都听从父亲的安排，直到面临挑选大学。他父亲让他集中精力申请两所大学：哈佛和麻省理工。即使在韩国，每个人也都知道那是你要去的地方。

肯说：不。他要申请加州的斯坦福。他想生活在这个大陆的另一端，尽可能远地离开他父亲。他父亲说：不行。他不允许。肯说如果不能上斯坦福，他就不上大学了。在厨房里，父亲走近他，威胁他。跆拳道高手肯说：那就试试吧，爸爸。爸爸打了退堂鼓。父亲本可以说：好吧，做你想做的。但是他的邻居们又会怎么说？他们在教会里又会怎么说？试想一下，儿子从斯特伊弗桑特高中毕业，却拒绝上大学。爸爸会很丢脸。他的朋友们骄傲地将孩子送到哈佛和麻省理工。但凡肯对自己的家庭声誉还有点尊重，他就该忘掉斯坦福。

他从斯坦福给我写信。他喜欢那儿的阳光。大学生活要比在斯特伊弗桑特高中时轻松，压力少了，竞争少了。他刚刚收到母亲的来信，母亲要他集中精力学习，不要参加课外活动、体育运动和俱乐部，什么都不要参加。除非他每门功课都得A，否则就不要回家过圣诞节。他在信上说，这正合他的意。他一点也不想回家过圣诞节，他回家只是想见见妹妹。

离圣诞节还有几天时，他出现在我的教室门口，告诉我是我帮助他度过了高中的最后一年。有一次，他梦到和父亲一起走进一条黑暗的小巷，而他们俩只有一个人能出来。当然，他就是那个走出来的人。但是在斯坦福，他开始回想他的父亲。父亲来自韩国，几乎不懂英语，无法应付日常对话。那个时候，他没日没夜地工作，卖水果卖蔬菜，坚持了下来。他渴望他的孩子接受他在韩国从未接受过的教育，一种你在韩国做梦都想不到的教育。那是种什么样的日子呢？在斯坦福的一次英语课上，教授让肯讲一讲他喜欢的诗。他的记忆中突然冒出了《爸爸的华尔兹》。天哪！那首诗写得太好了！他控制不住情感，当着所有人的面哭了。教授很了不起。他搂着肯的肩膀，一起走过楼道，来到办公室，直到肯平静下来。肯在教授的办公室待了一个小时，边哭边讲。教授说没关系。他的父亲是个波兰犹太人。他曾经认为父亲是个卑鄙的浑蛋，却忘了那个卑鄙的浑蛋从奥斯威辛集中营幸存下来，来到加州，养育了教授和另外两个孩子，并在圣巴巴拉经营一个熟食店。他身体的每一个器官在集中营里都饱受摧残，随时都要崩溃。教授说他的父亲和肯的父亲会有许多话题可以交谈，但那永远都不会发生，韩裔食品杂货商和波兰裔犹太熟食商绝不会拥有大学里流行的语汇。肯说在教授的办公室里，他心中的那块大石头被卸掉了，或者你可以说，所有的毒素，诸如此类的东西，都被排出了他的体外。现在，他要给父亲买一条领带，给母亲买花，作为圣诞节的礼物。噢，给她买花有点不正常，因为他们的店里就卖花，但是，从街角的韩国杂货店里买的花和从真正的花商那里买的花有很大差别。他一直在想教授说过的一句话：

这个世界应该让这个波兰裔犹太父亲和这个韩裔父亲与他们的妻子一起坐在太阳底下，如果他们有幸有妻室。想到教授那兴奋的样子，肯笑了。就让他们坐在该死的太阳底下。但是这个世界不会让他们这么做，因为再没有什么比让老家伙们坐在太阳底下更危险的了。他们也许在想。孩子们也在想。让他们忙起来，否则他们也许就会开始想事情了。

16

我在学习。这个来自利默里克小巷、心怀羡慕的爱尔兰人，我，和同自己一样的第一代、第二代移民打交道。我也和中产阶级、中上阶层来往，却发出一阵嗤笑。我本不想嗤笑，但积习难改。那是愤恨，而不是愤怒。就是愤恨。我拒绝和中产阶级有关的东西——它太热，太冷，不是我喜欢的牙膏。在美国生活三十年后，我仍然很高兴能在沐浴后打开电灯，或者伸手去拿毛巾。我正在读一本书，说的是一个叫克里希纳莫蒂的人。和那些从印度蜂拥而来、手捧装着百万家财的锡杯的人不同，他不把自己看成精神领袖。我就喜欢他这一点。他拒绝成为领袖或智者之类的人物。他告诉你，向你暗示：宝贝，最终你要自立。有一篇梭罗写的令人恐惧的散文，题目叫"散步"。在文章中，他说当你出门散步时，你应该如此自由、如此不受妨碍，以至于你永远不需要回到出发地。你就一直走，因为你是自由的。我曾让孩子们读这篇散文，他们说：噢，不，他们绝不会这么做。就这么一路走下去？你在开玩笑吧？这很奇怪，因为我曾对他们讲过四处流浪的凯鲁亚克和金斯堡，他们认为，在三千英里的旅程中享受自由、大麻、女人和美酒，那真是棒极了。当我和那些孩子讲话时，我也在和自己讲：我们的相同之处就是急迫性。上帝，我已经人到中年，才刚刚发现中等智力的美国人在二十岁时就知道的东西。大部分的伪装已经卸下，我可以呼吸了。

孩子们在他们的作文和课堂讨论中畅所欲言，而我经历了一趟美国家庭生活的书面旅行，足迹遍及东部城镇住房到唐人街经济公寓。那是一幕关于定居者和新移民的露天历史剧，到处都有恶势力和邪念。

菲利斯描述了尼尔·阿姆斯特朗登月那晚，他们一家如何聚会，如何在放有电视机的客厅和濒死的父亲睡的卧室之间来回穿梭。他们既担心父亲，又不想错过观看登月。菲利斯说母亲叫她去看阿姆斯特朗登月时，她正陪着父亲。她跑到客厅，每个人都在欢呼拥抱，直到她觉得事情不对，跑到卧室，却发现父亲已经去世。她没有惊呼，也没有哭泣，她面临的问题是如何回到客厅向欢乐的人们报告父亲去世的消息。

现在，站在教室前面的她哭了。她本可以回到前排的座位上，我也希望她能这么做，因为我不知道该怎么办。我走到她跟前，伸出左手搂着她，但那还不够。我一把拉过她，双手抱住，让她靠着我的肩膀哭泣。所有人都泪眼汪汪，直到有人喊道：好样的，菲利斯。一两个人鼓起掌来，接着全班同学都鼓掌欢呼起来。菲利斯转身面对他们，泪流满面的她破涕为笑。当我让她回到座位上时，她转过身摸了摸我的脸颊。我想，摸我的脸，这不是什么惊天动地的事，但是我会永远记得菲利斯、她过世的父亲和月球上的阿姆斯特朗。

听着！你们在听吗？你们没在听。我在和这个班上可能对写作感兴趣的你们当中的几个人讲话。

在生命的每一刻，你们都在写作。甚至在梦中，你们也在写作。行走在这所学校的走廊时，你们遇到各种各样的人，你们在脑海中兴奋地写作。校长在那边。你们得作出决定，一个问候的决定。你们要点头，还是微笑？你们要说，早上好，鲍梅尔先生，还是简单地说，嗨？你们看见不喜欢的人，脑海中又开始兴奋地写作，又得作决定。转过头去，还是边走边凝视？点下头，还是从牙缝里挤出个嗨？你们看见喜欢的人，你们热情而温柔地说声嗨，这声嗨让人想起船桨的划水声、激昂的小提琴和月光下闪亮的双眼。有好多种说嗨的方法：从牙缝里挤出、用颤音发出、怒气冲冲地说出、唱出、大声喝出、笑出、咳出。在楼道里简单一走就要求你们在脑海中写出段落、句子，作出许许多多决定。

　　作为一个男人，我会这么做，因为对于我来说，女人依然是个大谜团。我可以对你们讲些故事。你们在听吗？在这所学校，你爱上一个女孩。你碰巧知道她和一个人分手了，因此场地空了出来。你想和她约会。哦，现在，文字在你们的头脑里嗞嗞作响。你们也许属于那些酷酷人物，你们从容地走向特洛伊的海伦，问她在被包围后做了些什么，而你们知道在特洛伊的废墟上有个盛产羔羊肉和茴香烈酒的好地方。酷人、有魅力的人不需要准备什么文字稿，但其他的人还是得写作。你们给她打电话，看她是否可以在星期六晚上和你们约会。你们很紧张。被她拒绝会让你们处在悬崖边缘，那会要了你们的命。在电话里，你们告诉她，你们和她一起上物理课。她怀疑地说：哦，是吗？你们问她星期六晚上是否有空。她没空。她已经安排了些什么，但是你们怀疑她在撒谎。女孩子不可能承认自己在星期六晚上无所事事，那不是美国人的风俗习惯。她得装腔作势。上帝，人们会怎么说呢？你们在脑海中写道，你们询问下个星期六、下下个星期六、下下下个星期六一直到永远。只要你们能够见到她，你们将满足于任何事情，任何事情，直到你们开始领取社会保险金。你们这些又穷又可怜的傻瓜。她玩了些小把戏，让你下星期再给她打电话，而她会看看有没有空。是的，她会看看。星期六晚上，她坐在家里，和母亲还有不停唠叨的埃德娜姨妈一起看电视。你们在星期六晚上和永远什么也不说的父母坐在家里。你们上床睡觉，梦想着下个星期。哦，上帝，下个星期，她也许会说有空。如果她有空，你们得把一切安排妥当，那个位于哥伦布大街、铺着红白格子图案的桌布、可爱的意大利小餐馆，还有插着白蜡烛的基安蒂红葡萄酒瓶。

你们梦想着，盼望着，计划着。这都是写作。朋友，你们和街上行人的不同之处在于，你们在看，在将一切牢记于心，在意识到无足轻重的事物的重要之处，在把它写到纸上。你们也许会在爱或悲伤中痛苦挣扎，但是在观察事物的过程中，你们会冷酷无情。你们就是自己的素材。你们是作者。有件事确定无疑：无论星期六晚上或者其他任何一个晚上发生什么，你们都绝不会再被人烦扰，绝不会。你们不会对人类的任何事情感到陌生。收起你们的掌声，把作业递上来。

迈考特先生，你很幸运。你有个那么悲惨的童年，因此你有东西可写。我们该写些什么呢？我们所做的就是出生，上学，度假，上大学，恋爱或什么的，毕业并从事某个行业，结婚，生两三个你经常讲的孩子，送他们上学，和百分之五十的人口一样离婚，开始发福，第一次心脏病发作，退休，死亡。

乔纳森，这是我在高中课堂上听到的关于美国生活的最悲惨的设想，但是你具有创作伟大美国小说的要素。你概括了西奥多·德莱塞、辛克莱·刘易斯和F.S.菲茨杰拉德的小说。

他们说我一定是在开玩笑。

我说：你们知道迈考特的人生要素，你们也有自己的人生要素。如果你们描写自己的人生，这些都可以利用。在笔记本上列出自己的人生要素，珍惜它们。这很重要。犹太人、中产阶级、《纽约时报》、收音机里的古典音乐、有点眉目的哈佛大学、华人、韩国人、意大利人、西班牙人、厨房桌子上的一份外文报纸，以及收音机里不停播放的民族音乐。父母梦想着到故国游览，静静坐在客厅角落里的祖母回想起昆斯区墓地的些许场景——成千上万的墓碑和十字架，恳求着：求求你，求求你，不要把我葬在那儿。带我回中国，求求你了。就这样，你和祖母坐在一起，让她讲她的故事。所有的祖父母都有他们的故事。如果你让他们带着故事离开人世，你就是在犯罪，对你的惩罚就是禁止你进入学校的自助餐厅。

231

见到我，见到由这么有能力而且慷慨大方的人执教的美国青年（这些漂亮的孩子）真是件高兴的事。他说谢谢，他也许会很快在距离他公寓几个街区远的布鲁克林区蒙特罗酒吧见到我。几分钟后，我悄悄塞到他手里的十美元就会落入斯特伊弗桑特广场一个毒贩子手中。

我告诉他们那是亨克。随便拿起一本关于当代美国写作或者"垮掉的一代"的历史书，你会在索引中找到赫伯特·亨克。

喝酒不是他的习惯，但是在蒙特罗酒吧，他会友善地允许你给他买上一杯。他声音低沉、温柔而悦耳。他从不忘记自己良好的修养，你几乎不会把他看成吸毒者亨克。他尊重法律，但从不遵从。

他因偷窃、抢劫、藏毒和卖毒而坐牢。他是个贼、骗子、男妓、有魅力的人，还是个作家。他因为杜撰了"垮掉的一代"这个术语而名声鹊起。他利用人们，直到耗尽他们的耐心和金钱。他们告诉他：够了，亨克。出局，他已经出局了。他明白，但从不记恨在心。对他来说，那没什么区别。我知道他在利用我，但是他认识"垮掉运动"的每一个人，而我喜欢听他讲巴勒斯、科索、凯鲁亚克和艾伦·金斯堡。艾琳·达尔伯格告诉我，金斯堡曾经将亨克比成意大利阿西西的圣弗朗西斯。是的，他是个罪犯，一个歹徒，但是他偷东西只是为了供自己吸毒，并没有从中牟利。另外，他对自己拿的东西很敏感，从不拿一件看上去像传家宝的珠宝首饰。他知道如果他留下一件受害者珍惜的东西，那将会产生各种良好的意愿，也会缓解因丢失其他东西而带来的痛苦。那也会给他带来好运。他承认犯过除谋杀之外的各种罪行，甚至试过在马略卡艾琳的家中自杀。偶尔给他十美元可以让他保证不会闯入我的公寓，尽管他告诉我这些天他经常从山上跳到二楼偷东西。但如果他听说有好东西，通常他得雇一个帮手。下东区不缺愿意干这活的男孩。赫伯特·亨克不再爬太平梯和排水管了，他说还有其他进入富人住所的方法。

例如？

你不会相信，帕克大道和第五大道上有多少精神失常的门卫和管理员。如果我说事先约好了去见某个人,他们就会挥挥手让我进去,而实际上我就是在这些公寓里打个盹。从前在我还年轻时,我会兜售自己。我干得很好,谢谢。有一次,一个高级保险经理让我很吃惊,我也准备好面临一年的牢狱之灾。但是他冲着走廊叫他的妻子,她拿来马提尼酒,然后我们在一所漂亮住宅的床上打滚。哦,那段日子就是那样。那时我们还不是同性恋,只是思想行为怪异罢了。

第二天,我的讲台上出现了一封署名"一位母亲"的抗议信。她不想提及自己的名字,担心我会以此报复她的女儿。她女儿回家后对家人讲了这个卑鄙的家伙——亨克。从女儿的话来看,这人全然不是一个可以启发美国青年的人物。这位母亲意识到这人存在于美国社会的边缘。难道我就不能想到举一些更有价值的人物作为"善良和真实"的例子吗?比方说像埃莉诺·格林或者约翰·马昆德那样的人。

我不能回复这封信,也不能在班上提到这封信,担心那会使那个女儿感到很尴尬。我理解那位母亲的担忧,但是如果这是一堂领会文学的写作课,对老师的限制又是什么呢?如果一个男孩或女孩写了篇关于性的故事,我应该让他们在班上朗读吗?和上千个少年接触几年以后,在倾听他们的故事、阅读他们的作品后,我发现他们的父母夸大了他们的幼稚。这上千个少年已经成了我的老师。

我围绕着这个话题讲,但没有提到亨克。看一下马洛、纳什、斯威夫特、维永、波德莱尔和兰波的人生。不要提到那些不光彩的人物,比如拜伦和雪莱,还有对女人和酒态度随意的海明威,以及在密西西比州牛津市喝酒喝死了的福克纳。你可能会想到自杀的安妮·塞克斯顿和西尔维亚·普拉斯,以及从桥上跳下的约翰·贝里曼。

噢,我难道不是黑暗的鉴赏家吗?

迈考特先生,看在上帝的分上,不要把这些孩子弄糊涂了。打退堂鼓吧。不要打扰他们,他们会回家的。如果他们没有摇尾巴,那是因为英语老师的废话产生了让人麻木不仁的效果。

一些严肃的学生举起手，问我如何在成绩报告单上评价他们。毕竟，我没有为他们准备正常的考试：没有多项选择题，没有配对题，没有填空题，没有判断对错题。忧心忡忡的家长们该有疑问了。

我告诉那些严肃的学生：自我评估吧。

什么？我们怎么能评价自己呢？

你们一直在这么做，我们都是这么做的——不间断的自我评价过程。扪心自问吧，孩子们。你们诚实地对自己说：我将菜谱当成诗歌念，讨论"小鲍·皮普"好像它就是T.S.艾略特的诗句，走进《爸爸的华尔兹》，听詹姆斯和丹尼尔讲述他们吃晚饭的深层故事，在斯特伊弗桑特广场举办美食宴会，阅读米米·谢拉顿的作品，从中我学到东西了吗？我对你们说，如果你们从中一无所获，那意味着你们在迈克尔精彩的小提琴演奏和帕姆史诗般的烤鸭颂中睡着了，或者，也可能，朋友们，我是个糟糕的老师。

他们欢呼起来。耶，就是这样，你是个糟糕的老师。我们都笑了，因为这句话部分正确，也因为他们畅所欲言，还因为我能够接受这样的笑话。

严肃的学生并不满意。他们说在其他班，老师告诉你应该知道些什么。老师教这些东西，而你应该学会它们；然后老师考你，而你得到该得的分数。

严肃的学生说当你事先知道应该知道些什么时，你可以在知道学习内容的情况下开始学习。这让人很高兴。他们说：在这个班上，你从来不知道应该知道些什么，那你又该如何学习呢？该如何自我评估呢？在这个班上，你从来不知道第二天会冒出什么。学期末的大谜团就是老师如何给学生打分。

我会告诉你们我如何打分。首先，你们的出勤情况如何？即使你们只是静静地坐在教室后面，但只要考虑了讨论的问题和阅读的材料，你们一定会有所收获。其次，你们参与课堂活动了吗？你们在星期五站起来朗读了吗？不管是任何东西：故事、散文、诗歌和话剧。第三，你们对同学的作品发表意见了吗？第四，这取决于你们自己，你们能反思这种经历，问问自己学到了些什么吗？第五，你只是坐在那儿做梦吗？如果是，给你自己打分。

讲到这儿，老师变得严肃起来，问了个大问题：教育到底是什么？我们在这所学校做什么？你们可以说你们努力让自己毕业，以便上大学或者为工作作准备。但是，同学们，教育不仅仅只是这些。我问过自己：我究竟在这个教室做什么？我为自己列了个公式。在黑板的左边，我写了个大写的F。在黑板的右边，我又写了个大写的F。从左到右，我画了个箭头，从"害怕"（FEAR）到"自由"（FREEDOM）。

我认为不会有人获得完全的自由，但是我要对你们做的就是将害怕赶入角落。

17

时间那带着翅膀的战车匆匆逼近，后面紧紧跟着天堂的猎犬。你正在变老。你不就是个胡说八道、耍两面派的爱尔兰人吗？在你知道自己的作家梦正日渐消亡时，你督促并鼓励孩子们写作。用这个安慰自己吧：有朝一日，你的一个有天赋的学生将获得国家图书奖或者普利策奖，还邀请你参加颁奖礼。在一篇出色的获奖辞中，他或她承认应该将一切归功于你。你将应邀站起来，你将答谢民众的欢呼。这将是为公众所瞩目的时刻，是对你教了上千节课、念了上百万个词的奖励。你的获奖学生拥抱你，而你消失在纽约的街道。小老油炸土豆条先生艰难地爬上他那经济公寓的台阶。碗橱里有一片面包皮，冰箱里有一杯水，瓦数适度的电灯泡悬荡在单身汉的行军床上。

伟大的美国幻梦是青春期和中年的碰撞。我的荷尔蒙恳求得到树林里一块安静的空地，而他们的荷尔蒙是喧闹的、高要求的、跳动的。

今天，他们不想被老师或父母打扰。

我也不想被他们打扰。我不想见他们，不想听到他们的声音。我已经将我最好的年华浪费在与大声诉苦的青少年为伍上。我原本可以将在教室里度过的那些时间花在看几千本书上。我原本可以徜徉在第四十二街图书馆，从这边上，从那边下。我希望孩子们能从我眼前消失。我心情不好。

在其他日子里，我渴望走进教室。我在楼道里不耐烦地等着，用脚踢着地面。快点，里特曼先生，快点！结束你该死的数学课吧，我有话要对这个班说。

在教师自助餐厅里，一个年轻的代课老师坐在我旁边。她即将在九月开始教学生涯。我能给她点建议吗？

找到自己喜欢的事，做自己喜欢的事。那是浓缩的精华。我承认自己不是一直都喜欢教学。我很茫然。在教室里，你独自一人，一个每天面对五个班、五个班少年的男人或女人。一个单位的能量对抗一百七十五个单位的能量，一百七十五个滴答作响的炸弹，你不得不找到一些挽救生命的方法。他们可能会喜欢你，甚至可能会爱你，但是他们很年轻。年轻人的任务就是将老年人赶出这个星球。我知道我是在夸张，但那就像一个走向拳击台的拳击手或者一个走向斗牛场的斗牛士。你可以被击倒或者被刺伤，而那就将为你的教学生涯画上句号。但是如果你坚持下来，你就能了解到其中的窍门。那很难，但是你得让自己在教室里舒服自在。你得自私。航空公司告诉你如果氧气不够，你要先给自己戴上面罩，即使你的本能是去救孩子。

教室是优秀剧本的演出场地。上百个人来了又去，你永远不会知道你对他们做了什么或者为什么这么做。你看到他们离开教室：幻想，没精打采，嘲笑，羡慕，微笑，困惑。你可以判定你什么时候影响了他们或者疏远了他们。那是化学，那是心理学，那是动物的本能。你了解孩子们。只要你想当老师，就无路可逃。不要期待已经逃离教室的人——那些头头们的帮助。他们忙于吃午饭，忙于想更重要的事。那是你和孩子们的事。哦，铃声响了，再见。找到自己喜欢的事，做自己喜欢的事。

四月，外面阳光明媚。我不清楚自己度过了多少个四月，多少个阳光明媚的日子。我开始觉得在写作或其他方面,自己已经剩不下什么可以对纽约的高中生讲了。我的声音开始变小。我想我要在离世前出世。我从来没有写过一本书,更不用说出版了。在这种情况下我却在谈写作,我是谁呀?我所有的演讲,我在笔记本上的所有涂鸦实在没有多大意义。难道他们对此不感到疑惑吗?难道他们不说:他怎么能在自己什么也没写过的时候大谈写作呢?

是到了退休,靠不可与王侯俸禄相比的教师养老金生活的时候了。我将补上过去三十年没有读的书。我将一连几个小时待在第四十二街图书馆,那个我在纽约最喜欢的地方。我将沿着街道漫步,在狮头酒吧喝杯啤酒,和迪西、达根和哈米尔聊天,学会弹吉他以及一百首弹奏曲,带着女儿玛吉到格林威治村吃晚饭,在笔记本上涂写。会有一些有意思的事情发生。

我将一路前行。

当盖伊·林德还是十年级学生时,一个遍地泥浆的下雪天,他走在一群放学后在街上来回转悠的学生中间。他的一个朋友挥舞着一把雨伞,好像挥着棒球棒。雨伞在把手处断开,伞尖冲着盖伊飞去,穿透了他左眼眼球,使他半边身子瘫痪。

他被带到街对面的贝思以色列医院,从此开始了在各城市和各国之间的漫长征程。他甚至被带到了以色列。在那儿,战火让人们了解最新的外伤及其治疗方法。

盖伊坐着轮椅、戴着黑眼罩回到学校。过了一段时间,他能拄着拐杖在走廊里行走了。最后,他扔掉了拐杖。要是没有那个黑眼罩和那只放在课桌上的没有用处的胳膊,你不会知道他经历过那场事故。

在我最后一个班上学习的盖伊坐在教室的另一边听雷切尔·布劳斯坦讲话。她正在讲自己在科西拉夫人班里上的一节诗歌课。她喜欢那个班,喜欢科西拉夫人教诗歌的方法,但是对于她来说,那真的是浪费时间。她有幸福而成功的父母，她是家里唯一的孩子，她要到哈佛上大学，她身体健康。当人生中的一切都完美无缺时，她还有什么可写的呢？

我对她说，她可以给她的一系列完美状况锦上添花。

她笑了，但是问题还在：还有什么可写的呢？

有人说：我希望我能有你的苦恼，雷切尔。她又笑了。

盖伊讲了过去两年他的经历。尽管经历了那么多事，他却已什么都不想去改变。在一家又一家医院里，他见到了疲惫不堪、身患疾病、默默忍受痛苦的人。他说所有这些让他从不同的视角看待他经历的事故，这让他超越了自我。不，他不会改变任何事。

这是他们在高中上的最后一节课，也是我的最后一节课。盖伊的故事提醒我们计算一下自己所获的上帝的赐福。在他用这个故事送我们上路的过程中，我们都流泪了，还带着满脸惊讶的神情。

铃声响了，他们朝我撒五彩纸屑，告诉我要好好生活。我希望他们也一样。我走了，带着满身五彩纸屑，沿着楼道走了。

有人叫道：嘿，迈考特先生，你应该写本书。

18

我会试着写的。

图书在版编目(CIP)数据

安琪拉的灰烬3·教书匠/〔美〕迈考特著；张敏译.－2版.－海口：南海出版公司，2010.10
ISBN 978-7-5442-4786-3

Ⅰ.①安… Ⅱ.①迈…②张… Ⅲ.①长篇小说－美国－现代 Ⅳ.①I712.45

中国版本图书馆CIP数据核字(2010)第088561号

著作权合同登记号　图字：30-2008-111
TEACHER MAN by FRANK MCCOURT.
Copyright © 2005 by GREEN PERIL CORP
This edition arranged with AARON M. PRIEST LITERARY AGENCY
through BIG APPLE TUTTLE-MORI AGENCY, LABUAN, MALAYSIA.
Simplified Chinese edition copyright © 2008 by Thinkingdom Media Group Ltd.
All rights reserved.

安琪拉的灰烬3·教书匠
〔美〕弗兰克·迈考特 著
张敏 译

出　　版	南海出版公司　(0898)66568511
	海口市海秀中路51号星华大厦五楼　邮编 570206
发　　行	新经典文化有限公司
	电话(010)68423599　邮箱 editor@readinglife.com
经　　销	新华书店
责任编辑	张　锐　王　莹
装帧设计	韩　笑
内文制作	郭　璐
印　　刷	三河市三佳印刷装订有限公司
开　　本	890毫米×1270毫米　1/32
印　　张	8
字　　数	200千
版　　次	2008年8月第1版　2010年10月第2版
印　　次	2010年10月第2次印刷
书　　号	ISBN 978-7-5442-4786-3
定　　价	25.00元

版权所有，未经书面许可，不得转载、复制、翻印，违者必究。